栟榈先生文集释义

［宋］邓　肃·撰

福建沙县邓光布将军祠文物保护小组·点校整理

厦门大学出版社　国家一级出版社
XIAMEN UNIVERSITY PRESS　全国百佳图书出版单位

图书在版编目（CIP）数据

栟榈先生文集释义 /（宋）邓肃撰；福建沙县邓光布将军祠文物保护小组点校整理. -- 厦门：厦门大学出版社，2024.9

ISBN 978-7-5615-9340-0

Ⅰ. ①栟… Ⅱ. ①邓… ②福… Ⅲ. ①邓肃(1091—1132)-诗文-注释 Ⅳ. ①I206.44

中国国家版本馆CIP数据核字(2024)第065441号

责任编辑　章木良
美术编辑　李嘉彬
技术编辑　朱　楷

出版发行　厦门大学出版社
社　　址　厦门市软件园二期望海路39号
邮政编码　361008
总　　机　0592-2181111　0592-2181406(传真)
营销中心　0592-2184458　0592-2181365
网　　址　http://www.xmupress.com
邮　　箱　xmup@xmupress.com
印　　刷　厦门集大印刷有限公司

开本　720 mm×1 000 mm　1/16
印张　22.75
插页　3
字数　400千字
版次　2024年9月第1版
印次　2024年9月第1次印刷
定价　128.00元

本书如有印装质量问题请直接寄承印厂调换

厦门大学出版社
微信二维码

厦门大学出版社
微博二维码

《栟榈先生文集释义》编委会

- 顾　　问　邓子基（厦门大学教授）
　　　　　　谢重光（福建师范大学教授）
　　　　　　金文凯（三明学院教授）
　　　　　　陈嘉星（三明市人大常委会办公室原主任、三明市沙县区政协文史研究员、区老年大学原校长）
　　　　　　邓仰清（邓光布将军后裔宗亲联谊总会名誉会长）
- 主　　任　邓敦艾（江苏常熟国际汽配城投资置业有限公司董事长、浙江温州邓氏宗亲联谊会会长、邓光布将军后裔宗亲联谊总会会长）
- 副 主 任　邓兆盛（中共三明市沙县区委原二级调研员、区老年大学校长、邓光布将军后裔宗亲联谊总会执行会长、福建沙县邓光布将军祠文物保护小组组长）
　　　　　　邓赐友（邓光布将军后裔宗亲联谊总会永久名誉会长）
　　　　　　邓象占（三明市垂裕祠文物保护小组组长）
　　　　　　邓代红（龙岩市漳平邓氏千三公后裔宗亲会会长）
- 成　　员　（以姓名笔画为序）
　　　　　　陈　鸿（沙县）　邓兴坤（沙县）　邓声豪（沙县）
　　　　　　邓春发（延平）　邓锦涛（龙岩）
- 主　　编　邓景华（三明市沙县区人社局原四级调研员、区政协文史研究员、邓光布将军后裔宗亲联谊总会常务副会长、福建沙县邓光布将军祠文物保护小组副组长）
- 副 主 编　邓新华（福建省民间文艺家协会会员、三明市作家协会会员、沙县区诗词楹联学会副会长）
- 点　　校　邓新华
- 注　　释　邓景华
- 译　　文　陈嘉星
- 审　　核　金文凯
- 审　　订　谢重光

《栟榈先生文集释义》协编单位

三明市垂裕祠文物保护小组
政协福建省三明市沙县区文史资料研究委员会
三明市沙县区老年大学

邓肃画像

(图片来源:《闽沙邓氏族谱》)

序

邓子基*

纵观华夏五千年历史，人才辈出，文星璀璨，邓肃就是其中明亮的一颗。

邓肃(1091—1132)，字志宏，号栟榈，沙县八都邓墩(今沙县虬江街道曹元村邓墩遗址)人，累官至宋左正言，著有《栟榈先生文集》25卷传世。

邓肃才华横溢。他才思敏捷，十五岁就代人写上县令书，才华初露，震惊乡梓；二十六岁考入太学；钦宗时，赐进士出身。其诗文义正词严，寓意深刻，形象生动，结构严谨，振聋发聩。因性格耿直，几度被贬回乡，他的足迹遍布闽中、闽北的山山水水，黄杨岩、洞天岩、妙高峰、云际岭……处处留下他的诗章。

邓肃忧国爱民。徽宗时，大兴土木征集花石纲，营建"艮岳"，劳民伤财。身为学子，邓肃奋不顾身，坦诚劝阻曰："但愿君王安百姓，圃中无日不东风。"千百年来脍炙人口，使人读来如沐春风；坦荡胸襟足以包容天地，一双赤诚眼眸慈爱地凝视着芸芸众生。

邓肃清正廉洁。南宋建炎元年(1127)，他因《论留李纲疏》而触怒高宗，被解职归乡，又遇家乡土匪作乱，因而缺衣少食，常以野菜充饥，过着凄凉的生活。绍兴二年(1132)，奉母避寇于福唐(今福清市)，不久病逝。直至五年后，其英灵才归葬于邓墩故里先茔西侧。

邓肃铁骨铮铮。《栟榈先生文集》除了洋溢着爱国爱乡的气息

---

* 邓子基(1923—2020)，福建省三明市沙县区人。1947年，毕业于政治大学经济系。1952年，厦门大学经济研究所研究生毕业。历任厦门大学讲师、副教授、教授、博士生导师、经济学院副院长，著名经济学家、财政学家、教育家，我国财政学奠基人和开拓者之一。先后荣获国家级、省部级等50多个奖项。

外,更像支支利箭射向贪官的胸膛。"饱食官吏不深思,务求新巧日孳孳",一针见血地刻画出那些借献花石纲而营利坑民的官吏丑态。其中的《奏札子》一卷更是点名道姓地把奸臣贼子归类分等,指明他们的罪状罪责,将他们赤裸裸地暴露在众人面前。他被贬回故里后,义无反顾,挥笔写下"填海我如精卫,当车人笑螳螂。六合群黎有补,一身万段何妨"的诗句。犀利的文锋,激烈的言辞,充分表现了邓肃对奸臣贼子的深恶痛绝,直抒了心中的浩然之气和爱国爱民的崇高气节。

邓肃博学善思。《栟榈先生文集》共25卷,主要分诗词、游记、奏札、跋、杂文等几部分。从中可以看出,邓肃不仅善于借山水明志,假风月言情,更擅长引经据典直抒心怀,形成了他那委婉深秀、豪迈磅礴的文学风格。

遗憾的是,《栟榈先生文集》原文没有标点、注释,又为竖排版,现代人看不习惯;引文出处深奥精辟,许多人文典故史料记载不全,读者不易看懂;由于年代久远,许多名胜古迹早已荡然无存,当今读者无法对全文有个全面了解。今由邓新华点校、邓景华注释、陈嘉星译文、金文凯审核、谢重光审订的《栟榈先生文集释义》一书,将清道光三年(1823)旧刻版《栟榈先生文集》改为横排本,对全书进行标点、断句,并查档案、找资料、实地考察,对诗文加以注释,以朴素的语言、素描的容貌,让其走进当今社会,相信会让广大读者更容易接受和喜爱。

我坚信,《栟榈先生文集释义》的出版,将会带动更多人认识邓肃、了解邓肃,学习发扬他的高风亮节,更加热爱家乡、热爱生活,激起更多人的生活斗志;邓肃为政清廉的事迹,将勉励干部戒奢倡廉、勤政为民;也将更加提高千年古邑、小吃之乡——沙县的知名度。可钦、可喜、可贺!

草草几言,谨为序。

己亥年(2019)于厦门大学

邓肃生平

邓肃(1091—1132),字志宏,号栟榈,唐末崇安镇将邓光布第十四代裔孙。父邓谷,母罗氏。北宋元祐六年(1091),邓肃出生于南剑州沙县洛阳里邓墩(今福建省三明市沙县区虬江街道曹元村境内邓墩遗址)。邓肃少时警敏能文,美风仪,善谈论,10岁能礼宾客、作诗赋;13岁师从于理学家陈渊,并深得陈公之钟爱,将小女许配其为妻;他15岁代人撰写上县令书,才华初露,震惊乡里;17岁再拜闽学四贤之一罗从彦为师;26岁考入太学,品学兼优,深得闽学鼻祖杨时的器重。

宋徽宗当政时,在汴京建"艮岳"御园,大兴花石纲役,江南百姓苦不堪言。宣和元年(1119),时为太学生的邓肃作《花石诗十一章并序》,抨击那些借献花石纲役以营私坑民的官吏是"饱食官吏不深思,务求新巧日孳孳";并以诗劝谏曰:"但愿君王安百姓,圃中无日不东风。"当朝权臣见诗大怒,遂将邓肃逐出太学。邓肃归故里时,适逢宋代名臣李纲被谪到沙县。李纲见而奇之,相与唱和,为忘年交。

靖康元年(1126),在李纲的举荐下,宋钦宗在便殿召见了邓肃,赐以进士出身,补承务郎,授以鸿胪寺主簿之职。同年腊月,他奉命押送道释经印版入金营,被扣为人质五十日。他借机探敌情,后脱身返朝。次年三月,金兵掳徽宗、钦宗二帝,灭北宋,立伪楚国,扶张邦昌为傀儡皇帝。北宋许多旧臣屈膝变节,但邓肃节义不屈,不食楚粟,忍受饥饿,奔赴南京(今河南商丘),被宋高宗擢为左正言。面对金兵再次进犯,邓肃极力主战,疾呼"金人不足畏",并主张严惩失节的朝臣,裁撤平庸之辈,奖励有功之臣。不到三月,连谏二十余疏,多被高宗采纳。宋高宗嘉其"论事正当,甚可取",赐给五品官服,邓肃因此名声大振。

栟榈先生文集释义

建炎元年(1127)八月,宋高宗听信谗言,将居相位仅75天的抗金派领袖李纲罢职,当时太学生陈东、布衣欧阳澈等为保李纲被斩首。邓肃义无反顾,仍然上《论留李纲疏》,触怒了高宗,被解职归乡。

绍兴元年(1131),邓肃复出,主管江州(今江西省九江)太平观。次年,邓肃上奏辞禄,转承事郎,回归故里。后奉母避寇于福唐(今福清市)。因侍母疾,愤国耻,积忧成病,卒于绍兴二年(1132)五月初九日,年仅42岁。绍兴七年(1137)十二月,其家人从数百里外的福唐将邓公英灵归葬于沙县邓墩故里后山先茔西侧。《宋史》有邓肃列传。有《栟榈先生文集》25卷传世。

目 录

旧版序

清道光三年旧刻版序 …………………………………… 钱仪吉(2)
明正德十四年旧刻版序 …………………………………… 林 孜(7)
明正德十四年旧刻版序 …………………………………… 胡 琼(10)

卷之一 绝诗

进花石诗状 ………………………………………………………… (14)
花石诗十一章并序 ………………………………………………… (15)
岩 桂 ……………………………………………………………… (17)
梅 …………………………………………………………………… (18)
泛 江 ……………………………………………………………… (18)
姜池源庙二首 ……………………………………………………… (18)
灵应寺二首 ………………………………………………………… (19)
偶 题 ……………………………………………………………… (19)
靖节先生祠下 ……………………………………………………… (20)
郫州道中早行 ……………………………………………………… (20)
寄张应和运副二首 ………………………………………………… (20)
咏史二首 …………………………………………………………… (21)
戏 题 ……………………………………………………………… (21)
访故人 ……………………………………………………………… (22)
题枕碧阁 …………………………………………………………… (22)
次韵李状元送酒 …………………………………………………… (22)
次韵顺之奏雅四首 ………………………………………………… (23)

凤池小饮 …………………………………………………（24）
落梅二首 …………………………………………………（24）
和邓成材五绝 ……………………………………………（24）
南归醉题家圃二首 ………………………………………（26）

卷之二　律诗

凝翠阁陪李梁溪次韵 ……………………………………（28）
谢见招者 …………………………………………………（28）
谢朱乔年 …………………………………………………（29）
哭陈兴宗先生三首 ………………………………………（29）
无　题 ……………………………………………………（30）
西庵饯春 …………………………………………………（31）
喜雨二章 …………………………………………………（31）
再和宰公二首 ……………………………………………（32）
次韵龙学丈 ………………………………………………（32）
和姜季资 …………………………………………………（33）
云际岭 ……………………………………………………（33）
和邹宣教 …………………………………………………（33）
偶　食 ……………………………………………………（34）
送丹霞 ……………………………………………………（34）
遣　妓 ……………………………………………………（35）
游　山 ……………………………………………………（35）
谢吕友善见和 ……………………………………………（35）
谢吴少絴和 ………………………………………………（36）
次韵茂实之才 ……………………………………………（36）
秋日白莲 …………………………………………………（37）
访故人 ……………………………………………………（37）
瑞鹧鸪 ……………………………………………………（38）
罗知县挽诗 ………………………………………………（38）
次宋左司韵 ………………………………………………（39）
戏彦成端友 ………………………………………………（39）

2

寄张子猷	(39)
自　嘲	(40)
偶成三首	(40)
次韵王信州三首	(41)

卷之三　律诗

和李梁溪春雪韵二首	(44)
送　春	(44)
分岁雪	(45)
邻家翁挽辞二首	(45)
从昭祖乞糖霜	(46)
避地过雷劈滩	(46)
偶　题	(47)
次韵谢明远和	(47)
题步瀛阁	(47)
子安提举二首	(48)
次韵二首	(49)
次韵郭宰兼简丞尉三首	(49)
洪丞和来再次韵二首	(51)
又　述	(51)
成彦女奴琵琶	(52)
寄璨老西轩	(52)
林提学挽词	(53)
和陈少卿	(53)
谨次第三章	(54)
别陈少卿	(54)
偶成二首	(54)
凤池小饮	(55)
次韵邓成彦	(55)
戏洪丞	(56)
次韵凝翠阁看水	(56)

3

再次前韵二首 ……………………………………………… (56)
陈大夫华严阁 ………………………………………………… (57)

卷之四　古诗

靖康迎驾行 …………………………………………………… (60)
寄司录朝奉兼简伯寿 ………………………………………… (61)
道原惠茗以长句报谢 ………………………………………… (62)
大　雨 ………………………………………………………… (63)
芙蓉轩 ………………………………………………………… (63)
贺朱乔年生日 ………………………………………………… (64)
谢虞守送酒 …………………………………………………… (64)
别虞守 ………………………………………………………… (64)
昭祖送韩文 …………………………………………………… (65)
偶　成 ………………………………………………………… (65)
题显亲庵谨次严韵 …………………………………………… (66)
送思道之福唐 ………………………………………………… (66)
与郭舜钦朝请 ………………………………………………… (67)
遣　兴 ………………………………………………………… (68)
题天庆观 ……………………………………………………… (69)
寒梅上李舍人 ………………………………………………… (69)
送李状元还朝 ………………………………………………… (70)
霹雳松 ………………………………………………………… (70)
题梅斋 ………………………………………………………… (71)

卷之五　古诗

贺梁溪李先生除右府 ………………………………………… (74)
上先生 ………………………………………………………… (75)
龙兴避难 ……………………………………………………… (75)
和明远喜雨作 ………………………………………………… (76)
寄亨甫 ………………………………………………………… (77)
东林一枝庵 …………………………………………………… (77)

醉吟轩	(77)
嘲蛇伤足	(78)
送丹霞	(78)
玩芳亭	(79)
小　饮	(79)
质夫和来	(80)
紫芝和来	(80)
邂逅宇文	(81)
别施君叔异	(81)
雨花轩	(82)
访丹霞	(83)
戏吴少䊹	(83)
寄兴国福圣二老	(84)
送游教授	(85)
庐　山	(85)

卷之六　古诗

纪　德	(88)
御方寇有功	(92)
邱宰生日	(92)
和谢吏部	(93)
自　叙	(93)
游　山	(94)
对　酒	(95)
送成彦尉邵武	(96)
别僧永肩	(97)
谢杨休	(98)
呈几叟仪曹	(99)

卷之七　律诗

刘忠显挽词	(102)

寄德裕县丞 …………………………………… （103）
再韵明复和来 ………………………………… （104）
口　占 ………………………………………… （104）
送李君上洞天 ………………………………… （104）
戏天启作时文 ………………………………… （105）
哭施叔异 ……………………………………… （105）
招成老 ………………………………………… （106）
送成材 ………………………………………… （106）
避贼引 ………………………………………… （107）
次韵师皋 ……………………………………… （108）
聚星行 ………………………………………… （108）
寄李状元 ……………………………………… （109）
送张巨源 ……………………………………… （109）
送吕友善 ……………………………………… （109）
黄杨岩 ………………………………………… （110）
鼋 ……………………………………………… （110）

卷之八　古诗

送李丞相四路宣抚 …………………………… （114）
大水杂言 ……………………………………… （114）
次韵王信州 …………………………………… （115）
再次韵 ………………………………………… （116）
鼓腹谣 ………………………………………… （117）
次鼓腹谣元韵 ………………………………… （117）
戏王子和 ……………………………………… （118）
鼓腹谣谢许令 ………………………………… （118）
风雨损荔子 …………………………………… （119）
题吹衣亭 ……………………………………… （119）
游鼓山 ………………………………………… （120）
别珠公 ………………………………………… （120）
送许丈赴行在 ………………………………… （121）

卷之九　古诗

后迎驾行 …………………………………………………………（124）
促　行 ……………………………………………………………（124）
偶　成 ……………………………………………………………（125）
古意三首 …………………………………………………………（125）
观子陵画像 ………………………………………………………（126）
谒南斋诸友 ………………………………………………………（126）
再用南斋韵谢 ……………………………………………………（126）
登妙峰阁 …………………………………………………………（127）
游东山 ……………………………………………………………（127）
云际岭 ……………………………………………………………（127）
谢丹霞老师 ………………………………………………………（128）
玉山避寇 …………………………………………………………（128）
次韵李舍人 ………………………………………………………（129）
送李司录西赴 ……………………………………………………（129）
尘外堂 ……………………………………………………………（130）

卷之十　古诗

谢李舍人题额 ……………………………………………………（132）
陪李梁溪游泛碧 …………………………………………………（132）
本上人 ……………………………………………………………（133）
和作哲送令德 ……………………………………………………（133）
宴坐轩 ……………………………………………………………（134）
舫　斋 ……………………………………………………………（134）
泛舟示子 …………………………………………………………（134）
万卷堂 ……………………………………………………………（135）
过黄杨岩 …………………………………………………………（135）
飞　萤 ……………………………………………………………（136）
次韵王信州古风 …………………………………………………（136）
再次韵谢之 ………………………………………………………（136）

再次壮字韵……………………………………………………(137)
第四章兼简其子……………………………………………(138)
荔　子………………………………………………………(138)
避地山谷……………………………………………………(139)
次韵王信州游栖云…………………………………………(139)

卷之十一　乐诗

临江仙·登泗洲岭九首………………………………………(142)
浣溪沙八首…………………………………………………(144)
菩萨蛮十首…………………………………………………(145)
南歌子四首…………………………………………………(147)
诉衷情·送李状元三首………………………………………(148)
长相思令三首………………………………………………(148)
西江月二首…………………………………………………(149)
生查子………………………………………………………(149)
感皇恩………………………………………………………(149)
一剪梅·题泛碧斋……………………………………………(150)
蝶恋花·代送李状元…………………………………………(150)
江城子………………………………………………………(151)

卷之十二　奏札子

第一札子:辞免除左正言……………………………………(154)
第二札子……………………………………………………(155)
第三札子……………………………………………………(156)
第四札子……………………………………………………(158)
第五札子……………………………………………………(162)
第六札子……………………………………………………(164)
第七札子……………………………………………………(172)
第八札子……………………………………………………(174)
第九札子……………………………………………………(176)
第十札子……………………………………………………(178)

第十一札子⋯⋯⋯⋯⋯⋯⋯⋯⋯⋯⋯⋯⋯⋯⋯⋯⋯⋯⋯⋯⋯⋯（180）
第十二札子⋯⋯⋯⋯⋯⋯⋯⋯⋯⋯⋯⋯⋯⋯⋯⋯⋯⋯⋯⋯⋯⋯（182）
第十三札子⋯⋯⋯⋯⋯⋯⋯⋯⋯⋯⋯⋯⋯⋯⋯⋯⋯⋯⋯⋯⋯⋯（184）
第十四札子⋯⋯⋯⋯⋯⋯⋯⋯⋯⋯⋯⋯⋯⋯⋯⋯⋯⋯⋯⋯⋯⋯（187）
第十五札子⋯⋯⋯⋯⋯⋯⋯⋯⋯⋯⋯⋯⋯⋯⋯⋯⋯⋯⋯⋯⋯⋯（187）
第十六札子⋯⋯⋯⋯⋯⋯⋯⋯⋯⋯⋯⋯⋯⋯⋯⋯⋯⋯⋯⋯⋯⋯（189）
第十七札子⋯⋯⋯⋯⋯⋯⋯⋯⋯⋯⋯⋯⋯⋯⋯⋯⋯⋯⋯⋯⋯⋯（191）
第十八札子⋯⋯⋯⋯⋯⋯⋯⋯⋯⋯⋯⋯⋯⋯⋯⋯⋯⋯⋯⋯⋯⋯（193）
第十九札子⋯⋯⋯⋯⋯⋯⋯⋯⋯⋯⋯⋯⋯⋯⋯⋯⋯⋯⋯⋯⋯⋯（195）

卷之十三　文

不　校⋯⋯⋯⋯⋯⋯⋯⋯⋯⋯⋯⋯⋯⋯⋯⋯⋯⋯⋯⋯⋯⋯⋯（200）
青　词⋯⋯⋯⋯⋯⋯⋯⋯⋯⋯⋯⋯⋯⋯⋯⋯⋯⋯⋯⋯⋯⋯⋯（202）
原　直⋯⋯⋯⋯⋯⋯⋯⋯⋯⋯⋯⋯⋯⋯⋯⋯⋯⋯⋯⋯⋯⋯⋯（204）
吊墨迹文⋯⋯⋯⋯⋯⋯⋯⋯⋯⋯⋯⋯⋯⋯⋯⋯⋯⋯⋯⋯⋯⋯（207）
诫　子⋯⋯⋯⋯⋯⋯⋯⋯⋯⋯⋯⋯⋯⋯⋯⋯⋯⋯⋯⋯⋯⋯⋯（210）

卷之十四　书

上龟山先生杨博士⋯⋯⋯⋯⋯⋯⋯⋯⋯⋯⋯⋯⋯⋯⋯⋯⋯⋯（214）
上刘延康⋯⋯⋯⋯⋯⋯⋯⋯⋯⋯⋯⋯⋯⋯⋯⋯⋯⋯⋯⋯⋯⋯（216）
代人上县令⋯⋯⋯⋯⋯⋯⋯⋯⋯⋯⋯⋯⋯⋯⋯⋯⋯⋯⋯⋯⋯（220）
与胡左司⋯⋯⋯⋯⋯⋯⋯⋯⋯⋯⋯⋯⋯⋯⋯⋯⋯⋯⋯⋯⋯⋯（222）
与李状元工部⋯⋯⋯⋯⋯⋯⋯⋯⋯⋯⋯⋯⋯⋯⋯⋯⋯⋯⋯⋯（224）
答黄德美⋯⋯⋯⋯⋯⋯⋯⋯⋯⋯⋯⋯⋯⋯⋯⋯⋯⋯⋯⋯⋯⋯（226）
答张居实⋯⋯⋯⋯⋯⋯⋯⋯⋯⋯⋯⋯⋯⋯⋯⋯⋯⋯⋯⋯⋯⋯（228）

卷之十五　序

瑞花堂⋯⋯⋯⋯⋯⋯⋯⋯⋯⋯⋯⋯⋯⋯⋯⋯⋯⋯⋯⋯⋯⋯⋯（232）
丹霞赏音文集⋯⋯⋯⋯⋯⋯⋯⋯⋯⋯⋯⋯⋯⋯⋯⋯⋯⋯⋯⋯（233）
丹霞禅师行化⋯⋯⋯⋯⋯⋯⋯⋯⋯⋯⋯⋯⋯⋯⋯⋯⋯⋯⋯⋯（235）

太平兴国堂头璨公语录……………………………………………（237）

卷之十六　序

沙阳重修县学………………………………………………………（242）
具瞻堂………………………………………………………………（245）
亦骥轩………………………………………………………………（247）
仪郑堂………………………………………………………………（249）

卷之十七　记

新建三清殿…………………………………………………………（254）
南剑天宁塑像………………………………………………………（256）
沙县福圣院重建塔…………………………………………………（259）
兴化重建院…………………………………………………………（263）

卷之十八　记

栖云日新轩…………………………………………………………（268）
丹霞清泚轩…………………………………………………………（270）
沙邑栖云寺法雨……………………………………………………（273）
一枝庵………………………………………………………………（276）

卷之十九　题跋

题了翁墨迹…………………………………………………………（282）
书乐天事……………………………………………………………（282）
书扬雄事……………………………………………………………（283）
书字学………………………………………………………………（284）
题凤池寺……………………………………………………………（285）
题贤沙寺……………………………………………………………（286）
题开平院……………………………………………………………（287）
题潺湲阁……………………………………………………………（287）

书法帖 …………………………………………………（288）
跋李舍人放鲎文 ………………………………………（289）
跋陈了翁谏议书邵尧夫诫子文 ………………………（290）
跋朱乔年所跋王安石字 ………………………………（291）

卷之二十　题跋

跋了翁真迹 ……………………………………………（294）
跋蔡君谟书 ……………………………………………（294）
跋李丞相赠邓成材判官诗 ……………………………（295）
跋罗右文李左史题栖云真戒大师营治 ………………（296）
跋虞郎中画 ……………………………………………（297）
跋邓右文天池记 ………………………………………（299）
跋乐氏偕来堂记 ………………………………………（300）
跋文恭公墓志 …………………………………………（301）
跋胡公墓志 ……………………………………………（302）
题称老开堂疏 …………………………………………（303）

卷之二十一　启简

上李右丞相启 …………………………………………（306）
上李右丞相简 …………………………………………（307）
寄朱乔年 ………………………………………………（309）
答吴时中 ………………………………………………（311）
答陈梦兆 ………………………………………………（312）

卷之二十二　祭文

奉安陈谏议祭文 ………………………………………（316）
沙县灵卫邓公祝文 ……………………………………（317）
灵卫庙赛愿祝文 ………………………………………（319）

卷之二十三　疏语

祈　雨 …………………………………………………………（322）
谢　雨 …………………………………………………………（322）
天王称老开堂 …………………………………………………（323）
高飞新老开堂 …………………………………………………（324）
代人请长老升座 ………………………………………………（325）

卷之二十四　志铭

何长善承事墓志铭 ……………………………………………（328）

卷之二十五　评论

诗　评 …………………………………………………………（332）
论　书 …………………………………………………………（333）

跋

明正德十四年旧刻版跋 ……………………………… 罗　珊（338）
清道光三年旧刻版跋 ………………………………… 邓廷桢（340）

后　记 …………………………………………………………（345）

旧版序

栟榈先生文集释义

清道光三年旧刻版序

钱仪吉*

江宁①邓氏，其先宋南渡，初自南剑②迁洞庭者，曰栟榈先生。考史，先生尝事高宗，李忠定之出也，以奏争③，罢归。盖归而隐于洞庭西山④。

其十五世孙、寿阳太史元昭⑤《林屋集》有云："吾祖扈南渡，抽身老会稽者是也。"王仲言称，先生集三十卷，《宋史·艺文志》为二十六卷，而诸家著录作皆未之及。国初，吴时举辑宋人诗，其目录有《栟榈集》，顾独阙其诗。乾隆间，求遗书于天下。福建巡抚某公始得之，以进于朝。诗、词各一卷，文十四卷，裁十六卷。而世间传本益鲜。

仪吉会试房师为太史六世孙巘筠⑥，太守尝求之十余年矣。官编修，奉敕修《全唐文》，请观《永乐大典》于翰林院署，而得先生词。又于嘉善曹氏⑦《宋百家诗存》中得诗一卷，而曹氏记先生集则二十五卷。太史读而慕思，求之益力。久之，守宁波，乃于萧山汪氏得正德十四年刻本。虽不及仲言所云，而视采进本增多诗八卷，凡二十五卷，乃与曹记合。

靖康⑧、建炎⑨间，一时文字传于今者。若曹洪、丁傅之记录，沈龟溪⑩、高东溪⑪及陈、欧阳二生之遗文，往往足补前史之缺，兹亦其俦与⑫。当是时，中兴草创，而河北、河东所失，不过真定、太原等十数郡。使忠定不出，贤材得以尽其用，斥汪黄之徒，恤民、足食、移跸、南阳义士闻风而起，则九主之业岂特偏安已乎？乃大贤被谗，一时以

---

* 钱仪吉(1783—1850)，字霭人，号衎石，浙江嘉兴人。嘉庆十三年(1808)进士，改翰林院庶吉士。曾任户部主事、刑科给事中、大清会典馆纂修官。晚年在粤东学海堂、开封大梁书院讲学数十年，培养了不少人才。

争忠定,去如先生者,殆十余人,几于朝为之空。然而犹可以立国者,赖其始政,规模粗立,事稍定,而后去之。

尝观刘架阁《续通鉴》,记:建炎元年五月,耿南仲⑬安置南雄,六月置功赏司,皆先生所尝言,亦稍稍施用矣。贤者之于人国,小用之犹小效,岂不重哉?先生尝游杨文靖之门,又与朱子之父韦斋⑭善,故其言于朝曰:"人臣有毫发之私,必有欺君之罪;人君有毫发之私,必失天下之心。"而于刘豫伪官,首为二格,以暴其罪,盖兢兢乎,明黜陟以正人心。呜呼,后之读者可以兴矣!

太守既得斯集,喜且泣,将重刊之。又以《林屋集》仅家藏本,亦无板,遂并镌焉,而属仪吉为之序。昔先太傅尝读曹氏所辑诗,皆题句其上,于先生集云:"千载庄生谈剑后,栟桐花石十章诗。"盖艮岳⑮之筑,先生在太学上诗风谏。夫事变起而后定之,不如塞乱源,此太傅所以三复是诗也。而两家文字之役,若有天焉,遂承命而谨缀其所欲言者。

嘉庆十有九年,岁在阏逢阉茂,季秋之月,赐进士出身、户部主事、大清会典馆纂修官、前翰林院庶吉士、嘉兴后学钱仪吉顿首谨序。

注释

①江宁:江宁府(今南京),古称金陵。清初为江南省治和两江总督衙署所在地。清康熙六年(1667),将江南省划分为江苏、安徽二省,其管辖范围大致与现在相同。

②南剑:南剑州(今南平),又称剑浦。南唐保大四年(946),析建州(今建瓯)南部地设剑州,治于南平。北宋太平兴国四年(979),为区别于蜀之剑州,闽之剑州改为南剑州。元至元十五年(1278)改为南剑路。元大德六年(1302)改为延平路。明洪武元年(1368)改为延平府。民国时期,延平改为南平。

③李忠定之出也,以奏争:对于李纲被罢职出朝之事,邓肃上奏力争。李忠定,即李纲(1083—1140),字伯纪,号梁溪,邵武人。北宋政和二年(1112)进士,任国史编修。宣和元年(1119)六月,开封闹水灾,李纲因上《论水灾疏》,被贬沙县监管税务,寓居兴国寺。宣和二年(1120)返京,后任太常

少卿、兵部侍郎、尚书右丞。靖康元年(1126),金兵初围开封时,他力阻钦宗迁都,以尚书右丞任亲征行营使,率领军民击退金兵。不久,受投降派排挤。高宗即位,用为尚书右仆射兼中书侍郎,力主抗金。南宋建炎元年(1127),高宗听信谗言,将居相位仅75天的李纲罢职出朝。卒后赠少师,谥忠定。著有《梁溪集》。

④洞庭西山:江苏吴县(今属苏州市苏中区)太湖有西洞庭和东洞庭两个岛屿。西山,指西洞庭的西山。

⑤寿阳太史元昭:安徽寿阳人邓元昭,系邓肃第十五世孙,生卒不详,清初任职于翰林院。著有《林屋集》。这里的"太史",是对任职翰林院者的尊称。

⑥嶰筠:音 xiè yún。指邓廷桢(1775—1846),字嶰筠,江宁(今南京)人,邓肃第二十一世孙。清嘉庆六年(1801)进士,历任江西布政使,安徽巡抚,两广、闽浙、陕甘总督。他是鸦片战争中力主禁烟抗英的民族英雄,曾与林则徐因禁烟同时被谪戍伊犁(今属新疆)。卒于西安任所,归葬江宁灵山。清道光三年(1823),在江宁重版《栟榈先生文集》,并作跋。

⑦曹氏:曹庭栋(1699—1785),字楷人,号六圃,又号慈山居士,浙江嘉善人,诸生出身。自幼好学,天性恬淡,尤精养生学,曾被举孝廉而坚辞不就。在经史、辞章、考据等方面皆有所钻研,著有《老老恒言》《产鹤亭诗集》《易准》传世。清乾隆年间,编辑《宋百家诗存》28卷。

⑧靖康:北宋钦宗皇帝的年号,靖康年间为1126—1127年,是北宋的最后一个年号。

⑨建炎:南宋高宗皇帝的第一个年号,建炎年间为1127—1130年,共4年。

⑩沈龟溪:沈与求,号龟溪,两宋之交名臣,身居吏部尚书、参知政事、知枢密院事等要职,在南宋初期政坛上具有不可忽视的地位。同时沈与求亦以翰墨知名,所作内外制诰皆代言得体,尤善为诗而不苟作,著有《龟溪集》十二卷。

⑪高东溪:高登,字彦先,号东溪,南宋著名理学家、文学家,被朱熹尊为"百世师"。

⑫俦与:同伴。

⑬耿南仲(?—1129):字希道,开封人。北宋末年大臣,曾任太子右庶子、定王侍读、太子詹事、资政殿大学士、尚书左丞、门下侍郎等。靖康之变

中,力主割地求和;在沮渡河之战中,遏勤王之兵。高宗即位,遇邓肃弹劾,罢为观文殿学士,提举杭州洞霄宫。

⑭韦斋:朱松(1097—1143),字乔年,号韦斋,闽学四贤之一朱熹之父。邓肃学友。宋重和元年(1118)进士,历任政和县尉、尤溪县尉、著作郎、吏部郎、饶州知州等职。

⑮艮岳:宋徽宗花6年时间在汴京所建的著名宫苑,宣和四年(1122)竣工,初名万岁山,后改名艮岳、寿岳,亦号华阳宫。宋徽宗写有《艮岳记》。1127年金人攻陷汴京后被拆毁。

译文

江宁府邓氏先祖邓肃公,于宋朝时南渡,首先从南剑州迁到洞庭者,称栟榈先生。考《宋史》,他曾经侍奉高宗。因李纲被罢相这件事,邓肃上奏力争,被免职归乡,后隐居于洞庭西山。

邓肃的第十五世裔孙寿阳太史邓元昭所著《林屋集》记载:"我的祖先随众南渡,脱身后老于会稽郡。"王仲言说,邓肃文集共三十卷;《宋史·艺文志》载有二十六卷;而各家目录著作都没有提到邓肃文集。到了清顺治年间,吴时举编辑宋人诗,目录中有《栟榈集》,但是没有内容。乾隆年间,在全国寻找遗书。福建巡抚某公最早发现《栟榈集》,并敬献朝廷。有诗词各一卷,文章十四卷,定为十六卷。而世间传本,则少之又少。

我的会试房师是太史六世孙邓嶰筠(即邓廷桢),他求取这本书十几年了。后来我任编修官,奉命修《全唐文》,于翰林院内阅读《永乐大典》,因而看到《栟榈集》。又从嘉善曹氏的《宋百家诗存》中得到一卷诗,记载的邓肃文集是二十五卷。邓廷桢公读到后更加渴求,并用心寻找,坚持不懈。他任宁波太守时,在萧山汪家找到明正德十四年(1519)刻本。虽比不上王仲言所说的三十卷,却比采进本增加了八卷的诗,共二十五卷,与嘉善曹氏吻合。

靖康、建炎年间,当时大量文字传于现今。如曹洪、丁傅之记录,沈与求、高登及陈东、欧阳澈二人的遗文,往往足以补足前人的缺失,邓肃文集与上举诸人著述亦属同一类型著作。那时候,南宋刚立国,河北、河东失守的地方,不过是真定、太原等十几个郡。倘使李纲未受罢黜,贤材都能启用,摈弃汪伯彦、黄潜善一类人,体恤民众,使其饱食,圣上移驾,南阳义士闻风而起,帝业怎会偏安一隅呢?因大贤为谗言所害,一时以争李纲去留问题,像邓肃先生一样离开朝廷的人达十几人之多,朝廷几乎走空。但依然可以立国的原因,在于新的政权始立,规模粗具,政局稳定之后才罢黜这些人。

曾看到刘架阁《续通鉴》记载:建炎元年五月,耿南仲被驱逐于南雄,六月即按功分赏。与邓肃先生说的只是暂时处罚一下相一致。贤人对于国家,小用只能收到小的成效,难道用贤人不重要吗?邓肃先生曾游历杨时之门,又跟朱熹的父亲朱韦斋要好,所以他敢在朝廷上说:"为臣的有毫发之私,就必定会有欺君之罪;为君的有毫发之私,则一定失去天下人心。"对于刘豫等伪官,要先确定两种罪行,以宣告他们的罪恶,他们能不战战兢兢吗?赏罚分明才能端正人心。后来的读者从中可知兴衰之道啊。

邓廷桢太守得到这本书后,高兴得流下热泪,想要刊印。又因《林屋集》只是家藏本,没有刻版,于是决定一并镌刻,并交代我写序。从前太傅读曹氏所编的集子,都在上面题了句,对此集题曰:"千载庄生谈剑后,栟榈花石十章诗。"艮岳大兴土木,邓肃先生在太学时就以诗劝谏。后来发生浙江方腊民变,虽平定但不如事先堵乱源,这就是太傅反复强调此诗的缘故啊。而两家收集文字之事,好像上天在帮助他们一样。我于是接受天命,写下其想要表达的话。

嘉庆十九年,岁在甲戌,季秋之月,赐进士出身、户部主事、大清会典馆纂修官、前翰林院庶吉士、嘉兴后学钱仪吉顿首谨序。

明正德十四年旧刻版序

林　孜[*]

　　节义,人之大闲也;文章,人之才艺也。二者皆士之不可缺者也。然有节义而无文章,不失为君子;徒文章而无节义,其余不足观。能备是二者,则百世之下,邑里增光,后学仰式,人人思慕,诵习之不忘,而其人又岂易得者哉? 足以当之者,其惟我栟榈邓先生乎!

　　先生丁宋中叶,其忧君悯世之心,拳拳发于章奏之间;忠义之节,昭于史册。先正已有定论,不待赘。时出其绪余,肆为诗文,辞严意正,类其为人。至今读之,毛发森竦,神情奋激。视彼软靡谀佞之词,真不啻[①]若粪壤尔,可使之湮没不传乎?

　　旧板刊刻沙阳[②],兵火之后,久已泯逸。孜自幼景慕其节义,思得以服诵之。遍访诸士大夫家,或得其前帙,或得其后帙,又字多磨灭,欲复锓[③]诸梓,以传永远,力不能副,久歉于怀。近方搜求全备,遂命书人缮写,亲自校正。分例定式,庶几足为善本,以俟刊工,有日矣。

　　适县尹南海罗侯廷佩[④]莅任敝邑[⑤],雅重儒术,尤尚节概。首以古之忠臣义士下询,孜举先生以对。侯慨然曰:"乡有先贤,盍表崇之,以为学者励?"即欲立祠以祀之。遂索其文集,命工刊之。于是人人获睹其文,钦而仰之矣。于戏,物之显晦[⑥],固自有时,况先生节义与日月同明,不问今昔,而其文章岂终隐哉?

　　罗侯斯举,固有功于先哲,有功于后学,亦天以斯文授于侯也,而岂徒哉? 则孜之夙愿,亦因以偿矣。侯命述其刊之由,敬以是复之云。

---

[*] 林孜,字思舜,永安人。曾任揭阳知县。

正德十四年己卯春三月,既望之吉,邑后学林孜书于燕江草堂。

注 释

①不啻:啻,音 chì。不止,不只。

②沙阳:指沙县。因县治位于凤岗山之南、沙溪之北,亦称沙阳。东晋时,在延平县之南沙源地置沙戍。东晋义熙年间(405—418),沙戍升格为沙村县。唐武德四年(621)改为沙县,隶属建州。唐大历年间(766—779)改属汀州。因沙邑古县地形易攻难守,唐中和年间(881—884),崇安镇将邓光布与汀州府司录参军兼摄沙县事曹朋共谋,将县治从古县迁移到凤岗杨篑坂(今沙县人民政府驻地),有利于据险固守,保境安民,百姓皆尊奉邓、曹为"开县始祖"。五代后汉时期,沙县改属剑州。北宋时期,沙县改属南剑州。元以后改属南剑路、延平路、延平府。明景泰三年(1452),析沙县新岭以南(含栟榈山)、尤溪宝山以西地,设永安县。明成化六年(1470),析沙县十九都及二里地设归化县(今明溪县)。民国二十八年(1939),又析沙县之南设三元特种区;民国二十九年(1940),增划毗邻的沙县、明溪、永安县部分地方,设三元县。1949 年后,沙县先后隶属南平专区、建阳地区、南平地区。1970 年隶属于三明地区。1983 年 4 月隶属于三明市。2021 年 7 月,沙县撤县改为沙县区,隶属于三明市。

③锓:音 qǐn。雕刻。

④罗侯廷佩:罗廷佩,南海人。明正德年间任永安知县。

⑤敝邑:指永安县,宋时属沙县辖区。明景泰三年(1452),始置永安县。明正德十四年(1519),永安县重刊《栟榈文集》,永安知县罗廷佩题跋,林孜、胡琼作序。

⑥显晦:意指明暗。

译 文

节义是人的大雅,文章是人的才艺。二者都是士人不可或缺的。有节义而无文章,仍不失为君子;只有文章而无节义,那他的文章不值得一提。二者兼备,那他就能在百世之后乡里增光,后学仰慕,人人敬佩,诵习不忘。这种人难道容易得到吗?足以当之无愧的人,恐怕只有栟榈先生吧。

旧版序

邓肃先生长于两宋之际,他忧君悯世之心,拳拳发于奏章之间;忠诚仁义之节,昭著于史册之中。历史已有定论,此不赘言。出其绪余,恣意化作诗文,义正词严,文章与为人一样直率。如今读之,毛发悚然,神情激奋。那些轻声细语、阿谀奉承的词句与之对比,不过像粪土一样,岂可让邓肃先生的文章湮没于尘世中呢?

旧版在沙阳刊刻,毁于兵火,遗失已久。我从小就景仰邓肃先生的节义,想得到他的书并且拜读。访遍各士大夫之家,有的只有书的前半部分,有的只存后半部分,而且缺失许多字。想重新刻印,永远流传,又力所不能及,长时间都深感内疚。最近终于全部找齐,于是叫人书写誊清,亲自校正。分例定式,几乎可称之为善本,只等有朝一日,交于刻工刊印。

正好县令南海人罗廷佩到永安县就任,他注重教育,尤其尊重有气节之人。一开始就下访古代忠臣义士的事迹,我回答以邓肃先生。罗县令感慨地说:"乡有乡贤,我们应如何表示敬意,将他们作为后来人的榜样呢?"大家都马上想到建祠堂祭祀。于是,我找来邓肃先生文集,下令刻工制版,以便大家都能欣赏到他的文章,钦佩并仰慕他。事物之显明或晦暗,固然自有其时,何况先生的节义像日月一样明亮,不论过去与现在,岂能隐去他文章的光辉呢?

罗县令此举,自然有功于先哲,也有功于后人,真是上天将此文集授予他呀,难道他会徒劳无益吗?而我的夙愿,也因此得以实现了。罗县令叫我记述此事,我便认真地写了以上的内容。

正德十四年己卯春三月,既望之吉,邑后学林孜书于燕江草堂。

明正德十四年旧刻版序

胡 琼[*]

《栟榈文集》者,集宋正言邓先生之文也。先生讳肃,字志宏,"栟榈"乃其别号。历官高宗朝左正言,既以祠禄,卒于绍兴[①]间。

而乾道[②]、淳熙[③]中,斯集已一再刊矣。顾其板,世远无存。乡进士[④]、永安林君思舜,得其册于故老家,既为定次,而邑大夫南海罗君廷佩请续梓之。思舜且来征叙予。

惟昔宋中叶,吾南剑号称多贤,而沙阳尤多节概之士。今之永安,割沙龙之半置邑。其名贤故里、邱垄游息之所,多入永安,栟榈[⑤]乃其一也。故思舜为先生乡后进焉。先生生当诸贤倡明道学之际,趋向甚正。由是立朝,行己无愧古人。若其讽花石、留李忠定、劾臣伪楚[⑥]者,其风节凛凛可想也。方其在位,尽瘁王事,若无意于诗文者,而所作又以宏大见称。盖其养之有素,故无施不可耳。

语曰:"有德者,必有言。"其是之谓欤。今廷佩、思舜皆有志于古,其爱斯集也,不徒以其言。则廷佩今日所以自率乎其下,与思舜他日所以同立乎其朝者,殆知所持矣! 因乐为之书。

时正德己卯季夏望,郡后学胡琼谨序。

注 释

①绍兴:南宋高宗的第二个年号,绍兴年间为1131—1162年。
②乾道:南宋孝宗的第二个年号,乾道年间为1165—1173年。
③淳熙:南宋孝宗的第三个年号,淳熙年间为1174—1189年。在《栟榈先生文集》旧版作"淳祐"(1241—1252),系笔误,应更正为"淳熙"。

---

[*] 胡琼,永安人。

④乡进士：古代民间俗称贡生为"乡进士"。

⑤栟榈：指栟榈山，宋时隶属于沙县。明景泰三年(1452)析沙县新岭以西地置永安县，栟榈山划归永安县管辖。今在永安市贡川镇龙大村栟榈自然村境内，沙溪北岸。

⑥伪楚：北宋靖康元年(1126)金兵灭北宋后扶持的傀儡政权称"张楚"，金人册立北宋旧臣张邦昌为"楚帝"。

译文

《栟榈文集》收集了宋代左正言邓肃先生的诗文。邓先生，名肃，字志宏，栟榈是他的号。历任高宗朝左正言，后被贬，殁于绍兴年间。

早在南宋孝宗乾道、淳熙年间，此集已一再出版，但其刻版因年代久远也就丢失了。乡进士、永安林思舜在故老家中找到一本，便为其整理编次，县令罗廷佩（南海人）也要求再版。林思舜也来请我作序。

大宋中叶时，南剑州号称群贤荟萃，沙县有更多节概之士。现在的永安，是从沙县与龙岩各取一部分土地设置的。其中名贤故里、古墓、游玩的地方多属永安，栟榈山就是其中之一。所以，林思舜是邓先生同乡后生。邓先生生前正当诸贤倡明道学时，志向十分正直。由此在朝，行己无愧于古人。比如，他劝阻花石纲，挽留李纲，弹劾投靠张邦昌的佞臣，风节凛凛，可想而知。他在位时，竭尽全力为国着想，似乎无心作诗著文，然而留下的文章以宏大见称。凭他的素养，是没有什么不可达到的。

俗话说："有德行的人，一定有高论。"说的不就是他吗？如今罗廷佩、林思舜都有志于学习古代贤人，他们喜欢这本文集，不是光说说而已。如今罗廷佩之所以以此文集作为自率，与林思舜他日之所以同立于朝中者，差不多都是因为知道自己所持为何吧？于是，我很乐意地为他们作序。

时正德己卯季夏望，郡后学胡琼谨序。

卷之一 绝诗

进花石诗状①

太学生②臣邓肃，右臣窃见：东南所进花木怪石，无甚异者，又不能无费。臣今有策，欲取天下奇绝之观，毕置皇帝陛下囿中③。比之今日所贡者，固万万胜之；较之今日之费，则无万分之一。臣已撰成文字一轴，伏望宣索。

注释

①此文写于宣和元年(1119)十一月，邓肃时年29岁(虚岁，下同)，为太学生，在京城汴梁。据《宋史》卷二二《徽宗记》曰：宣和元年十一月，"朱勔以花石纲媚上，东南骚动，太学生邓肃进诗讽谏，诏放归田里"。元无名氏《宋史全文》卷一四亦载：宣和元年十一月，"太学生邓肃进诗讽取东南花石，坐屏出学，押归本贯。肃，南剑州人也"。

②太学生：根据《闽沙邓氏族谱》载，政和六年(1116)，26岁的邓肃考入太学；宣和元年(1119)，太学生邓肃因进花石诗被逐出太学，这与正史记载相符。可是，史学界还有一种观点认为：邓肃是在宣和三年(1121)才考入太学；宣和四年(1122)因进花石诗被逐出太学。因为政和八年即重和元年(1118)，邓肃之父邓谷逝世，宣和元年(1119)邓肃正在家丁父忧，不在汴京。此种观点存疑。

③囿中：囿，花园。此处指宋徽宗在汴京所建御花园艮岳。宋徽宗大兴花石纲役，在苏州、杭州设立应奉局、造作局，奉命搜刮江南奇花异石，进贡置于艮岳。进贡运输团队十船称为一"纲"。船队所过之处，百姓要供应粮食和民役；有的地方甚至为了让船队通过，拆毁桥梁，凿坏城郭。江南百姓苦不堪言。

译文

太学生邓肃呈状，我认为：东南各地所进献的花木怪石，没有什么奇特之处，却花费了许多人力财力。我如今有个想法，想将天下奇花异石，安置在皇帝陛下的后花园里。比如今进贡的，要好上万倍；而花费与现今相比，不到万分之一。我已写成一篇文字，希望您能取而阅之。

花石诗十一章并序[①]

臣闻：功足以利一国者，当享一国之乐；德足以被四海者，当受四海之奉。

恭惟皇帝陛下，至仁之所眇[②]，神道之所化，覃乎无外[③]，不可量数，如一元默运，万物自春，岂特宜民宜人，使由其道？虽鸟兽鱼鳖莫不咸若。是其所享宜如何哉？虽移嵩岳以为山、决江海以为沼、竭东风之所披拂者以为台榭之观，且不足以奉圣德之万一。区区官吏，辄以根茎之细、块石之微，挽舟而来，动数千里。窃窃然自谓其神刊鬼划，冠绝古今，若真足以报国者。以臣观之，是特以一方之物奉天子，曾不以天下之物奉天子也。

臣今有策，欲取率土之滨山石之秀者、花木之奇者，不问大小，尤可以骇心动目，毕置陛下囿中。若天造地设，曾不烦唾手之劳。盖其策为甚易，而天下初弗知也。臣独知之，喜而不寐，谨吟成古诗十有一章，章四句，以叙其所欲言者。虽越俎代庖，固不胜诛，然春风鼓舞之下，则候虫时鸟，亦不约而自鸣耳。惟陛下留神。幸甚，幸甚！

一

蔽江载石巧玲珑，雨过嶙峋万玉峰。
舻尾相衔贡天子，坐移蓬岛到深宫。

二

浮花浪蕊自朱白，月窟鬼方更奇绝。
缤纷万里来如云，上林玉砌酣春色。

三

守令讲求争效忠，誓将花石扫地空。
那知臣子力可尽，报上之德要难穷。

四

天为黎民生父母，胜景直须尽寰宇。

岂同臣庶作园池，但隔墙篱分尔汝。

五

皇帝之囿浩无涯，日月所照同一家。
北连幽蓟南交趾，东极蟠木西流沙。

六

是中嵩岳磨星斗，下视群山真培塿④。
千年老木矫龙蛇，天风夜作雷霆吼。

七

三月和风塞太空，天涯海角竞青红。
不知花卉何远近，六合内外俱春容。

八

圣主胸襟包率土，天锡园池乃如许⑤。
坐观块石与根茎，无乃卑凡不足数。

九

饱食官吏不深思，务求新巧日孳孳⑥。
不知均是囿中物，迁远而近盖其私。

十

恭惟圣德高舜禹，一囿岂尝分彼此。
世人用管妄窥天，水陆驱驰烦赤子。

十一

安得守令体宸衷⑦，不复区区蹱前踪。
但愿君王安百姓，囿中无日不东风。

注释

①此诗并序写于宣和元年(1119)。
②眇：微小，细小；边远，高远。
③覃乎无外：深厚广大，无边无际。
④培塿：塿，音 lǒu。小土山。

⑤如许:如此。
⑥孳孳:努力不懈的样子。
⑦宸衷:帝王的心意。

译文

我听说,功劳足以使全国受益的,应当享一国之乐;仁德足以让四海受惠的,应当受四海之奉。

尊敬的皇帝陛下,您的仁义已达极细微处,道德已达极深刻处,无处不在,不可胜数。好比天地一元,默默运作,万物由春到冬,何止于宜民宜人,让人们顺道而行呢?即使鸟兽鱼鳖也莫不如是。那么您所享受的,应当怎样才合宜呢?即使搬来嵩山泰山,把大海当作池塘沼泽,竭尽东风所能吹到的东西,作为亭台水榭,也不足报答圣德之万一。小小官吏们,将细小根茎、微小石头用舟船载来,动辄几千里。自称鬼斧神工,天下最佳,好像是真心报效天子。依我看来,不过是故意以一地之物侍奉天子,却不是以天下之物奉献天子啊。

我如今有个想法,企图取全天下秀美山石、奇异花木,不论大小,只要惊心动目,全部放在您的花园中。好比天设地置,不用辛苦劳累。这样做极为容易,而天下人起初并不知晓。我想到此,高兴得睡不着,吟成古诗十一首,每首四句,以表达想说的话。虽是越俎代庖,处死犹不可抵,然而春风鼓舞之下,即使候虫时鸟也会不约而同地自鸣。请陛下留神。非常庆幸!

岩 桂①

雨过西风作晚凉,连云老翠出新黄②。
清芬一日来天阙③,世上龙涎④不敢香。

注释

①此诗写于宣和二年(1120)秋。岩桂,指八月桂,我国南方樟科樟属的植物,秋天开黄白色小花,极芳香。李纲《七峰诗》序中曰:"碧云之东一峰上有岩桂,秋至开花,香满城中。"

②新黄:指润黄色的新叶。
③天阙:朝廷。
④龙涎:香料名。

梅

不顾冬残自在妍,笑将疏影弄婵娟。
小轩不用乘帘幕,我醉花香自得仙。

泛　江

风回浪急月初圆,携得渔竿下钓船。
自是高歌星斗上,不须骑气夜行天。

姜池源庙二首

一

樽酒源头一拜神,麇羊①瓮茧便青春。
当年旱魃②矜余虐,祷去阳侯③失旧津。

二

博带峨冠新庙像,长衫紫领乐耕民。
雨旸④从此如常德,愿作常山荐号⑤人。

注释

①麇羊:麇,音 jūn。獐子和羊。
②旱魃:魃,音 bá。导致旱灾的妖魔。
③阳侯:古代传说中的波涛之神。
④旸:音 yáng。太阳升起;晴天。
⑤荐号:导游。

灵应寺①二首

一

松篁②拥翠入云间,雅称高人养道闲。
自是红尘飞不到,一溪流水绕青山。

二

老木森森小径斜,淡烟横锁两三家。
晚来欲写潇疏景,举目遥岑③望更赊④。

注释

①灵应寺:在沙县十都(今凤岗街道古县村桦溪),已废。寺后为灵应山。寺前有灵应潨(瀑布),高十余丈。
②篁:竹林,泛指竹子。
③遥岑:举目遥看远处陡峭的小山。唐韩愈、孟郊《城南联句》:"遥岑出寸碧,远目增双明。"
④赊:远。

偶　题①

一叶渔舠②破晓烟,山环碧玉水连天。
满倾竹叶倚红玉,天遣行云慰谪仙③。

注释

①此诗写于建炎元年(1127)十月邓肃被谪归乡之后。
②渔舠:舠,音 dāo。刀形小船。
③谪仙:建炎元年(1127),高宗听信谗言,将李纲罢相。邓肃因上《论留李纲疏》,被谪归乡。后邓肃自称为谪仙、谪宦、谪官。

靖节先生①祠下

五柳归来昔陶公,七闽召还今邓子②。
不将出处作殊观,便了陶邓无生死。

注释

①靖节先生:陶渊明(365 或 372 或 376—427),字元亮,晚年更名潜,号五柳先生,东晋著名诗人、辞赋家、散文家,其主要作品有《饮酒》《桃花源记》等。卒后谥号"靖节先生"。
②邓子:邓肃自称。

郸州①道中早行

疏帘不下纵荷香,梦破纱厨月满廊。
笑尽一杯鞭马走,恍疑山色是家乡。

注释

①郸州:汉代置郸州。今为郸城县,隶属于河南省周口市。

寄张应和运副①二首

一

当年曾忝②从官班,再拜天颜咫尺间。
今历千山嫌未稳,芒鞋明日又登山。

二

土屋茅茨山万重,阴云不解雨濛濛。
桃源目断知何处,身在杜陵③诗句中。④

注释

①张应和运副:转运副使张应和。
②忝:自愧。
③杜陵:杜甫(712—770),字子美,自号少陵野老,河南巩县人,盛唐时期著名诗人。曾居长安少陵,任检校工部员外郎,后人称之为杜少陵、杜工部。传世诗作较多,被尊为"诗圣"。
④此句意为:我不在世外桃源,只好回到现实中来。

咏史二首

一

雨过东山春意浓,但携桃李步春风。
眼高四海无勍①敌,百万胡奴一扫空。

二

五湖范蠡携西子②,三国周郎嫁小乔③。
盖世功名聊唾手,何妨尊酒醉妖娆。

注释

①勍:音qíng。强有力。
②范蠡携西子:春秋时期,越国大臣范蠡施美人计,觅得越国美女西施献吴王夫差。范蠡助越王勾践灭吴国、复越国后,急流勇退,偕西施泛舟五湖,隐居深山。西施为古代四大美女之一。
③周郎嫁小乔:东汉末年,东吴大将周瑜助孙策攻取皖地。皖县有美女姐妹俩,大乔嫁孙侯,小乔嫁周郎。后人谓:英雄配美女,天作之合也。

戏 题

我欲开尊百物无,邻家酒熟各觞吾。
扶杖出门又应供,三生恐是宾头卢①。

注释

①宾头卢:罗汉名,即宾头卢尊者,常受法供。借指贫穷的客人。

访故人

天寒岁暮两无聊,访戴那辞千里遥。
直上洞天三十六,马蹄迤逦①步琼瑶②。

注释

①迤逦:曲折连绵。
②琼瑶:美玉。此指步履坚定。

题枕碧阁①

清流绳断炎洲②境,松响挟将寒意来。
坐上逸情留不住,欲随风月过蓬莱③。

注释

①枕碧阁:在沙县九都广成庵东庑。宋大观元年(1107),邑令王瓘始建。今已废。
②炎洲:神话中的南海炎热岛屿。这里代指南方炎热地区。
③蓬莱:神话中的东海仙岛。

次韵李状元①送酒

年来尊酒是生涯,赤脚曾无解语花。
明日可来文字饮,新诗共吐半天霞。

注释

①李状元:李易,生年不详,卒于绍兴十二年(1142),江都(今扬州)人,建炎二年(1128)戊申科状元。授左宣义郎,签书江阴军判官。后出知扬州,官至敷文阁待制。

次韵顺之①奏雅四首

一

谁回厄会作民禄,凭君上天厌人欲。
要将勋业称貂蝉②,世间岂曰无衣六?

二

谪仙酒渴要吞江,刘毅③一呼从此欲。
当知明琼④亦有神,引上洞天三十六。

三

梦蝶庄周心槁木,入柳穿花本无欲。
杯酒行春当此时,忽遇清明一百六。

四

神仙醉歌天上曲,暖春肯念人间欲。
谩将郊岛⑤继韩豪⑥,五出那配天葩六。

注释

①顺之:张士逊,字顺之,北宋诗人,淳化三年(992)举进士第。官至礼部尚书、聚贤殿大学士、太傅,封邓国公。
②貂蝉:东汉末年司徒王允的歌女,有倾国倾城之貌。
③刘毅:东晋末年大将。东晋元兴元年(402),东晋大将桓玄起兵篡位,立国号"楚"。刘裕与刘毅等起兵勤王,灭桓玄。后刘裕又灭刘毅、司马休之等实力派,最终迫使晋恭帝将帝位禅让给他,建立刘宋政权。
④明琼:古博具,如后世的骰子。
⑤郊岛:孟郊与贾岛,两人诗作风格简啬孤峭。

⑥韩豪：指诗作风格豪放雄迈的韩愈。

凤池小饮

北山知有出郊心，为霁春寒十日阴。
水石本为迁客共，一枝端欲寄深林。

落梅二首

一

一夕狂风雨万英，醉扶筇竹①踏疏星。
归来衫袖天香冷，一洗人间龙麝腥。

二

飘零不用叹春工，风味端期鼎鼐中。
欲揽阳和归宇宙，何妨飞舞作先锋。

注释

①筇竹：筇，音 qióng。可制手杖的竹子。

和邓成材①五绝

一

扶筇欲过北山来，政赖诗囊一笑开。
故走溪山寻胜景，为君携向笔端来。
（仆在杉口②，未谒成材，先游灵岩。）

二

酒兵招我破愁城，顿觉春风拂面生。
却迫豺狼飞小艇，当知捩手③又翻羹④。
（成材诗中相招，而某又避地西去⑤，不能往赴。）

三

朱紫纷趋左衽班,羡君不动屹如山。

卷将禹稷平生志,掉首归为陋巷颜⑥。

（建昌⑦已拜番檄,成材弃官归里。）

四

句法徒能泣鬼神,文穷欲饯叹无因。

临存多谢知音鲍⑧,为洗胸中万斛尘。

（尝辱成材过避地之所。）

五

卧龙⑨何日起南阳,万骑追风竞挽强。

射落长庚⑩作顽石,坐令四海复农桑。

注释

①邓成材：邓肃（1093—1164），字成材，号莲花居士，沙县二十三都荆村（今三明市三元区荆西街道荆东村）人。宋建炎二年（1128）进士，官至广东南路经略安抚司公事、马步军都总管、江南西路安抚使。因有功于朝廷，遂请建祠于荆村，称"安抚邓公祠"，堂匾曰"垂裕"。后人又称之为"垂裕祠"。

②杉口：宋时沙县一地名（今三明市三元区莘口镇）。据明万历二十二年（1594）《永安县志·疆域》载："永安县……自县北至沙县杉口界，九十里而近。"清同治十年（1871）《沙县志·疆域》记载："二十三都。街二：莘口街、黄砂口街。圩一：杉口圩，即莘口。"

③掠手：掠，音 liè。转手。

④翻羹：待人宽厚的样子。

⑤避地西去：建炎四年（1130）冬，因建州范汝为作乱，进犯沙县，邓肃第二次偕家眷"西行避寇"于黄杨岩、杉口等地。

⑥陋巷颜：指孔子高足弟子颜回。孔子赞扬他"一箪食，一瓢饮，在陋巷，人不堪其忧，回也不改其乐"。

⑦建昌：建昌军（今江西南城一带）。建炎年间，金兵侵宋，破洪州，传檄文至建昌。建昌军太守拟开城投降。时建昌军签判邓成材毅然斥之曰："虏使至，当杀之而毁其书，宁可降耶？"太守欲执畀金人，邓不为屈，愤然弃官归

里。李纲宣抚湖广时,辟邓成材为属,复判静江,迁知泉州。

⑧知音鲍:指春秋时期管仲和鲍叔牙相知最深,后常比喻交情深厚的朋友。这里邓肃用以称赞邓成材是自己的知音。

⑨卧龙:指诸葛亮。

⑩长庚:指长庚星,又叫启明星,也是世俗所谓太白金星。

南归①醉题家圃二首

一

填海我如精卫,②当车人笑螳螂。③
六合群黎有补,一身万段何妨?

二

近辅暴追狼虎,圣君德大乾坤。
万里去黄金阙,④一杯得杏花村。⑤

注 释

①南归:宣和元年(1119)十一月,邓肃因写《花石诗》,被逐出太学,南归故里。

②"精卫"一句:比喻意志坚决,不畏艰难。

③"螳螂"一句:比喻自不量力。

④"黄金阙"一句:意为受谗言而排挤,辞别皇宫,回到万里之遥的家乡。

⑤"杏花村"一句:意为终于可以自由自在地去酒家畅饮一杯。

卷之二 律诗

凝翠阁①陪李梁溪②次韵③

栏前碧玉四围宽,满座清风文字欢。
霜气袭人秋更爽,溪光耿月夜生寒。
登临顾我那能赋,姓字从公遂不漫。
此景此时难再得,相思但把锦囊④看。

注释

①凝翠阁:在沙县城,沙溪北岸,旧凝翠阁已废。据李纲《凝翠阁记》记载,"临溪有阁",原为"征商之所";宋宣和元年(1119),焚于李纲抵沙阳之夕。宣和二年(1120)五月,在县令黄道等众人倡议下,由李纲主持重建新阁,竣工后登阁临风,"下瞰平津,前辑七峰,层峦远岫,左右怀抱,云林烟草,映带连绵,四壁一绝",李纲命名为"凝翠阁"。从李纲诗"前辑七峰"分析,凝翠阁与七峰山隔水相望,应当在兴国寺之前、太史溪(即沙溪)北岸。2018年,在七峰山之凝翠西峰的山顶上异地重建凝翠阁,与稍早修建的七峰叠翠栈桥互相辉映,形成一道亮丽的风景线。

②李梁溪:李纲。

③此诗写于宣和二年(1120)秋。李纲接旨返京复职,邓肃等好友为之饯别。九月十五日夜晚,李纲、邓肃、陈兴宗相聚凝翠阁,同游泛碧斋,李纲作诗《九月十五日夜同陈兴宗邓志宏同凝翠阁观月》,邓肃和诗《凝翠阁陪李梁溪次韵》,诗意中可见依依不舍的离别之情。

④锦囊:古代用绸、缎、帛做成用来装信函的袋子。此指书信。

谢见招者
(近体诗兼用邻韵出入)

机锋不契更何图?便合浮杯出上都。
此去定须安短褐,平生那肯曳长裾?
回天傥①是奇男子,绾②印元非大丈夫。
挥手出门殊不恶,一帆秋水及鲈鱼。

注释

①傥:洒脱,不拘束。
②绾:盘绕,系结。

谢朱乔年①

乔年觞客②,以冠带寓之。醉起曰:"留以质纸笔,明日如约。"朱授笔还冠,而以纸为太鲜也。却之曰:"倘无千幅纸,竟不往矣。"邓子以诗谢之。③

归帽纳毫真得策,要笺留带计还疏。
公如买菜苦求益,我已忘要何用渠?
闭户羽衣聊自适,堆窗柿叶对人书。
帝都声价君知否?寄付新传折槛朱④。

注释

①朱乔年:指朱松。
②觞客:觞,音 shāng,古代酒杯。请客人喝酒。
③整段话意为:朱乔年喜欢朋友邓肃的诗作。一次,朱乔年用酒招待邓肃。酒毕,朱乔年乘酒兴戏将邓肃的冠带留下为质,叫邓肃明日用纸笔来换回冠带(实际上是想要邓肃的诗作)。邓肃如约,并题诗谢之。
④折槛朱:指朱云。西汉时,槐里令朱云朝见成帝,请赐剑斩佞臣安昌侯张禹。成帝大怒不许,朱云攀殿槛抗议,槛为之折。故称之为折槛朱。此句以朱云比朱松,赞美其节义。

哭陈兴宗①先生三首

一

森森②松竹锁春风,半掩柴门一径通。
独步水云情以鹤,对人谈论气如虹。

诗书当日三冬富,光焰他时万丈雄。
忽驭冷风径归去,长庚依旧耿秋空。

二

齑盐③昔者谩儒宫,苇白茅黄处处同。
十载从公烦点铁,寸毫今我稍披聋。
一泓渐笑牛蹄水,万里初观羊角风。
欲反三隅嗟已矣,两行衰泪付春风。

三

满腹悲辛谁与言,叩门不应更依然。
一斑昔我尝窥豹,五色还公自补天。
新陇只今堪挂剑④,枯桐从此不调弦。
典型今有阿戎⑤在,定与相从对白莲。

注释

①陈兴宗:陈正式,字兴宗,宋代沙县名士,生卒不详。陈瓘堂兄陈璞之子。宣和二年(1120),年逾六十。嗜作诗。李纲、邓肃的挚友。

②森森:形容繁密的样子。

③齑盐:齑,音 jī。典故名,典出《全唐文》之《韩愈十一·送穷文》"朝齑暮盐",即腌菜和盐。借指清贫生活。

④挂剑:讳称朋友逝世。

⑤阿戎:指晋代王戎,为早慧的典型,典出《世说新语·雅量》。后以"阿戎"称美他人之子。

无 题

风行水上偶成文,暖入园林自在春①。
换国虽工非我有,呕心得句为谁珍?
三生戒老②诗堪画,千古长庚③笔有神。
不用临风叹奔逸,箪瓢④一笑舜何人⑤。

注释

①自在春：自生春意。
②戒老：指唐代诗人白居易。其有《老戒》诗，自称"白头戒"。
③长庚：指唐代诗人李白。
④箪瓢：指生活简朴、安贫乐道。
⑤舜何人：出自《孟子·滕文公上》："舜何人也，予何人也？有为者，亦若是。"

西庵①饯春

傍水禅房半掩门，乍晴帘幕卷黄昏。
风驱红雨春何在？酒入香肌玉自温。
勿笑饥肠充笋蕨，须将醉眼盖乾坤。
杖头更有百钱在，明日还寻未到村。

注释

①西庵：或指沙县栖云禅寺，待考。

喜雨二章

一

万里炎洲政郁蒸，阿香①捶鼓忽砰訇。
云驱铁骑千山合，雨挽银河一夜倾。
龟拆有田皆灌灌，猬毛无稻不生生。
高楼破晓朱帘卷，六合无尘万象清。

二

阳虫②赫赫欲流金，夹岸垂杨失翠阴。
已恐人间被汤旱，谁从天上作商霖。
崇墉定有千箱积，果腹同倾四海心。
我亦不须忧脱粟，聊赓既醉入瑶琴。

注释

①阿香:雷部之推车女神。
②阳虫:指太阳。

再和宰公①二首

一

谁向人间脱甑蒸,烦公大句激雷轰。
高才自是百夫特,出语当令四座倾。
霖雨虽从天上降,烟云要自笔端生。
吹嘘六合无凡骨,例欲乘风欵太清。

二

斗枢不见走蛇金,万里晴空无寸阴。
郗扇虽交更挥汗,嵩车才出辄成霖。
诗如翻水惊黄绢②,力可回天在赤心。
百里敢烦天下手,丰年无事但鸣琴。

注释

①宰公:指沙县县令。古时县令又称县宰、百里大夫。
②惊黄绢:指诗之绝妙。

次韵龙学丈

是日诸公,各论烧丹。

水色山光入画屏,浩然相对自由身。
芳菲莫恨无情去,天地常藏不尽春。
傥得江河化酒醴,何须瓦砾点金银。
花开花谢两休问,且向樽前一笑频。

和姜季资

入手新诗夺化机,一天星斗夜无辉。
想君佳思真泉涌,索我强辞似箭飞。
平昔端为覆酱①用,临时那得锦囊归。
不如且遣长须去,兀坐冥搜②更下帷。

注释

①覆酱:指覆酱瓿,用来形容著作缺乏价值,得不到重视。
②兀坐冥搜:端坐搜索诗句。

云际岭①

狂直初无涉世才,雷公斥下九天来。
面冲风雪吹三月,②马避干戈易四回。
带雪烧柴平体栗,沥糟沽酒慰饥雷。
如闻明日登闽岭,茅舍春风夜满怀。

注释

①建炎元年(1127)冬,邓肃被谪职归乡,途经云际岭入闽时作此诗。云际岭,在福建光泽县司前乡云际村。五代时,在此垭口上建有云际关,是赣入闽关口之一。
②"吹三月"一句:意为邓肃被贬南归到云际岭时,已历经三个月的风雨雪夜行程。

和邹宣教①

未须绝迹便餐霞,且饮当朝谏议茶。
法水有缘随远浪,污泥无计染莲花。

千篇信笔初无语,万里浮螺触处家。
已悟色空元不两,夔蚿②何用更怜蛇。

注释

①邹宣教:宣教,即宣教郎,亦是迪功郎的别称。此指姓邹的宣教郎。
②夔蚿:音 kuí xián。虫名。

偶 食①

仲子、叔明二邦君,兼济、子安、德和、文明四使者,同过逐客于文殊,偶食无肉,客既满意,而主人略无愧色,作诗一首:

谪宦亡聊又出奔,敢期冠盖也临存。
豪华自厌蒸人乳,冷落能来叩席门。
莫叹愁肠充苜蓿②,从来醉眼盖乾坤。
相知政在世情外,赐达回穷③不足论。

注释

①偶食:此诗在旧版《栟榈先生文集》中无标题,此标题为本书注释者所加。
②苜蓿:一种牧草。此指粗劣的饭菜。
③赐达回穷:赐,指子贡,家里富有;回,指颜回,家里清贫。

送丹霞①

白莲结社②记前缘,偶到人间共一年。
对学三年形已改,相逢一笑性犹全。
法缘振地公今佛,逸思摩天我亦仙。
明日清风飞短棹③,羡师先去得林泉④。

注释

①此诗写于宣和二年(1120)初夏。丹霞,指宋时邵武军泰宁县丹霞禅院的禅师明赜,亦称丹霞禅师,法名宗木。

②白莲结社:传说晋代庐山慧远大师与雷次宗、宗炳等同好在东林寺结白莲社,同修净土。此借喻邓肃与丹霞禅师交友。

③短棹:指划船用的小桨,也可指小船。

④林泉:山林与泉石。此意指隐居之地。

遣 妓

吾徒得酒便超然,何用红妆恼醉眠。
密约自怜非宋玉①,官差聊复浼②梅仙③。
樽前起舞无鸜鹆④,坐上求归似杜鹃。
去去眼中无俗物,却将诗律绊春妍。

注释

①宋玉:战国时楚国的美男子。

②浼:音 měi。污染。

③梅仙:指西汉的梅福,九江郡寿春人,字子真。官南昌尉。及王莽当政,乃弃家隐居。后世传说其修炼成仙,人称梅仙。

④鸜鹆:音 qú yù。指八哥(鸟),有模仿人语的习性。

游 山

花柳年来不忍春,出郊聊复写忧熏。
天因御史欲飞雨,山为文公却霁云。
寸舌不须论理乱,壹犁安得遂耕耘。
凭君且尽杯中物,酒恶花香自在闻。

谢吕友善见和

扶筇西去谩寻春,独学无人沐且熏。

便欲问津从桀溺①，当时折槛愧朱云。
阴霾满目凭谁扫，芳草连空未易耘。
家学定须兴尚父②，威声一振九夷闻。

注释

①桀溺：春秋时隐者，与孔子同时代。泛指隐士。
②尚父：姜子牙，姜姓，吕氏，名尚。吕友善姓吕，故以吕姓老族长尚父来称美他，说他有吕尚传下来的家学渊源。

谢吴少䌄①和

茅斋对语夜生春，帘幕低围沈水熏。
冷坐顾余心似铁，题诗羡子气如云。
山巅有蕨应同采，郭②外无田可独耘。
市酒盈尊且狂饮，儿曹昵昵③不须闻。

注释

①吴少䌄：䌄，音 lín。吴少䌄，即邓肃的妹夫吴方庆（1088—1152），字少䌄，剑州剑浦人（今南平），宣和三年（1121）登第。建炎元年（1127），李纲为相，召为参议。李纲被罢相后，授吴方庆为福州司户参军，后任松江知县。李侗在《吴方庆先生行状》曰："公娶张氏，继娶沙阳邓氏，栟榈先生之妹。"
②郭：城外围着城的墙。
③昵昵：亲切，亲密。

次韵茂实①之才

谪官谁道不知春，出郭犹能一醉熏。
银笔争题追鲍谢②，席门琢句拟机云③。
东垣敢念百朋锡，南亩当从千耦耘。

剩乞新诗殊不恶,恐因叩角彻天闻。

注释

①茂实:虞茂实,生卒不详,南宋建炎年间任鸿胪寺主簿。
②鲍谢:指南朝大文学家鲍照、谢朓。
③机云:指魏晋时期陆机、陆云兄弟。三国归晋后,兄弟俩在家乡华亭苦读十年,在诗词文赋方面颇有建树,有"云间两陆"之美称。

秋日白莲

竹外玻璃十顷宽,水芝高下刻琅玕①。
冷香蔪蔪②秋风动,孤艳泠泠③晓月寒。
康乐④气豪犹出社,易之⑤韵俗更谁看。
笑谈今日亲姑射⑥,太华高吟不数韩。

注释

①琅玕:音 láng gān。珠玉一类的宝石。
②蔪蔪:犹簇簇,丛集貌。
③泠泠:清凉的样子。
④康乐:指谢灵运,封康乐侯。
⑤易之:疑指张易之。张易之深得武则天的恩宠。
⑥姑射:仙山名。后人代指神仙或美女。

访故人

扁舟载月夜随风,晓到溪源访老农。
水骨借风鸣活活①,涧茅被雨绿茸茸。
竹萌已削琼瑶白,村酒仍沽琥珀浓。
醉倒田间无一事,九衢车马自冲冲。

37

注释

①活活:水流的声音。

瑞鹧鸪①

北书一纸惨天容,花柳春风不敢秾②。
未学宣尼③歌凤德,姑从阮籍哭途穷。
此身已落千山外,旧事回思一梦中。
何日中兴烦吉甫④,洗开阴翳⑤放晴空。

注释

①此词写于建炎元年(1127)三月。同年正月二十六日,邓肃奉命入金营50日脱身返朝。三月,金兵掳徽宗、钦宗二帝,北宋灭亡。三月初七日,金人册立张邦昌为"楚帝",邓肃闻讯,节义不屈,不事"张楚",作词《瑞鹧鸪》,以表明自己的心迹。
②秾:花木繁盛。
③宣尼:孔子。汉平帝谥其为"褒成宣尼公"。
④吉甫:尹吉甫,西周军事家、诗人、哲学家。周宣王时,官至内史,是《诗经》的主要采集者,被尊称为中华诗祖。
⑤阴翳:翳,音 yì。阴霾。

罗知县挽诗

闭门经史自优游,气宇棱棱上斗牛。
从政誓将驱鸟鼠,传家那肯坠箕裘①。
人间端欲挥银笔,天上俄②闻记玉楼。
山北山南何处问,翩翩丹旐③舞残秋。

注释

①坠箕裘:子承父业叫"绍箕裘",后继无人叫"坠箕裘"。

②俄：短时间，突然间。
③丹旐：旐，音 zhào，旗子。红旗。

次宋左司①韵

往事无如今日新，銮舆一再冒胡尘。
阳微阴极故多雨，柳怨花愁不忍春。
已遣侈心倾房帐，行收泪眼拜枫宸②。
眼前恶景君休问，胜负相资臂屈伸。

注释

①宋左司：李梣，宋时任左司、监察御史。
②枫宸：宸，皇宫。汉代宫廷前多枫树，称"枫宸"。

戏彦成端友

一天梅雨乱缤纷，二陆超然乐事并。
师命炙牛携越妥，相如涤器对文君。
闭门嗟我如孙敬①，载酒谁人过子云②。
窥窦有心公肯否？要将文字杂红裙。

注释

①孙敬：东汉孙敬勤奋读书，时欲寤寐，以绳系头，悬屋梁。
②子云：扬雄，字子云，西汉学者、辞赋家、语言学家。

寄张子猷①

九州胡马暗尘埃，政恐狂澜不可回。
敢念陶潜旧彭泽，当寻阮肇②过天台。
三朝我乏回天力，一壑君还钓月来。

便好相从长夜饮,箪瓢新有脯青苔。

注释

①张子猷:张致远(1090—1147),字子猷,南剑州沙县人。宣和三年(1121)进士,任枢密院计议官。绍兴元年(1131),建州范汝为聚众数万造反,朝廷派官员招安。范汝为后来又犹怀反侧,而招安官谢向、陆棠受贼赂,阴与之通。张致远谒告归,知其情,还白高宗,请锄其根柢。诏参知政事孟庾为福建宣抚使讨贼,韩世忠副之,辟张致远为随军机宜文字。是年冬,贼平,张致远除两浙转运判官,邓肃写此诗致贺。

②阮肇:喻指与丽人结缘之男子。传说东汉刘晨、阮肇入天台山采药时遇两丽质仙女,被邀至家中,并招为婿,半载返家,子孙已过代。

自　嘲

踪迹平生半九区,醉倒时得蛾眉①扶。
连年兵火四方沸,一饱鸡豚半月无。
住世今非孔北海②,分司自到宾头卢。
卷帘月色招人醉,三百青铜径自沽。

注释

①蛾眉:此指美女。
②孔北海:指孔融,字文举,曾任北海相。其在北海之时,修城邑,立学校,举贤才,表儒术,颇有治绩。

偶成三首

一

苍苔白石两清幽,缥渺虹桥跨碧流。
日过窗间腾野马,雨余墙角篆蜗牛。
饥寒不作妻孥念,笑语那知天地秋。

一炷水沈参鼻观,扫空六凿自天游。

二

梦破南窗裛水沈,卧看素壁挂瑶琴。
丝丝细雨晚烟合,阁阁鸣蛙蔓草深。
但得瓮边眠吏部,不妨跨下辱淮阴。
何时楼上登晴景,一醉聊舒万里心。

三

万里归来卧白云,蚍蜉撼树政纷纷。
大儿文举知何在?世擘于陵亦谩云。
空洞能容数百辈,朦胧如见二三分。
小槽谁有真珠滴,径觅吾徒作半醺。

次韵王信州三首①

一

逐客②难参国士忧,扶筇万里过闽瓯③。
藜羹充腹初无憾,楛矢④逾江生计愁。
长夜漫漫不肯旦,梅霖灌灌未应休。
醉中我欲呼风伯,一扫阴霾霁九州。

二

风波未暇怨浮萍,多谢朋来慰此情。
君似张凭⑤真理窟,我惭侯喜得诗声。
酒杯莫向吾徒浅,句法常令叔世惊。
又恐诸公连茹⑥去,堂堂王室要扶倾。

三

平生耻为一身谋,枘凿方员两不投。
虮虱⑦但知贪肉食,醯鸡⑧何足语天游。
雪余自闭袁安⑨户,月皎时登王粲⑩楼。
更得吾人诗句好,当知此乐与天侔⑪。

注 释

①此诗写于建炎四年(1130)夏。王信州:王贞白(875—958),字有道,号灵溪,信州永丰(今江西永丰县)人。唐末五代著名诗人。乾宁二年(895)进士,后授职校书郎。随军出塞御敌时写下许多边塞诗。著有《灵溪集》。其名句"一寸光阴一寸金"至今广为流传。

②逐客:邓肃自称。

③闽瓯:闽北重镇建瓯,宋称建州。

④楛矢:用楛木做杆的箭。原是北方少数民族政权进献给中原王朝的贡物,此借指金朝士兵。

⑤张凭:晋代官员,少聪慧,举孝廉。

⑥连茹:连接不断;擢用一人而连带起用其他人。

⑦虮虱:虱子。

⑧醯鸡:醯,音 xī。酒坛里的小虫。

⑨袁安:东汉汝南汝阳人,字邵公,以严明著称。袁绍四世祖。

⑩王粲:东汉末文学家,以《登楼赋》闻名。

⑪侔:相等,等同。

卷之三 律诗

和李梁溪春雪韵二首①

一

白白朱朱春已深,那知雪意更阴阴。
落花几阵遮山密,穿褐余寒赖酒禁。
骑马不前真有恨,留衣过腊岂无心?
等为迁客俱逢雪,谁似梁溪独醉吟。

二

元冥②忽欲作春容,不许东君利自封。
已使素英拖暖絮,更摧妖艳别寒松。
那知往事思飞燕,预庆丰年免象龙。
向有谪仙③诗句好,何妨闭户醉金钟④。

注释

①此诗写于宣和二年(1120)春,邓肃与李纲共同踏雪咏春时所作。
②元冥:玄冥,深远幽寂。
③谪仙:指李纲。
④金钟:酒器。

送 春

宿雨初开万翠屏,相携云水自由身。
寸心未逐莺花老,一笑能留天地春。
傥得新诗同刻烛①,不妨浊酒共倾银。
往来一气何须问,蝙蝠飞时日正晨。

注释

①刻烛:典出"刻烛赋诗"。南齐竟陵王萧子良喜好文学,礼贤下士,曾夜集学士作诗,刻烛计时,作四韵诗的,刻烛一寸为标准。

分岁雪

余腊羁人①少共欢,那堪瑞雪降云端。
四时欲尽三更鼓,六出翻成两岁寒。
欺压岭梅残艳白,密敲亭竹碎声干。
公卿②休扫黉堂③下,留与来朝贺客看。

注释

①羁人:旅客。
②公卿:原指三公九卿,后泛指朝廷中的高级官员。
③黉堂:学堂,学校。

邻家翁挽辞二首

一

凛然风韵老尤癯①,方寸经营包九区。
窖粟巧为任氏②策,缚船冷笑退之③迁。
深藏未肯骄僮仆,俭德端能率里闾。
故使考终逾七十,不因财害似齐奴。

二

高堂宴坐亦何忙,金水聊观毁与穰。
远配刁间④笼桀黠⑤,未饶倚顿⑥埒⑦侯王。
桑麻有亩今千计,牛马难言用谷量。
可惜一朝螺变麦,千金无药治膏肓⑧。

注释

①老尤癯:又老又瘦。
②任氏:秦代著名货殖家,有远见。秦亡,豪杰争取金玉,宣曲任氏独窖仓粟。及楚、汉相拒荥阳,民不得耕种,而豪杰金玉尽归任氏,任氏以此起,

富者数世。

③退之:指唐朝大文豪韩愈,字退之。

④刁间:汉代著名货殖家。间爱桀黠,收取,终得其力,起富数千万(见《史记·货殖列传》)。

⑤桀黠:凶悍而狡猾。

⑥倚顿:指猗顿,山东的贫士,听说陶朱公致富,前往请教致富之术,后来猗顿按陶朱公的指点去做,很快致富。

⑦埒:音 liè。同等。

⑧膏肓:指难以医治的疾病部位。

从昭祖乞糖霜

甜满中边一夜冰,璀璀璨璨自天成。
冷香入骨追琼液,秀色当筵莹水晶。
绛阙不须餐沆瀣①,玉池何事养胎津。
从公乞取洗蒸郁,一驭寒风上太清。

注释

①沆瀣:夜间水汽,露水。

避地①过雷劈滩②

门前又见马如流,兵革缤纷几日休?
岭似车盘方税驾③,滩如雷劈更行舟。
豺狼敢侮乾坤大,江海徒深蚁虱忧。
安得将坛登李郭④,挽回义御照神州?

注释

①避地:因避匪寇,离家出走到异地。
②雷劈滩:位于今沙县高砂镇渡头村沙溪河段。
③税驾:停车休息。

④李郭:指李光弼、郭子仪,系唐朝抗御安史之乱的名将。

偶 题

才薄难趋供奉班,归来作意水云间。
谪官①谩说九年计,客枕曾无一夕安。
渭水②不应藏钓艇,淮阴③便合登起坛。
唤回胜景凭夫子,使我甘归首蓿盘。

注释

①谪官:邓肃自称。
②渭水:指姜子牙。姜子牙曾钓于渭水。
③淮阴:指西汉大将韩信。韩信在微贱时,被汉高祖登坛拜将,后封为淮阴侯。

次韵谢明远①和

乞身天上为溪山,征鼓不容蓑笠间。
酷暑扁舟同海角,暖风杯酒念长安。
高情我自归莲社,妙誉君应冠杏坛②。
更约三山③少从款,赪虬④吐卵粲金盘。

注释

①谢明远:宋代诗人。
②杏坛:讲学之处。
③三山:指蓬莱、方丈、瀛洲三座山,称为海中三神山。
④赪虬:音 chēng qiú。赤色的小龙。

题步瀛阁①

玲珑画阁入鸿冥,隐约鸿冥入太清。

紫气氤氲②随去步,青霞杳霭逐行旌。
桃花浪透三山近,龟角屏高七朵横。
解逐梅仙在尘世,谁知尘世有蓬瀛③。

注释

①步瀛阁:位于沙县仙洲(又称瀛洲)半岛,濒临沙溪和东溪,宋代始建,已废。唐至五代,瀛洲为崇安镇,有"千家街市",唐末崇安镇将邓光布镇守于此。
②氤氲:烟云弥漫。
③蓬瀛:蓬莱与瀛洲,传说中的仙山、仙岛。

子安①提举二首

一

南奔千里已途穷,更向长江避贼锋。②
十口③未容谋去住,片帆那暇择西东。
乞钱不忍从司业,食粥新来似鲁公。
赖有诗情摧不老,时将新句吐长虹。
(某初欲适兴化④,今乃止耳。故诗中具之以为他日志也。)

二

征鼓驱人夜发船,别来无处写忧煎。
高吟自答幽嘤啸,旅食时开郁屈筵。
君去青天才尺五,我今白发已三千。
何当却饮南湖月,颠倒衣裳舞谪仙。
(山中岑寂,时有啸于梁者。日中所享不过以鳗鱼为绝品耳。)

注释

①子安:与邓肃同时期的人,任提举使(有提举学政、提举茶盐公事等)。
②南奔千里已途穷,更向长江避贼锋:绍兴二年(1132)正月,俞胜在顺昌县再举反旗,后犯境沙县。邓肃无奈,又因避寇,第三次偕家眷离家,沿沙

溪和闽江南下避难。

③十口：指邓肃全家十口人。

④兴化：今莆田市。

次韵二首①

一

玉殿曾叨侍冕旒②，才疏意广误旁求。

汇征那敢私连茹，勇退何妨在急流。

蓬荜③已无原宪室④，江山要饱子长⑤游。

西庵轩槛多风月，幸子时来共茗瓯。

二

怪底⑥祥光夜满门，朝来入社得诗人。

空疏嗟我句无眼，俊逸知君笔有神。

共隐兵戈不到处，相携云水自由身。

便当痛饮追河朔，红雪缤纷脍锦鳞。

注 释

①这二首律诗写于建炎元年（1127）邓肃被谪归乡之后。

②冕旒：古代帝王的礼帽及前后的玉串，借指帝王。

③蓬荜：蓬门荜户，谦辞。

④原宪室：典故名，咏贤士能安贫乐道。原宪：字子思，春秋时鲁国人，孔子学生。出身贫寒，个性狷介，一生安贫乐道，不肯与世俗合流。

⑤子长：指司马迁，字子长。

⑥怪底：惊疑，惊怪。

次韵郭宰兼简丞尉①三首

一

独领诗坛卧北窗，故应落笔士夫降。

笑谈自扫剹藤万,声价曾高魏阙双。

六合便当归化笔,一同聊复赏澄江。

初无肯綮烦游刃,夜饮何妨取万缸②。

二

只将诗律对晴窗,我本无为人自降。

曹子棒头施色五,崔侯厅下植松双。

千篇堪友骑鲸李③,八咏当奴梦笔江④。

文字兴余行乐耳,肯容碧玉自盈缸。

三

一点萤灯续晓窗,已千人十未甘降。

见闻仅得豹斑一,胜负犹争蛙角双。

山耸剑锋登九坂,浪翻银屋度三江。

归来身在春风里,时得萱堂献酒缸。

注释

①次韵郭宰兼简丞尉:郭姓县宰作了诗,邓肃按他的韵及用韵顺序写和诗,同时抄送县丞、县尉。

②取万缸:旧版《栟榈先生文集》作"耻万缸",《全宋诗》作"取万缸"。

③骑鲸李:指唐代诗人李白。他写诗曾自署"海上骑鲸客"。宋苏轼《和陶都主簿》曰:"愿因骑鲸李,追此御风列。"故称李白为"骑鲸客"或"骑鲸李"。

④梦笔江:指江淹(444—505),南朝时梁国诗人。江淹年轻时刻苦读书,文思敏捷,作品深得众人喜爱。官至光禄大夫后,其文章大不如前,诗也平淡无奇。原来他去宣城游玩时,在冶亭梦中见到郭璞,郭璞向他讨还五色笔,从此江淹就文思枯竭,才能丧尽。故有"江淹梦笔"的典故。元白朴《恼煞人》套曲曰:"宋玉悲秋愁闷,江淹梦笔寂寞。"

洪丞和来再次韵二首

一

堂堂国士洪夫子，刻烛从渠心自降。
妙手故应钓鳌六，得君那用射雕双。
定随国老兴东海，肯效骚人恸楚江。
酒醴只今须曲糵①，要令六合共盈缸。

二

世事无由到竹窗，只余心赏独难降。
雨余翡翠山连七，春涨玻璃溪自双。
万壑不须看越峤，千寻端可配吴江。
抠衣②便欲同清景，安得黄封列万缸。

注释

①曲糵：音 qǔ niè。酒母，酒曲。泛指酒。
②抠衣：将衣服的前部提起。

又 述

万里归来一小窗，利名心灭不须降。
虽无何子①食钱万，未到潘郎②雪鬓双。
楼上诗狂欲骑月，晚来酒渴思吞江。
从今痛饮须论日，琐琐那能问几缸。

注释

①何子：何晏，三国时期曹魏大臣，玄学家，性奢侈。
②潘郎：潘安。泛指美男子。

成彦①女奴琵琶

婷婷袅袅②出纱窗,坐使红妆万目降。
翠袖薄笼春笋十,玉钗初合绿云双。
四弦对客追三叠③,万唤令人忆九江④。
曼倩⑤酒狂本无量,为渠潋滟倒银缸。

注释

①成彦:邓祥,字成彦,沙县人,邓九龄后裔,生平不详。南宋建炎二年(1128),与邓祚同科进士。曾在邵武军某县任县尉。与李纲、邓肃等交友深厚。善作诗,可惜诗作不存。
②婷婷袅袅:形容女子体态柔美轻盈。
③三叠:《阳关三叠》,指高雅的歌曲。
④万唤令人忆九江:九江,即唐代的江州。白居易曾被贬为江州司马,他所作的诗《琵琶行》,有"千呼万唤始出来,犹抱琵琶半遮面"之句。
⑤曼倩:指汉代东方朔,字曼倩,性诙谐,酒量好。

寄璨老西轩

水沈一炷袅晴窗,默坐无心可得降。
浥①露菖蒲能寸寸,语晴新燕自双双。
只今得兔不钻纸,那用浮杯更渡江。
前世远公②只师是,好从元亮③供千缸。

注释

①浥:音 yì。沾湿。
②远公:东晋高僧释慧远,住持庐山东林寺。
③元亮:陶渊明,字元亮。

林提学①挽词

文阵曾惊贤士关,青衿袖手仰登坛。
当年声价辉旸谷,晚节清贫奈岁寒。
地下修文屈颜子②,人间谈易失丁宽③。
传家赖有千人杰,三接天衢④不作难。

(提学尝横经上庠,东夷受其传以归。)

注释

①林提学:宋代诗人,著有《咏啸台·稠禅师庵》。
②颜子:南北朝时期文学家颜之推,著有《颜氏家训》。
③丁宽:字子襄,西汉著名文学家、易学大师、梁国将领。七国之乱时,丁宽在睢阳抵御吴楚联军。唐李瀚《蒙求集注》曰:"杨震关西,丁宽易东。"
④天衢:衢,音 qú。本指天上的道路,引申指京都的道路。

和陈少卿①

懒从蒿目世间忧,缓步招提②味九邱。
正论羡君无郑卫③,穷途慰我在商周④。
飘然忽作迁乔兴,卓尔难追跨海游。
别去词源应万斛⑤,幸分涓滴洗离愁。

注释

①陈少卿:陈渊(1075—1154),初名渐,字知默,又字几叟,自称宗正少卿,沙县城关人。陈瓘从孙,杨时女婿,邓肃的老师。曾任枢密院编修官、监察御史、右正言,以直谏闻名。
②招提:寺院。
③郑卫:春秋战国时期郑国与卫国的并称。
④商周:指地名。商的故地在河南一带,周的故地在陕西一带。

⑤斛:原指古代用动物角制成的度量器;亦是容量单位,一斛本为十斗,后来改为五斗。

谨次第三章

海角谁能写客忧,童颜鹤发顾崇邱。
风流君似东山谢①,勋业余惭赤壁周②。
落笔敢陪风雨疾,扶筇时共水云游。
明朝却羡先生去,万顷烟波醉莫愁③。

注 释

①东山谢:谢安,因隐居东山而名之。
②赤壁周:周瑜,因赤壁大战破曹而名之。
③莫愁:莫愁湖,在今南京。

别陈少卿

平生杯酒百无忧,四海风流陈太邱。
据景笔端凌鲍谢,当年门下得伊周①。
那知避世嵚崎②迹,也许从公汗漫③游。
闻说片帆今又举,三山无处着人愁。

注 释

①伊周:商朝的伊尹与周朝的周公。
②嵚崎:嵚,音qīn。山势险峻。
③汗漫:不着边际。

偶成二首

一

我生诗酒弄林泉,紫诏①三呼出洞天。

高视尘寰但蚊睫,冷看时辈耸鸢肩。
山间已袖婴鳞手,物外今还钓月船。
若使儿曹知此乐,人人同得地行仙。

二

数椽②茅屋傍山隈,野草如云径不开。
小院纵横行蚁阵,孤灯明灭纵蚊雷。
并包益见乾坤大,扫灭何时风雪来?
磊块胸中何处洗,酒行到手莫停杯。

注释

①紫诏:玉帝的诏书。此句的意思是玉帝命他离开神仙洞天,来到人间。

②椽:音 chuán。支撑屋顶的圆木。

凤池小饮

愁见孤城万马屯,山行飘若出尘樊①。
临池想凤心皆妄,据槛观鱼道更尊。
笑吸百川淋酒渴,旁看三峡倒词源。
人生适意须觞咏,世事升沈不足论。

注释

①尘樊:尘世的樊篱。限制之意。

次韵邓成彦

枪榆不羡贴天飞,冷落柴门半掩扉。
花榭水轩催客老,饭囊酒瓮与心违。
风流沈约①自应瘦,美好陈平②今已非。
谁似宗盟重山岳,九环金带称腰围。

注释

①沈约:南朝人,事宋、梁、陈三朝,官至尚书仆射,能文。
②陈平:西汉初年刘邦麾下著名的谋臣。

戏洪丞①

万里归来云水乡②,逢君得酒且彷徨。
好贤谁似双松吏,使我时终一石狂。
忽与高唐来鼠目,却令朱户③锁梅妆。
先生取瑟吾知已,安得从今不举觞。

注释

①洪丞:指当时沙县的洪姓县丞。
②云水乡:喻指家乡沙县。
③朱户:泛指古代大户人家。与"朱门"同。

次韵凝翠阁看水

栏杆十二俯烟涛,冒水从君一醉陶。
颇觉寒窗侵岛瘦,故将胜景助韩豪。
波声裂岸渔歌远,水势横天钓艇高。
前日主人今国老,乘桴①何处泛滔滔。

注释

①乘桴:乘坐竹木小筏。

再次前韵二首

一

萧条门巷半菜蒿,杯酒田间亦自陶。

采粟久要工部拙,骑鲸偶厕谪仙豪。
狂波故作风雷噫,逸兴何妨日月高。
胜景赖君佳句压,胸中江汉更滔滔。

二

琢磨佳句敌离骚,赖得朋来漉酒陶①。
时遣纤余资卓荦,更将华妙济雄豪。
阁临巨浸南溟近,帘卷晴空北极高。
更约高谈句法外,可怜天下政滔滔。

注释

①漉酒陶:陶渊明用葛巾漉酒。借指旷达的隐居生活。

陈大夫①华严阁②

星郎德望欲摩天,坎止流行任自然。
直道不回真铁石,高怀未老已林泉。
宗门夙了风幡动③,杰阁聊修香火缘。
顾我驱驰成底事,羡公真是地行仙。

注释

①陈大夫:陈绍,生卒不详,宋时官至朝散大夫。李纲在《邵武军泰宁县瑞光岩丹霞禅院记》中载:"瑞光岩……散议大夫、权郡事陈侯绍移额于岩中,以成师志,寺因号丹霞。"

②华严阁:据李纲《邵武军泰宁县瑞光岩丹霞禅院记》,丹霞禅院之右侧建有华严阁。

③宗门夙了风幡动:六祖惠能故事。《坛经》有云:"时有风吹幡动。一僧曰风动,一僧曰幡动。议论不已。惠能进曰:'不是风动,不是幡动,仁者心动。'"

卷之四 古诗

靖康迎驾行①

女真作意厌人肝,挥鞭直视无长安。
南渡黄河如履地,东有太行不能山。
帝城周遭八十里,二十万兵气裂眦②。
旌旗城上乱云烟,腰间宝剑凝秋水。
雪花一日故濛濛,皂帜登城吹黑风。
我师举头不敢视,脱兔放豚一扫空。
夜起火光迷凤阙,钲③鼓砰轰地欲裂。
斯民嗷嗷将焉之,相顾无言惟泣血。
仆射何公叩龙犀④,围闭相臣臣噬脐。
奇兵化作乞和使,誓捐一死生群黎。
游谈似霁胡帅怒,九鼎如山疑弗顾。
郊南期税上皇舆,截破黄流径归去。
陛下⑤仁孝有虞均,忍令胡骑聋吾亲。
不龟太史自鞭马,一出唤回社稷春。
虏人慕德犹贪利,千乘载金未满意。
钗钿那为六宫留,大索民居几卷地。
六龙⑥再为苍生出,身磨虎牙恬不恤。
重城突兀万胡奴,杳隔銮舆今十日。
南门赤子日骈阗⑦,争掬香膏自顶然。
忿气为云泪为雨,漫漫白昼无青天。
太王事狄⑧空金帛,坐使卜年逾八百。
天听端在民心耳,苍苍谁云九万隔。
会看春风拥赭黄⑨,万民歌呼喜欲狂。
天宇无尘瞻北极,旄头落地化顽石。

注释

①此诗写于建炎元年(1127)正月二十日。据史载,靖康元年(1126)十

60

一月二十五日，金兵攻陷汴京。同月三十日，北宋末代皇帝钦宗被胁迫至金营。十二月初二日，钦宗奉表降金后回宫。建炎元年(1127)正月初十日，金人勒索金银，宋廷无法满足，钦宗又被胁迫到金营，一去不返。同月二十日，邓肃作诗《靖康迎驾行》伤感之。

②眦：音 zì。眼眶。

③钲：音 zhēng。古代一种铜制乐器，形似钟而狭长，有长柄可执，口向上，以物击之而鸣，在行军时敲打。

④龙墀：墀，音 chí。殿前石阶。

⑤陛下：指宋钦宗赵桓(1100—1156)，北宋末代皇帝，宋徽宗赵佶的长子，宋高宗赵构异母兄，在位一年零二个月。生于元符三年(1100)，初名赵亶，封韩国公，次年六月晋爵京兆郡王，大观二年(1108)晋爵定王，大观五年(1111)立为太子，宣和七年(1125)，拜开封牧，不久受宋徽宗禅让，于十二月登基，次年改元靖康。赵桓为人优柔寡断、反复无常，对政治问题缺乏判断力和敏锐力。他是历史上懦弱无能的昏君，听信奸臣谗言，罢免了李纲。金兵围攻汴京，却无力抵抗。靖康之变时被金人俘虏北去，南宋绍兴二十六年(1156)驾崩于燕京，终年57岁，葬于永献陵。

⑥六龙：指天子车驾。

⑦骈阗：聚集在一起。

⑧太王事狄：周族领袖古公亶父，本名姬亶，继承了后稷、公刘的事业，积德行义，得到民众的爱戴。周武王尊之为周太王。

⑨赭黄：土黄色。古代皇帝袍服以此色染之，指代皇帝。

寄司录朝奉兼简伯寿

老松古柏争清劲，社稷元勋李文正①。
风流千古照人寒，家有白眉声益振。
十年游宦落穷山，妻无衣帛日号寒。
只余净业磨不去，骎骎②笔势江河宽。
阿戎作诗更难偶，银钩仍复规颜柳③。
苍藤千尺练敲冰，万轴晶荧照窗牖。
明月夜光两相酬，束笋堆床曾不休。

公家自有呕心戒,岂容雕琢损天游。

嗟我无文出月胁,惟有蓬窗堆柿叶。

如何分我三百万,试扫卮言助调燮④。

注释

①李文正:李昉,字明远,深州饶阳人,宋代著名学者。后汉乾祐年间进士。后周时任翰林学士。北宋时任中书舍人、参知政事、中书侍郎等。卒后赠司徒,谥文正。

②骎骎:音 qīn qīn。形容河水激流,似骏马疾速奔跑。

③颜柳:颜真卿、柳公权。

④试扫卮言助调燮:卮,音 zhī。卮言,无心之言,支离破碎之言。意为扫去不当之言,以助调和。

道原惠茗以长句报谢

太邱官清百物无,青衫半作蕉叶枯。

尚念故人家四壁,郊原春雪随双鱼。

榴火雨余烘满院,宿酒攻人剧刀箭。

李白起观仙人掌,卢仝欣睹谏议面。

瓶笙已作鱼眼从,杨花傍碾轻随风。

击拂共看三昧手,白云洞中腾玉龙。

堆胸磊块一浇散,乘风便欲款天汉①。

却怜世士不偕来,为借干将诛赵赞②。

注释

①款天汉:款,求通也。天汉,银河也。

②赵赞:唐德宗时任判度支(财政总监)。他奏请实行新税法"税间架"和"除陌钱",相当于今房产税和交易税。新税法固然在一定程度上缓解了因庞大军费开支等形成的财政压力,可是民间却一片怨声载道。朱泚发动泾原兵变,唐德宗奔走奉天,赵赞被贬为播州司马。

大　雨

夜夜阴云如泼墨,雨势欲挽银河竭。
春工十八落泥涂,骤雨谁云不终日?
魏紫姚黄①业已空,嬉游何足介心胸。
只恐年年禾黍地,浸淫尽入阳侯宫。
凭谁为我呼少女,扫空阴翳开天宇?
光风霁日暖层霄,坐令六合同歌舞。

注释

①魏紫姚黄:牡丹花名品。泛指名贵的花卉。

芙蓉轩

我闻幽轩榜①芙蓉,琉璃十顷浸新红。
此来踏雪空无有,黄芦败苇争号风。
却坐明窗弄书史,新词仍试佳毫楮②。
香风忽到帘幕开,一朵芙蓉却能语。
我生眼中万妖娆,为渠还作梦魂劳。
炙牛未数刘师命③,骖鸾便学王子乔④。

注释

①榜:疑为"傍"字。
②毫楮:指毛笔和纸。
③炙牛未数刘师命:典出"杜甫死牛炙"。杜甫游耒阳岳祠,县令馈牛炙白酒,甫因饮酒过多,一夕而卒。刘师命,指唐代韩愈之友,少年磊落不羁,长期漫游各地。
④骖鸾便学王子乔:骖鸾,典故,传说秦穆公时,萧史、弄玉于凤台吹箫引凤,一旦成仙骑凤凰而去。王子乔,传说是周灵王太子王子晋,好吹笙作

凤凰鸣,后得道成仙。旧版《栟榈先生文集》"乔"作"高"字,系笔误。

贺朱乔年生日①

三春一半入群芳,朱朱白白竞天香。
人间无处着此景,付与长庚作肺肠。
长庚乘风下天宇,明窗万卷饱今古。
笔端着处皆春容,文墨林中三角虎。
只今声价高云烟,要辙故应岁九迁。
便当折槛追家世,与国同休亿万年。

注 释

①靖康元年(1126)春二月,朱熹之父朱乔年做30岁生日,邓肃赠诗。

谢虞守送酒

瑟瑟严风鼓蓬户,对话春围两亡趣。
使君送酒唤春来,坐使漫空翻柳絮。
雪榭悬知雪未消,一目千里皆琼瑶。
诗仙冷坐清入骨,便合九万抟扶摇。
回首故园归未得,天意留人亦奇绝。
我今幸得贤主人,公亦未易有此客。

别虞守

闽山去天惟尺五,傍立怪石如蹲虎。
点额龙墀万里归,未能赤脚走风雨。
惭愧使君肯相延,十日倾酒如流泉。
文字兴余亦不恶,红妆执乐艳神仙。
明日冯骦①出有车,远借仁风归故庐。

不用回头重引领，行矣商霖到海隅。

注释

①冯驩：驩，音 huān。又作冯谖，战国时孟尝君的门客。

昭祖送韩文

两鸟相酬不肯休，欲令日月无旋辀①。
斯文未丧得韩子，扫灭阴霾霁九州。
古来散文与诗律，二手方圆不兼笔。
独渠星斗列心胸，散落毫端俱第一。
陋巷嗟余四壁空②，恶本雕残付蠹虫。
虽得一斑时可意，鱼鲁纷纷意莫穷。
好古谁似城南杜，平生不矜润屋富。
力刊善本妙毫厘，日费千金曾不顾。
老藤截玉奴侧理，千古松煤腾碧烟。
入手五行俱可下，兀兀短檠忘夜眠。
我生嗜好随时改，独有此书心不解。
欲酬厚意锥也无，更为先生作阿买③。

注释

①辀：音 zhōu。车辕。
②四壁空：借西汉时期卓文君与司马相如私奔回成都家时面临"家徒四壁"的典故，形容家境贫寒。
③阿买：韩愈侄儿小名，借称子侄。

偶　成

乘风上天款天语，天公不怒雷公怒。
烟霄一斥下人间，豺狼旁午归无路。

欲度三吴血盈川,欲泛九江兵暗天。
扶筇却出徽城去,去天一握五危巅。
水陆辛勤已足矣,雪花更开九万里。
英雄困饿古犹今,莫学儿曹生愠喜。

题显亲庵①谨次严韵

寒芦败苇秋风严,魏紫姚黄春色妍。
谁能不随天地转,开阖自我古无前。
秋花忽从三月盛,引得好诗来相庆。
为见漫空儿女姿,义气稍回君子正。
我顷失鱼缘钩直,抱璞未酬不须泣。
天生我辈岂偶然,但驱百怪归篇什。
惭愧梅仙情最亲,期我看花三省身。
已趁春风聊一笑,更仿秋霜不改春。

注释

①显亲庵:宣和二年(1120)七月,邓肃在邓墩故里后山为其亡父邓谷(卒于重和元年,即1118年)立新墓,并在新墓旁筑堂建庵以祭祀。李纲为其命名为"思远堂"和"显亲庵",并作《邓氏新坟庵堂名序》记之。堂、庵均已废。

送思道之福唐①

狂风一过天如洗,四卷阴云空万里。
高楼月色三更寒,渔歌相应起寒苇。
一樽初对谪仙人,只用澜翻细论文。
半夜拂衣翩欲往,飘飘逸兴凌秋云。
破浪扁舟一叶细,问君去云端何意?
笑言演峡隘心胸,要观闽海浩无际。

顾我斋盐尚泮宫②,安得化云便从龙。

好景欲观今未遂,凭君驱入锦囊中。

注释

①此诗写于绍兴二年(1132)春。福唐,即今福清市。绍兴元年(1131)冬,因顺昌贼寇俞胜犯境沙县,邓肃第三次偕家眷十口人南下避寇,乘船沿沙溪、闽江抵福唐。绍兴二年(1132)春,叛乱平息。邓肃作此诗记之。

②泮宫:泮,音 pàn。古代国家高等学校。《礼记·王制》曰:"大学在郊,天子曰辟雍,诸侯曰泮宫。"

与郭舜钦①朝请

成均②冷坐穷吞纸,额叩龙墀滨九死。

背负琴书偶生还,赖有春风满故里。

故里渺居天一隅,因仍蔓草不堪除。

多谢先生肯游刃,号令雷霆一扫驱。

旧弊忽消新庆长,老稚相携纷击壤。

坐使牛蹄一泓③中,九万共抟羊角上。

只恐朝廷急英雄,割鸡不用烦屠龙。

政须太山来压卵,金阙④唤回小令公。

陋巷嗟余空四壁,饿死平生无枉尺⑤。

知音今有昌黎公,玉川得卧三竿日。

注释

①郭舜钦:指宋代沙县知县郭舜钦。
②成均:西周的大学。泛称官设的最高学府。
③牛蹄一泓:指牛蹄踏过留下的脚印中的积水。
④金阙:天子所居的宫阙。
⑤枉尺:枉尺直寻,比喻在小处受委屈,以求更大的好处。

栟榈先生文集释义

遣 兴

醉中飞梦到神清,夜半高楼借水明。
下瞰寒溪凝水晶,孺子相呼同濯缨①。
楼上天人百宝璎,瑞色天香充栋楹。
步云一曲语春莺,千山洗空烟雾横。
酒醒帘外竹阴行,夜风更为芭蕉生。
愁肠起向谪仙呈,梦境凭君指顾成。
一开后堂花柳盈,香肌可方六出霙②。
佩玉莲步不自轻,寒眼那能更指令。
春葱斜捧玉壶倾,真珠红滴浓无声。
一醉花间岂易营,归来十日寸心萦。
兰亭家风类帝京,为余亦复出花城。
柳腰随风万里征,安焉不复数归程。
坐令铁心宋广平③,夜揩醉眼赏梅英。
歌燕舞赵艺更精,遏云回雪未可评。
人间不复数娥孋④,神仙游戏肉眼惊。
我生不顾万钟荣,对花有酒即蓬瀛。
高会何须四者并,赤脚亦能写高情。
最恨苏公世公卿,家声往往九夷倾。
风流阵中却寝兵,酒瓯但借邻姬擎。
何日高堂钟鼓鸣,使我心醉如春酲⑤。

注 释

①濯缨:音 zhuó yīng。濯足濯缨:水清就洗帽带,水浊就洗脚。比喻超脱世俗,操守高洁。
②霙:音 yīng。古书上指雪花,又指花瓣。
③宋广平:宋璟,唐开元时名相,办事公正如铁。因封广平郡王,故名。
④娥孋:美好。

⑤酲：音chéng。酒醒以后，头昏脑胀。

题天庆观①

真人蹑身凌紫霞，下悯浊世长咨嗟②。
崇楼杰阁耀金碧，开阐至道非雄夸。
仙茅连山可度世，守此规规③如井蛙。
灵云一笑万事毕，到今福地空桃花。

注 释

①天庆观：在延平。唐代有王初《延平天庆观》诗。
②咨嗟：慨叹。
③规规：浅陋拘泥的样子。

寒梅上李舍人①

穷山触目纷茅苇，此意昏昏谁可洗。
竹间忽破一枝梅，对月嫣然耿寒水。
吟诗索酒满高堂，穿帘的皪②射晶光。
世上膻荤③来不到，蔼蔼天风吹冷香。
人言百花睡未起，独冠群芳差可喜。
那知和羹自有期，未用争雄压桃李。
但怜雨雪正濛濛，寒意未舒万象穷。
故作选锋驱残腊，挽回天地变春风。

注 释

①此诗写于宣和二年（1120）春。李舍人：李纲。
②的皪：皪，音lì。明亮，鲜明。
③膻荤：指肉类食物。唐韩愈《醉赠张秘书》诗曰："长安众富儿，盘馔罗膻荤。不解文字饮，唯能醉红裙。"

送李状元还朝①

元戎帘幕海滨开,谪仙骑鲸②天上来。
尊前谈笑赞筹画,一洗八郡无氛埃。
功成挥鞭朝玉阙,九得阊阖开春色。
要传天意下人间,翰苑政须万人杰。
我今去国已五年,天子令伴黄冠仙。
邂逅相逢君复去,林泉还我擅云烟。
君去上天款天语,莫畏雷霆作强御。
人间疾苦欲叩天,天门嵯峨隔云雨。
红巾③十万今已无,致此红巾本何如?
拨乱当知原始末,制挺自可鞭匈奴。

注释

①此诗写于绍兴二年(1132)春。绍兴元年(1131)冬,建州叛贼范汝为被官府招安后,因受到歧视重举反旗,朝廷又派福建宣抚使孟庾、副使韩世忠、随军参议官李易状元等,率兵进剿范汝为。至绍兴二年(1132)正月,才平息范汝为叛乱。邓肃送李易还朝之际作此诗。

②骑鲸:原指李白,这里借指李状元。

③红巾:指范汝为的叛军。

霹雳松

老干千年如削铁,蛰龙酿春未肯泄。
阿香推车动地来,振起虬髯①上天阙。
砰轰一声惊倒人,雨势更挽银河倾。
炎洲六月尘生海,一朝化作无边春。

注释

①虬髭:音 qiú zī。卷曲的胡须。

题梅斋①

江边芦苇风飕飕,东君一点破寒愁。
窗间疏影②横春瘦,枕上冷香③寻梦幽。
夜半竹折惊残雪,醉起卷帘千山月。
肺腑洗空④龙麝腥,落笔天香斗清绝。

注释

①梅斋:邓肃偕家眷西行避寇于黄杨岩下(今三元区岩前)时所建的临时居所。

②疏影:疏朗的影子。这里借指梅花。

③冷香:梅花的清香。这里借指妇女。

④洗空:清洗得一干二净。

卷之五 古诗

贺梁溪李先生除右府①

伏承大观文丞相：先生亲蒙圣恩，擢②置右府，缙绅交庆，正豪杰林立，谋猷川行之时也。肃不敢效世俗谄语致贺，直述京城围闭、君父蒙尘之状，以见不共戴天之仇，在所必报也。伏乞钧慈，特赐采揽。门人左正言邓肃，谨百拜上。

虏兵震地喧鼙鼓，黑帜插城遍楼橹。
蔽空戈甲来如云，群盗相随剧豺虎。
胡尘漠漠四壁昏，诸将变名窜军伍。
十万兵噪龙德宫，上皇③避狄几无所。
嗣君④匹马诣行营，朕躬有罪非君父。
奸臣草表遽书降，身率百官先拜舞。
那知冯道⑤冷笑渠，立晋犹存中国主。
翠华⑥竟作沙漠行，望云顿有关河阻。
九天宫殿郁岧峣，目断离离变禾黍。
生灵日夕望中兴，犹幸君王⑦自神武。
相公⑧特起为苍生，下视萧曹无足数。
词议云涌纷盈庭，群策但以二三取。
老谋大节数子并，行见犁庭灭金虏。
立马常依仗下鸣，日咏杜鹃怀杜甫。
飞鸟犹尊古帝魂，激烈浩歌来义旅。
规模共佐李四平⑨，庙貌不移旧钟虡⑩。

注释

①除右府：宋高宗授李纲为尚书右仆射兼中书侍郎，俗称右丞相、右府。
②擢：音 zhuó。提拔，升职。
③上皇：指宋徽宗。
④嗣君：指宋钦宗。

⑤冯道：五代时宰相，五朝元老。
⑥翠华：皇帝的銮舆。
⑦君王：指宋高宗。
⑧相公：指李纲。邓肃称赞李纲功业胜过汉代名相萧何、曹参。
⑨李四平：指唐代中兴名将李晟，封西平郡王。
⑩虡：音 jù。古时悬钟鼓的木架的两侧立柱。

上先生

疲马踏残月，荷策来泮宫。
入门见先生，先生何雍容。
循循言语能下诱，青蒿因得附长松。
短檠挑灯一千二百夜，高谈雄辩磊落沃胸中。
吾皇求士苦匆匆，不许先生久卧龙。
玉鞭斜指长安道，只愁此去何由从。
呜唏乎！
小轩从此冷如水，斋盐朝暮欣欣尔。
空留绛帐①照孤灯，窗外西风起寒苇。

注释

①绛帐：师门、讲席之敬称。

龙兴避难①

榜山②怪石如蹲虎，绝顶去天无尺五。
却披丛棘下山腰，丹碧照空飞栋宇。
道人养道厌尘劳，避世只嫌山不高。
那知行空老曼倩，窃食不遗王母桃。
松桧参天门昼闭，碧玉撷蔬饭炊雪。
百年冷坐无车音，一旦偕来真恶客。

当知喧寂无殊观,出世何妨在世间。

能致吾人师作古,龙兴今日始开山。

注释

①此诗写于建炎二年(1128)十一月。是年六月,建州叶浓兵变,相继攻占古田、福州、政和、松溪、浦城等城。十月,叶浓又进犯沙县,邓肃第一次偕家眷八口人北上避寇于五都(今高砂)的玉山寺、十二都的龙兴寺。十一月,叶浓被官府招安,叛乱平息。邓肃避寇四十余日后下山,暂居在五都下城头(今廷坑)。据明嘉靖二十四年(1545)重修《沙县志》载:"龙兴寺,十二都。"清同治十年(1871)《沙县志》载:"龙兴寺,在十二都。宋邓肃尝避地居此。"龙兴寺(已废)位于今高桥镇正地村与青州镇坂山村一带,古玉山寺之北。

②榜山:亦称坂山,位于今青州镇坂山村境内。

和明远喜雨作

绛狗鸣空朱虎攫,神焦鬼烂不堪虐。

自嗟笔力无韩豪,不敢谇风干鼎镬①。

闻说祥符物外臣,能将念力苏罢民。

挽出洞天肩未息,飞云驱雨已生春。

曹侯德我诗如洗,无乃采葑遗下体。

当知此雨非人功,政赖曹溪②浩无底。

君看连天六日阴,檐声夜和蓬窗吟。

羲和③知师今日去,自行天上约秋霖。

注释

①鼎镬:镬,音 huò。鼎和镬,古代烹饪器具。古代有一种酷刑,用鼎镬烹人。此借指招致祸患。

②曹溪:广东曲江曹溪南华寺,禅宗六祖惠能的道场。此借指禅宗南宗。

③羲和:中国上古神话中的太阳女神与制定时历的女神。

寄亨甫①

晴空当昼栖阳虫,目林欲焚深甑中。
多谢吾君肯相访,袖中诗句来清风。
爱主我堪犬马比,采蕨山巅行饿死。
岂能五绝比天人,疾读君诗汗如洗。
君今师友人中豪,琢磨事业当日高。
若叩天门自求试,速为奉天留陆贽②。

注 释

①亨甫:练亨甫,字葆光,生卒不详,句容人,宋代诗人。
②陆贽:唐代著名政治家、文学家、政论家。陆贽随德宗奔奉天,起草诏书,情词恳切,虽武夫悍卒,读之无不挥涕感动。贞元七年(791),拜兵部侍郎。次年为中书侍郎、同平章事。后升丞相。工诗文,尤长于制诰政论。所作奏议多用排偶,条理精密,文笔流畅。

东林一枝庵

世间杰栋俯飞翰,帘旌不动天风寒。
但得一身自安逸,谁思寒士三万间。
东林天下推第一,净几明窗万禅客。
主人幽栖仅一枝,便觉宽容无迫窄。
一身六尺何足患,蠢动当知俱欲安。
谁识曹溪一滴许,能令法雨遍尘寰。

醉吟轩

渊明句法古无有,头上幅巾供漉酒。
李白豪篇惊倒人,举目望天不计斗。
二子风流不可追,公作幽轩为唤回。

长鲸渴兴沉江海,锦囊妙句生风雷。
安得一廛①在公侧,时时去作孔融客②。
愁肠得酒生和风,也向毫端写春色。

注释

①廛:音 chán。古代平民的住房。
②孔融客:孔融,东汉末年文学家,为建安七子之一。孔融性好宾客,座中常满。

嘲蛇伤足

责官只得林泉幽,也有曲膂①潜相仇。
肆毒不知分彼是,后身那解癖春秋。
我婴逆鳞②龙不怒,谁知蠢蠢敢当路。
要我迷阳不作难,只恐寿光劾君去。

注释

①膂:音 lǚ。脊梁骨。借喻蛇。
②逆鳞:因直谏触犯君主。

送丹霞①

山压浓阴势欲颓,阿香推车振不开。
君来论诗风四起,挽出羲和照九垓②。
别君八年惊电扫③,霜髭④已失童颜好。
逝者姑从造物流,吾人一笑初不老。
明朝飞锡⑤过平津,浩歌归耕陇上云。
岩窦⑥不应藏一滴,要须化作无边春。

注释

①丹霞：丹霞禅师。
②九垓：垓，指中央至八极之地。九垓即九层、九重天，天之极高处。
③电扫：比喻时间过得很快，像闪电一样划过。
④霜髭：霜白的胡须。
⑤飞锡：谓僧人等执锡杖飞空，指僧人游方。佛教用语。
⑥岩窦：岩洞。

玩芳亭

蔓草芊芊迷旧囿，日号狐狸走鼯鼠。
世欲去之嗟未能，竭力米盐汗如雨。
先生人间第一流，目中万事无全牛。
割鸡已觉无多子，斩新亭榭作清游。
纷纷姚魏争黄紫，醉眼虽观心似水。
但搜佳景付吟魂，吐作新诗烂盈纸。
惭愧知音太史公，为榜佳名字画雄。
二公连茹归霄汉，此亭万古扬清风。

小　饮

断臂一朝续狼肉，楛矢漫空夜相逐。
海凫①乱飞三丈毛，蓝田不行四寸玉。
何如南岳追祖风②，云间坐致桃李秾。
笑尽酒船三百斛，醉吹箫管上晴空。

注释

①海凫：凫，音 fú。海中水鸟，俗称"野鸭"。
②南岳追祖风：南岳怀让禅师，六祖法子，其门下发展出禅宗南宗的临济宗及沩仰宗两大宗派。

质夫和来

我生不顾四壁空,千金买笑醉春风。
半夜酒红潮玉颊,亭亭秋水影芙蓉。
作文忽慕元和格①,遂入贤关亲眉白。
遽闻皇甫②语穿天,渊源盖是退之客。
琢句出人数等高,要令天下无英豪。
击节一观百忧失,不觉此身犹布袍。
平生自足牛蹄水,为公辟易数百里。
愿得佳句时飞来,此间幸有子期③耳。
雨意朝来犹许重,安得相从恣嘲弄。
齑盐充腹灯一萤,兀坐亡聊真梦梦。
会鞭匹马城东陬,对床臭味两相投。
归来笔下饱奇怪,不须更事子长游。

注释

①元和格:唐代元和年间的文体。
②皇甫:唐代诗人皇甫湜,字持正,为韩愈的门人。
③子期:指钟子期,春秋时楚人。俞伯牙鼓琴,意在高山流水,钟子期听而知之。子期死,俞伯牙谓世再无知音,乃破琴绝弦,终身不复鼓琴。

紫芝和来

雨余榴火欲烧空,宫槐老翠暗薰风。
即今此景那可恃,忽观玉露泣芙蓉。
请公文急出新格,一变芧黄兼苇白。
坐令鼠辈扫地空,毋使再来相主客。
异日光芒李杜高,声价岂但一时豪。
故应高视空四海,纷纷过眼万银袍。

我生作意游弱水，蓬莱杳隔三万里。
　　何如平地揖诗仙，一洗从来郑卫耳①。
　　期公便作九鼎重，云水未容扁舟弄。
　　漫天霖雨在胸襟，半夜吹作高宗梦②。
　　鬼方月窟虽殊陬，愿治之心辄相投。
　　泽民事业无多子，要使人人鼓腹游。

注释

①一洗从来郑卫耳：彻底改变了春秋战国时郑卫靡靡之音那种柔弱的文风。

②高宗梦：殷高宗就是商王武丁。传说他梦见贤臣傅说，后来找到傅说加以重用。

邂逅宇文

　　闽山去天余尺五，渔浦撼舟滨九死。
　　临水登山万里来，却向春闱①饮墨水。
　　白云目断无飞翰，夜将剑铗于谁弹。
　　世人相马例嫌瘦，饿死首阳不作难。
　　侧闻天下有人杰，洗出新诗耿冰雪。
　　年来亦复坐文穷，空使品流居第一。
　　抠衣浩歌起相从，雨意那忧泼墨浓。
　　忽忽对语一笑粲，万斛穷愁一洗空。
　　公今清誉高星斗，我乃栖迟事奔走。
　　收拾政赖退之豪，瘦寒不复麾郊岛。

注释

①春闱：科举时代称考场。

别施君叔异

　　泮水①儒生急寸禄，白袍千人如立鹄。

争注虫鱼股置锥,世外语言不到目。
我嫌人醉还啜醨②,常嗟心迹两相离。
邂逅得君能我意,笔端聊复出新奇。
爱君未冠少年郎,语出辄惊③鹓鹭行。
若不纷华替初志,事业他时未易量。
今被青衫走尘土,满面春风归仕路。
拄笏政可望西山,莫见**輶轩**④腰伛偻。
我今繋维⑤犹未释,相思何处访踪迹。
为君时望斗牛间,期君光芒高万尺。

注 释

①泮水:古代学宫前的水池,形状如半月。指代学宫。
②啜醨:音 chuò lí。喝薄酒。
③辄惊:总是惊动。
④**輶轩**:音 yóu xuān。古代使臣乘坐的一种轻车。
⑤繋维:原指用绳索拴马,后指挽留人才。

雨花轩

君不见,
解空宴坐寂无侣,宝花忽尔窥岩户。
已将精进耸人天,是用色相旌其苦。
又不见,
毗耶居士坐高堂,四落天花趁挥麈。
若人犹有空可谈,真机何处道天女?
丰岩寂寂梵王家,谁把幽岩名雨花?
我知此诚齐人耳,但识解空与毗耶。
谁知丰岩了无取,口角澜翻初不语。
吾宗未出天莫窥,岂复有花可为雨?

访丹霞

烟云着天无寸空,寒窗瑟瑟夜号风。
浩歌出门何所诣,故人飞锡梵王宫①。
扣门兀坐寂无语,衲被蒙头面如土。
逢场聊复触机锋②,千偈澜翻疾风雨。
我生鼻孔自撩天,笑将龙肉比谈禅。
针水相投得吾子,贴肉汗衫今脱然。
但怜净业犹诗酒,醉笔时作蛟龙走。
傥惟语默两无妨,凭公刻烛联千首。
况是雪意政相留,慎勿匆匆抚刀头。
明日笑谈作春色,同在琼瑶十二楼③。

注释

①梵王宫:寺院。
②机锋:禅宗话语中包含的深刻佛理,称为机锋。
③十二楼:传说中的仙人居处。

戏吴少绅

短檠①对君同泮水,斋盐不给穷吞纸。
君今载纸连数艘,贫富相悬九万里。
崇宁政事②先方田,纷纷讼牒乱云烟。
只今列屋饱虫蠹,官折羊酒寿高年。
夫子谈笑收余庆,不复尘埃生釜甑③。
便当痛饮天津桥,一网尽呼天下俊。

注释

①短檠:檠,音 qíng。一种油灯的代称。檠指的是托灯盘的立柱。旧

时照明用油灯,上面是灯盘,盛油放置灯芯,下面有立柱,叫作灯檠或者灯架;以立柱的长短而分为长檠和短檠。

②崇宁政事:指北宋崇宁年间蔡京主政,对于科举和学校制度的改变。

③釜甑:甑,音 zèng。古代蒸饭的一种器具。釜甑生尘,指久未蒸饭,比喻穷之极也。

寄兴国福圣二老①

我本穷山采薇蕨②,偶上丹霄骑日月。
云端不着痴仙人,天公虽笑雷公斥。
今我在陈粮始绝③,不梦杏浆浇④细肋。
詹成炊饭似抟沙,牛革荐甘真嚼铁。
惭愧忘形二禅客,倒屣⑤相迎作禅悦。
竹萌沦水莹琼瑶,土芝借糟凝琥珀。
余不供僧僧供余,是事颠倒古所无。
要知人我两无有,此饱便当均太虚⑥。
昨日龙兴飞尺书,挽我登山有篮舆。
试问二师肯俱否?一饱还君欲借渠。

注释

①此诗写于建炎二年(1128)秋。叶浓叛乱平息后,邓肃及家人下山,暂居五都的下城头,便修书赋诗给兴国寺、福圣寺二位长老。兴国:兴国寺,位于今沙县实验小学校园内,始建于唐中和三年(883)。原名中兴寺,宋太平兴国三年(978),因宋太宗赐额,更名为兴国寺。李纲被贬沙县时居此。福圣:福圣寺,古道场,位于沙县城隍庙北侧。已废。

②薇蕨:薇和蕨。嫩叶皆可作为蔬菜,为贫苦者所常食。这里指邓肃及家人避寇于玉山寺时,因断粮,遂上山挖野菜充饥。

③今我在陈粮始绝:孔子厄于陈蔡挨饿,三月不知肉味。邓肃借用这个典故,描写自己偕家眷避寇于沙县玉山寺、龙兴寺时的断粮困境。

④浆浇:旧版《栟榈先生文集》中此处空缺,《全宋诗》作"浆浇"二字。

⑤倒屣:屣,鞋。把鞋穿反了。

⑥太虚：宇宙，天地。

送游教授①

世事龊龊饥寒语，恩怨嘈然相尔汝。
蝇营狗苟端可怜，不见秋风黄鹄举。
君看三山夜降神，钟成人杰超人群。
堂堂劲气薄霄汉，藐视四海岂无人？
箪瓢陋巷谁知己，自足一竿钓秋水。
谁使文星射紫微，天书遂敕川龙起。
笑来南国开绛帐②，议论清明森万象。
已经炉锤无顽金，九万却抟羊角上。
飘飘归兴凌秋空，莫恨丁宽易已东。
天生若人不私子，当令四海遍春风。

注 释

①游教授：游酢(1053—1123)，字定夫，福建建阳人，宋代哲学家，程门四先生之一。宋元丰六年(1803)进士。元祐年间除太学博士、颍昌府学教授。官至监察御史。著有《中庸义》《易说》《诗二南义》等。
②笑来南国开绛帐：到南方讲学授徒。

庐 山

平生作意庐山游，往来却贪吴越舟。
陛下许臣鞭匹马，芒鞋因得款清幽。
是时六月蒸炎暑，六合黄尘空一雨。
上方冷翠袭衣襟，便觉笑谈在天宇。

卷之六 古诗

和谢吏部①铁字韵三十四首②

纪　德

一

切切寒虫③常在耳，未识词源万斛水。
忽开玉轴见奇文，光怪摩空乱眸子。
太傅江左④风流人，灵运在家⑤元不嗔。
家世千年今复振，落笔飘飘语更真。
顿足忘言惊妙绝，欲续貂蝉恨才拙。
铅刀那敢望神剑，舒屈无方岂常铁。

二

穷居如将豆塞耳，一泓自足牛蹄水。
那知邻境有人豪，笑观造化但儿子。
笔端万字惊倒人，春色秋风随喜嗔。
一读锦囊殆仙去，欲借云軿⑥遂朝真。
更当负笈慰愁绝，凭公一扫平生拙。
门人益亲自得回，会观踏破门限铁。

三

世上区区蝇狗耳，不复解缨濯清水。
只知贪雀不留珠，可怜认贼翻为子。
珍重谢公天下人，冷居林泉曾不嗔。
云烟万木观不足，却把新诗为写真。
高节凌云亦奇绝，不绾六印⑦未为拙。
何妨笑学杜陵翁⑧，只有布衾冷似铁。

四

仕途例皆诎笑耳，随盘方圆无定水。

前年天子思奇才，霜台曾擢古君子。
泛观中外傥非人，发上冲冠聊一嗔。
那顾城狐并社鼠，好恶无私喜怒真。
底事年来迹又绝，笑遁林泉似藏拙。
凭谁去斩佞臣头，请公速铸楚山铁。

五

四海纷纷筝笛耳，谁识子期志流水。
韵高调古自难酬，得意政须副墨子⑨。
我公声价第一人，积薪居上笑不嗔。
但将佳句妙今古，誓变雕虫反太真。
孟轲尝续吾道绝，功与神禹论工拙。
先生今复回狂澜，岂减旌阳柱铸铁。

六

引领门墙数舍耳，剑之水源自樵水⑩。
裹粮问道嗟未能，参前倚衡见夫子。
自笑昔为尘土人，春狂时逐卖符嗔。
年来懒惰百事废，洗空人伪惟葆真。
更余净业磨未绝，强继弥明不知拙。
岂是螳螂敢当车，貘兽⑪从来食铜铁。

七

李白尝言人有耳，不当径洗颍川水。
男儿出处自有时，何须锐意楚狂子。
公今无意世间人，北山有灵定不嗔。
天子政作唐虞计，谷口那留郑子真⑫。
伫观大手称奇绝，致君却笑前贤拙。
坐使梯航到鬼方，来寻九州贡镠铁。

八

眼中儒生聊尔耳，仅免春闱饮墨水。
可怜四海万青衿，却愧建安六七子。

谁似邱侯独可人,日无千篇即怒嗔。
腐语陈言俱扫灭,奇文秀句出天真。
虎头固已称诗绝,更逢安石分工拙。
新诗为侯特发挥,照人之明鉴磨铁。

九

结交要在相知耳,趣向不殊水投水。
请看邱侯对谢公,箭锋相契无多子。
邱侯平日论律人,详及谢公喜与嗔。
一得新诗即传借,许久夸谈今见真。
车马争看纷不绝,新诗那简茅檐拙。
脱腕供人嗟未能,安得毕昇二板铁。

十

三吴恶少飞骡耳⑬,杀人如麻壅流水。
余风往往到七闽,鱼烂鸟惊父离子。
纷然四顾作流人,我侯正色聊一嗔。
坐使仓皇万老弱,复歌太平养性真。
百弊纷纷俱杜绝,四境无虞安朴拙。
方信哲夫自成城,不须十仞坚削铁。

十一

志心政须曲蘖耳,醉仙如吸百川水。
男儿不复问圣贤,杯酒力辞真竖子。
我侯度量压千人,不满金钟却怒嗔。
酒酣那复迷朱碧,苗莠犹分伪与真。
人言狂药要须绝,恐溃肺肠语亦拙。
那知真气不可侵,乌府如今肝是铁。

注释

①谢吏部:谢皓(1037—1117),字德夫,福建建宁人。宋元丰五年(1082)中进士。先后任南剑州司户、瑞洪二州司理、历城知县,以政绩显著,

升为金部郎中。大观三年(1109),辽国使者来朝,向北宋提出种种非分要求,接伴使张闳等无言以对。宋徽宗命谢代替张接待辽使。谢在接待中表现出非凡的外交才能,使辽使一直到离开宋地再也未敢无理取闹。第二年,受命以太常少卿身份出使辽国。谢在辽国不卑不亢。宴会上,辽官员有意要和谢皓较量箭法,谢欣然应战,一箭便射中靶心,使辽人不敢轻视。回国后,任司农少卿。宣和年间任南剑知州,后任建昌、绛州知州。曾说:"吾平生不以公事徇人","居官持公廉二字足矣"。因谢皓可能曾任职于吏部,故邓肃称其为"谢吏部"。

②据诗意分析,应写于宣和三年(1121)冬。

③寒虫:蟋蟀。

④太傅江左:指谢安,东晋政治家、名士,应召担任桓温将军司马。他尽心辅佐孝武帝,并在淝水之战中以少胜多,为东晋赢得几十年的和平。战后因功名太盛而被猜忌,被迫避走广陵。卒赠太傅,故称谢太傅。陆游有诗《岁暮感怀十首以余年谅无几休日怆已迫为韵其五》称赞:"江左谢太傅,高卧颇自喜。"

⑤灵运在家:指谢灵运,南北朝刘宋时期杰出的诗人、佛学家、旅行家。他少即好学,博览群书,工诗善文,开创了中国文学史上的山水诗派。其诗与颜延之齐名,并称"颜谢"。后被宋文帝以"叛逆"罪名杀害。《蒙求集注》引谢灵运云:"天下才共有一石,子建独得八斗,我得一斗,自古及今同用一斗。"故有才高八斗的典故。

⑥軿:音 píng。古代妇女乘坐的有帷幔的车。

⑦不绾六印:不绾,指不系结。六印,指战国苏秦曾佩戴六国相印。

⑧何妨笑学杜陵翁:旧版《栟桐先生文集》中作"□□□□□翁",《全宋诗》已改作"何妨笑学杜陵翁"。杜陵翁,指唐代诗人杜甫。

⑨副墨子:指文字、诗文。文字乃从笔墨而生,故曰副墨子。《庄子·大宗师》:"闻诸副墨之子。"

⑩剑之水源自樵水:剑之水,指剑水、南剑州之水、闽江上游河段。樵水:樵川,邵武之别称。意为剑之水源自樵川之水。

⑪貘兽:又名白豹,似熊,能舐食铜铁及竹骨。

⑫郑子真:西汉节士。

⑬騄耳:騄,音 lù。古代骏马名。

御方寇有功①

邑官有和者,亦以寄之。其人自云:御方寇有功。

寂寞相如四壁耳,陋巷萧然穷饮水。
虽似退之厌权门,时作封人慕君子。
惭愧知音个中人,近前不学丞相嗔。
掀髯抵掌论今古,肺腑恢然笑语真。
顷余学问非三绝,操瑟千齐谋更拙。
栖迟何以酬已知,吾道不移砚铸铁。

注 释

①御方寇有功:此标题为本书注释者所加。

邱宰生日

一

律管才吹九寸耳,帝遣元冥下司水。
天度稍多百四十,爱日差长斗建子。
已剥群阴驱小人,四海熙熙语复嗔。
因辟金关谪太白,不许天庭久练真。
太白尘缘固未绝,肯将天巧形世拙。
会施霖雨满人间,归对千年亡恙铁。

二

阳复朋来七日耳,黎明当动有泉水。
阴阴寒谷未生春,天悯斯民如赤子。
遂因天下生奇人,俾歌襦袴①无怨嗔。
揭来割鸡多暇日,逸韵飘飘腾九真。
琼室瑶池津不绝,冷笑人间卫生拙。

三窃蟠桃颜益童,那复虬髯面如铁。

注释

①襦袴:音 rú kù。短衣和裤子。

和谢吏部

昔年怨声尝满耳,纷纷女巫未沉水。
天教我侯①慰远人,坐令盗贼化君子。
期年仁政遍人人,抚之如子不须嗔。
吏民欲欺亦不忍,出言洞见胸中真。
要途书问久已绝,人皆巧中渠宁拙。
优游黄卷有余欢,此志不回端截铁。

注释

①我侯:宣和年间,谢皓(即谢吏部)曾任南剑知州,故称之为"我侯"。

自 叙

一

瑟瑟霜风夜聒耳,小院枕衾如泼水。
夜清火冷不成眠,起就短檠阅诸子。
掩卷嗟嗟今古人,遗风可喜亦可嗔。
风目相怜纷无已,一笑元之妄亦真。
我今是非两俱绝,百巧百中不如拙。
寂然无复一念邪,那有黄冠下鞭铁。

二

恶声不入伯夷耳,严陵①拂袖钓寒水。
古来豪杰例幽居,佩韘肯随舟人子。

造化炉中忽为人,笑笑随缘又何嗔。
细语粗言俱入妙,醉中不必更陶真。
年来三复韦编绝,得趣无多一味拙。
物外翛然我已仙,不愁石髓坚如铁。

三

万物纷纷一马耳,百川不同均一水。
不将彼是作殊观,坐使须弥纳芥子②。
李白高视空无人,审言更作牙官嗔。
可怜纸上较轻重,画饼象龙俱未真。
我师宣尼四病绝,抱瓮宁作汉阴拙。
万变纷纷不敢侵,真室何须枢楗铁。

注释

①严陵:严子陵,东汉隐士。
②须弥纳芥子:须弥,指须弥山。芥子,指芥子山。佛家说,须弥山是佛家最大的仙山;芥子山是佛家最小的仙山,小如芥子。此句意为:以最大的须弥山,纳入最小的芥子山内,真是不可思议。

游 山

一

高岩去天尺五耳,下飞瀑布千寻水。
山间瘦竹映枯松,岁寒相对凛君子。
杖藜①去去②寻幽人,剥啄叩门公勿嗔。
凡骨膻腥傥不厌,愿供薪水看修真。
高人隐几语言绝,大巧深藏反若拙。
无乃误游天目山③,偶见唐公冠戴铁。

二

人生要在行乐耳,四化相磨逝流水。

溪山佳处饱遨游,莫为膻荤亲俗子。
解龟谁顾谪仙人,玉局题墙亦遭嗔。
世人例作叶公解,但喜画龙谁识真。
何如便与尘寰绝,醉倒莫嫌茅店拙。
青骢门外系垂杨,旋乞青禾锉白铁。

三

门前如市不入耳,忘言隐几心如水。
纷华时逐长安儿,清爽何似毛锥子。
我虽事业未如人,天公不等吾弗嗔。
独步高山寻兀室,默坐烧香已悟真。
世事缤纷俱谢绝,叩角自歌愚且拙。
谁暇投书追贾谊④,更忧铜弊杂铅铁。

注释

①杖藜:拄着手杖行走。藜,野生植物,茎坚韧,可为杖。
②去去:越去越远。
③天目山:位于杭州临安城北,因东、西峰顶各有一池,宛若双眸仰望苍穹,由此得名。天目山地质古老,植被完整。
④贾谊:西汉初年著名政论家、文学家。文帝时,任博士,迁太中大夫,受大臣周勃、灌婴排挤,谪为长沙王太傅。三年后被召回长安,为梁怀王太傅。梁怀王坠马而死,贾谊歉疚抑郁而亡。其代表作有《过秦论》《论积贮疏》《吊屈原赋》等。

对 酒

一

世上纷华蚁穴耳,东流不作西归水。
号寒那用学孟郊,捉月要须追李子①。
一樽忽尔逢故人,高谈往往鬼神嗔。
人间目下多忌讳,忘形惟有醉乡真。

但得如渑酒不绝,四壁莫愁生事拙。
铸成此错吾安之,何妨与^②费数州铁。

二

八斗一倾聊热耳,开匣时观三尺水。
指天喝月使倒行,扬波直欲斩蛟子。
安得知音吾党人,相看青眼不余嗔。
笑驱八蛮有奇策,开怀聊与话诚真。
可怜吐哺^③风流绝,乞巧未遑姑守拙。
坐观明月侵虾蟆,空使玉川怀寸铁。

注释

①捉月要须追李子:传说李白乘舟饮酒大醉,见水中明月当空,就跳到水里捉月,骑在鲸鱼背上升天而去。

②与:旧版《栟榈先生文集》中此处空缺,《全宋诗》作"与"字。

③吐哺:吐出口中食物。相传周公一顿饭之间三次停食,以接待客人,故有"一饭三吐哺"之说。比喻求贤殷切。

送成彦尉邵武^①

一

万窍于喁风割耳,梅影横斜映烟水。
杀鸡为黍政追随,七峰^②共作隐君子。
忽举阳关饯行人,去去莫愁官长嗔。
但知所领马曹^③似,清谈更觉子猷^④真。
谷风尝讥朋友绝,子贡毋轻原宪拙。
期公鸿雁不空回,开缄^⑤八行划如铁。

二

汗血神驹卓锥耳,去似苍崖决积水。
据鞍年少笑西征,神仙中人梅氏子。

平生胸抱不由人，点额再归曾未嗔。
仪舌尚存斯足矣，卞玉⑥那愁无识真。
一官聊续箕裘绝，登山莫厌芒鞋拙。
会使狗偷扫地无，不须蜂虿挥巨铁。

三

山头枯木半生耳，山下琉璃剪碧水。
登山临水两超然，刻烛千篇对夫子。
我生也是不羁人，白眼望天人共嗔。
相逢赖有知音鲍⑦，挥麈不疑咳唾真。
子今更与竹林绝，我独凄然守株拙。
望公声誉腾九天，不惟去作铮铮铁。

注释

①尉邵武：指邓成彦出任邵武军某县的县尉，可惜方志无载。

②七峰：七峰山，指位于沙县城南、沙溪南岸的七座小山峰，皆石壁峭立，竹木葱茏。原名七朵山，宋代李纲从东至西按顺序分别命名为朝阳峰、妙高峰、真隐峰、凝翠东峰、凝翠西峰、岩桂峰、碧云峰，并赋诗《七峰山》七首，誉其为"七峰叠翠"美景，系沙阳八景之一。

③马曹：闲散的官职，卑微的小官。

④子猷：王子猷，王羲之第五子，东晋名士。

⑤开缄：开启书信。

⑥卞玉：字子珪，东汉末年犍为郡人。书有《杨淮表记》。

⑦知音鲍：指战国时期鲍叔牙，他把很有才略的管仲推荐给齐桓公，后来管仲辅助齐桓公成就霸主之业。鲍叔牙是管仲的知音。

别僧永肩①

号寒啼饥自聒耳，火中莲花那着水。
超然不复顾尘寰，空色两冥舍利子。
冠巾贾岛齿平人，当时仅免退之嗔。

何如伯升云水去,万劫不磨一点真。
公今更恐情难绝,泛作飞蓬谋未拙。
挽袖牵裳浩不回,当知若人是真铁。

注释

①僧永肩:宋代僧人,修身于何寺,待考。

谢杨休①

一

人生相值梗萍耳,无酒投钱亦饮水。
况公家世足风流,封胡羯末又贤子。
匹马来寻物外人,坐上无毡寒不嗔。
倾盖相逢已如故,洗空机械情更真。
公今在陈粮屡绝,恶圆喜方我尤拙。
穷愁相守两萧然,富骄何事如意铁。

二

半夜丝簧纷养耳,舞袖香风散沉水。
高堂嬉笑坐生春,不诵式微②惊游子。
孟公投辖③虽知人,故乡千里儿曹嗔。
毅然径把刀头舞,百日梦归今日真。
依前瘦马登高绝,未应却笑此行拙。
邑人脂膏子弗求,况是邱侯帽无铁。

三

一岁无多数日耳,归心应逐东流水。
遥想解鞍在于门,满室生春舞妻子。
明朝去拜绛帷人,迟迟他邦冀勿嗔。
愿及散才求入社,寓诗千里欲寻真。
医门不与多病绝,无盐④自献那羞拙。

虽知此质非良金,政须乃翁为点铁。

注释

①杨休:宋代名士,官至左史。
②式微:指国家衰落。
③孟公投辖:陈遵,字孟公,西汉名臣。孟公嗜酒,每大饮,宾客满堂,辄关门,取客车辖投于井中,虽有急,终不得去。辖,车轴两端的键,去辖则车不能行。比喻殷勤留客。
④无盐:指无盐女。战国齐宣王时,王后钟离春有德而貌丑,因是无盐人,故名无盐。后常以"无盐女"为丑女的代称。

呈几叟①仪曹

一

管中窥豹一斑耳,敢对江海更言水。
赖公不作扬雄尾,舞雩曾许随童子。
绨袍②至今念故人,世人欲杀渠不嗔。
更将妙语为高价,坐令玉表欲伴真。
期公终始不相绝,回愚参鲁余亦拙。
异时报德但修身,那用张良袖中铁。

二

世士乞怜贴双耳,得失毫芒汗流水。
辕驹厕鼠端可怜,笑杀物外奇男子。
先生眼中无可人,将军污足渠亦嗔。
倪欲眠时遣客去,两忘物我渊明真。
世间势位日悬绝,不能变渠平日拙。
政如强弓五十步,无力可贯青唐铁。

三

岭外去天一握耳,取死一分山下水。

不辞舟车千里来,赖有陈蕃③知孺子。

当堂得酒觞故人,醉倒花前夜不嗔。

我来一见欣如故,险语聊撼肺腑真。

安得眼边万事绝,与君千首较工拙。

乐死初无锸自随④,那学祠东墓费铁。

四

忽忽百年石火耳,堰鼠不逾一腹水。

胡椒百斛何为哉?箪瓢便可安颜子。

君看世间容悦人,胁肩摇尾⑤恐人嗔。

所得仅能毛发许,抵掌无由一笑真。

期公便与此曹绝,折脚铛中归养拙。

富贵傥来即应之,鄂公未遇姑冶铁。

注释

①几叟:指陈渊。

②绨袍:战国时期,魏人范雎先事魏中大夫须贾,遭其毁谤,笞辱几死。范雎后逃秦改名张禄,仕秦为相,权势显赫。魏闻秦将东伐,命须贾使秦,范雎乔装,敝衣往见。须贾不知,怜其寒而赠一绨袍。迨后知范雎即秦相张禄,乃惶恐请罪。范雎以尚有赠袍念旧之情,终宽释之。

③陈蕃:字仲举,东汉大臣,桓帝时任太尉,灵帝时任太傅。

④乐死初无锸自随:竹林七贤之一的刘伶,嗜酒如命,常乘鹿车,抱着一壶酒,命仆人携锸自随,吩咐道:"如果我醉死了,便用锸挖一个坑把我埋葬了。"

⑤胁肩摇尾:耸肩而取媚,摇尾而乞怜。比喻装出一副可怜相向人讨好。

卷之七 古诗

栟榈先生文集释义

刘忠显挽词①

　　靖康之变,死其事者数人。然皆人死之耳,独忠显刘公勋业声誉著于两河。虏乞于朝,盖将用之,公独不顾,毅然自尽。此所以卓然拔乎其萃,为当今第一人也!

　　某以布衣,辱公父子、兄弟待以国士。顷尝论公之节,如颜真卿、杲卿等。或者骇之曰:"公尚亡恙,子安得出此语乎?"忽忽十年,而公竟以节毙,更出颜公之右。识者然后知某前日之言自有管见,盖非偶然耳。

　　公丧南归,义当匍匐一恸新阡之下。但方以罪逐,不欲彻声于贤公卿之门。今仲固驰书索诗,以助挽人之唱,某敢不勉?然我公气义欲穿天心,狼子虽有万众,不得以兵甲威之。今欲写于毫楮间,顾岂区区章句数字得以传之乎?谨作古诗一首,略去声律,意盖有在也。伏幸采览。

　　　　城头皂帜作云飞,城中不纵胡马嘶。
　　　　虎狼那顾百万众,政期生载人杰归。
　　　　天王遣公赴狂虏,胡奴列拜听奇语。
　　　　军中相庆得左车,便觉笑②谈混天宇。
　　　　先生一笑凛长虹,此膝那屈穹庐中。
　　　　平生数③奇似李广④,自许孤忠如鲁公⑤。
　　　　毡帐归来眦欲裂,北望紫微湮涕血⑥。
　　　　更期结草报君王,夜半无人径自绝。
　　　　城门初开闻讣书,参骞哭往万人俱。
　　　　义色忠躯略不变,忠言凛凛在襟裾。
　　　　当时中国⑦满朱紫⑧,不臣女真即臣楚。
　　　　闻公高节端不回,身虽亡恙气先死。
　　　　英风吹到新冕旒,天恩夜破九泉幽。
　　　　佳城⑨可葬不可没,时有红光上斗牛。

102

我昔从公子弟列,欲报公知效公节。

公骑箕尾我谁依,独上山巅采薇蕨。

注释

①此挽词写于靖康元年(1126)春。刘忠显,即刘韐,字仲偃,生卒不详,建州崇安人。宣和二年(1120),以大夫充徽猷阁待制知越州,在长子刘子羽辅佐下,曾抵御方腊,守城有功。后知福州。靖康年间授资政殿学士。在靖康之难时奉命出使金营,拒绝金人诱降,写书与家人诀别,自缢而死。后赠太师,追封魏国公,谥忠显。邓肃写挽词应在被逐出太学之后、尚未入朝为官之前,故曰:"某以布衣……但方以罪逐,不欲彻声于贤公卿之门。"

②觉笑:旧版《栟榈先生文集》中此处空缺,《全宋诗》作"觉笑"二字。

③平生数:旧版《栟榈先生文集》中此处空缺,《全宋诗》作"平生数"三字。

④李广:汉代名将。

⑤鲁公:颜真卿,唐代书法家,官至吏部尚书、太子太师,封鲁郡公,故称。

⑥湮涕血:旧版《栟榈先生文集》中作"挥滋血",《全宋诗》作"湮涕血"。

⑦中国:指中原地区。

⑧朱紫:穿朱着紫。借指达官显贵。

⑨佳城:指坟茔。

寄德裕县丞

世人龁龁例卑嘶,枪榆不识南冥飞。

邂逅逢公能可意,笑呼文举①作群儿。

扁舟十日系杨柳,未忍愤然夸疾走。

官长虽嗔渠不闻,且觅吾徒绝诗酒。

笑谈便觉无樊笼,胜景况复烦天公。

眼前突兀万银屋,河伯欲以山为宫。

期公定非哙②等伍,爱公高气塞寰宇。

此行要须上九天,利磨干将斩张禹。

注释

①文举:孔融。

②哙:樊哙,西汉大将。出身寒微,以屠宰为业,后迎娶吕后妹妹吕媭,深得刘邦和吕后信任。

再韵明复和来

男儿匹马追风嘶,朝燕暮越去如飞。
谈笑功名在钟鼎,卵破草折驱胡儿。
悲吟误学愚溪柳①,落笔幸无龙蛇走。
诗成不直水一杯,谁解金龟②与换酒?
能言嗟我闭雕笼,九万扶摇政属公。
好振雷威养霖雨,要须奏赋未央宫③。
游戏诗坛整部伍,笔锋光怪横天宇。
异时请赓七月篇,恶食卑官赞神禹。

注释

①愚溪柳:指唐代文豪柳宗元。其被贬永州时,喜爱附近的冉溪,更名为愚溪。

②金龟:古代三品以上官员腰间佩戴金龟袋饰品,以显高贵。

③未央宫:西汉皇宫。

口 占

白鹤一去断消息,白鹤岭高高无极。
仙人望汝久不归,珠花撩乱瑶海碧。
当时同伴有飞鸾,雪浪掀天翻彩翼。
世间千岁会重来,过眼不须寻鸟迹。

送李君上洞天

北风于喝万窍号,落雪纷纷烊鹄毛。

好向高堂护帷幕,新醪^①入脸殷春桃。
居士何为罾不顾,叩户长歌辞我去。
行行逸兴高白云,千里江山入芒屦^②。
问君无乃急所求,笑指南安作胜游。
南安老师初不死,一闻消息即归休。
嗟我平生污诗酒,未能赤脚走岩窦。
在家自得忘家禅,托问老师印可否?

注释

①醪:音 láo。浊酒。
②芒屦:屦,音 jù。芒鞋。苏轼《梵天寺见僧守诠小诗清婉可爱次韵》曰:"幽人行未已,草露湿芒屦。"

戏天启作时文

君不见,
晋阳作垣期自固,中藏荻蒿劲箘簬^①。
知音会遇张孟谈^②,安赵有才终一顾。
人生会遇自有时,两股何须欲置锥。
快将好景供诗酒,嗟嗟戚戚非男儿。

注释

①箘簬:音 jùn lù。箭竹。
②张孟谈:战国初期赵襄子的家臣、谋臣,协助赵襄子攻灭了智伯瑶,从而巩固了赵氏政权。

哭施叔异

天上楼成求俊笔,今古共嗟李长吉^①。
那知施侯更可怜,只向人间二十一。

平生疾恶端②如仇,高视青衿气横秋。
岂惟落笔动惊俗,政事入眼无全牛。
汗血共期③千里足,狂风忽已摧秀木。
生前万事且置之,白头老母将焉属?
管鲍交情我最深,讣来一恸几失音。
相思通夕不作梦,对床蟋蟀更秋吟。

注释

①李长吉:李贺,字长吉,唐中期浪漫主义诗人,被誉为"诗鬼"。

②疾恶端:旧版《栟榈先生文集》中此处空缺,《全宋诗》作"疾恶端"三字。

③期:旧版《栟榈先生文集》中此处空缺,《全宋诗》作"期"字。

招成老

万窍于喁北风烈,乌云贴地欲飞雪。
醉乘一叶上玻璃,忽霁阴威行夜月。
凤凰山头想大颠①,芒鞋竹杖弄清泉。
胸中得句自春色,散入草木腾云烟。
安得今宵对挥麈,快然别作二岁语。
遥知今吾非故吾,便当刻烛追风雨。

注释

①凤凰山头想大颠:大颠是唐代潮州高僧,其故里在潮州凤凰山。

送成材

伯夷①自甘首阳厥,商臣不戴周日月。
那知世人冷笑渠,却言冯道有全节。
纷纷过眼万飞蚊,何如闭目日饮醇。

议论不从流俗变,吾宗赖有谪仙人。
谪仙品流居第一,射策王庭恣狂直。
不知天上闻不闻,见说奸臣俱辟易。
秋风鞭马衫挼蓝②,一官聊试渡江南。
群从相从得髯尹,家学当须与剧谈。
江南风月归诗酒,二陆相从真得友。
无人肯伴栟榈狂③,为我唤回脱帽张。

注释

①伯夷:伯夷、叔齐兄弟皆商臣。商亡,耻食周粟,在首阳山采蕨而食。最终伯夷、叔齐饿死于首阳山。

②挼蓝:音 ruó lán。湛蓝色。

③栟榈狂:邓肃笔名之一。

避贼引①

羽檄星驰暴客起,西望烽烟无百里。
夜半惊呼得渔舫,老稚相携三百指。
蠖屈蛇盘破蓬底,忽欲骞身风刮耳。
沙汀舣岸少依刘,万斛愁情空一洗。
回思当年侍玉皇,禁垣夜直宫漏②长。
驱驰谁谓遽如许,客枕不安云水乡。
前日寒驴冲火烈,今此扁舟压残雪。
隆暑祈寒欲少休,钲鼓迫人如地裂。
草庐安得无卧龙,奉天政赖陆宣公③。
凭谁急呼人杰起,使我叩角歌尧风。

注释

①此诗写于建炎二年(1128)秋。因建州范汝为作乱,进犯沙县,邓肃第二次偕家眷西行避寇于黄杨岩、杉口等地。

②宫漏:古代宫中的计时器。
③陆宣公:陆贽。

次韵师皋

平生论兵轻白起,端欲采芝追甪里①。
谁遣声名到人间,役役十年空血指。
天狗堕地嗟未已,雷声屡迫君王耳。
闽山今复暗旌旗,四望长安泪如洗。
羡君好古慕羲皇,品流不减刘真长②。
舍我䒱幪③得甘寝,彷徨忽在无何乡。
安得大明如火烈,坐令鼠辈消春雪。
六合内外还桑田,乾坤不容异姓裂。
看君跃马如游龙,醉中脱帽造王公。
高堂请志中兴事,吉甫作诵穆清风。

注释

①甪里:甪,音 lù。汉初隐士周术,字元道,曰甪里先生。
②刘真长:刘惔,字真长,东晋著名清谈家。
③䒱幪:音 píng méng。古代帐幕之类物品。

聚星行

昴星下天扶汉德,长庚乃向开元谪。
光芒相照数百年,一尊不得闻风月。
何如今日出城闉①,高堂共享无边春。
风流皆在烟霞表,不数当年荀与陈。
江湖我今方卷舌,君等上天环北极。
箕斗虚名不必多,要斥旄头作顽石。

注释

①城闉:闉,音 yīn。城墙门。

寄李状元①

渡头送君泛小舟,丝丝细雨织寒愁。
自闻君来天亦喜,急扫阴霾霁九州。
聚星高会古难续,也欲从君勤秉烛。
期君指顾苏瓯闽,一笑春风不忍独。

注释

①此诗写于绍兴二年(1132)四月,李易从闽还朝之后。

送张巨源①

我顷天上遭雷斥,万里南归弄泉石。
惭愧张侯着眼看,诗卷光芒射奎壁。
一朝逸气见眉间,浩歌依刘出闽山。
渠今得客君得主,宁复回首共悲酸。
阴雨初生腐草翼,破暗行空夜的皪。
何时归伴栟榈狂,一吐长虹贯白日。

注释

①张巨源:宋代襄阳人,五世同居,诏旌其门。

送吕友善

火云烧空汗如雨,江北江南俱豺虎。
君侯不顾溪山幽,鞭马一朝去莫御。
挽君少俟秋风清,君言倚门有双亲。

千里归从彩衣舞①,死生不计万钟轻。
过眼纷纷青与紫,颠倒重轻真可鄙。
凭君天上整乾坤,自古忠臣多孝子。

注释

①彩衣舞:效仿老莱子着彩衣娱亲。

黄杨岩①

石壁巉岩惊鬼划,异草幽花锁春色。
群山迤逦不能高,突兀独磨霄汉碧。
芒鞋千尺上崔嵬,手摘星辰脚底雷。
拨破烟云得洞户,醉眼恐是天门开。
入门嵯峨森紫玉,冷风吹面天香馥。
箕踞胡床挥麈尾,万指未充空洞腹。
我因避地访名山,扁舟夜渡沙溪②寒。
辛勤博此一笑喜,太平犹在水云间。
猛将今无三角虎,狐狸昼号鳅蟮舞。
灵岩③知有老龙藏,挽出人间作霖雨。

注释

①此诗写于建炎二年(1128)秋。因建州范汝为作乱,进犯沙县,邓肃偕家眷避寇于黄杨岩、杉口等地。黄杨岩:今称万寿岩,在沙县二十五都(今属三明市三元区岩前镇)。

②沙溪:闽江上游支流之一。发源于宁化县泉上镇,流经沙县境内,从城南绕过,流至沙溪口与富屯溪汇合后,注入闽江。

③灵岩:这里指黄杨岩。

雹

黑云压山山欲颓,阿香推车震不开。

广寒宫中珠径寸,狂风倾下九天来。
高堂砰轰倒四壁,万瓦飞空如转石。
灯火青荧不敢明,世间谁有胆三尺？
年来蠢动敢争豪,鳅鳝起舞狐狸嗥。
一振天威百怪息,夜半云收北极高。

卷之八 古诗

送李丞相四路宣抚①

冷风吹海烟雾开,绣衣使者天上来。
手持天书传天语,促起天下豪杰魁。
下堂拜命汗如雨,上堂鸣鼓旌旄举。
要令南国生清风,不辞马上蒸溽暑。
平生直气高苍穹,四海草木闻威风。
业已自任如伊尹,那使流言动周公。
君臣今日机锋契,六十九州归重寄。
屠龙事业警狗偷,谈笑定缚吴元济②。
功成上天相都俞③,指呼瓦砾化华胥。
日辟农桑三万里,二十四考书中书。
我今流落穷吞纸,蟾蜍爬沙鞭不起。
归欤自筑茅三间,为作野史书雄伟。

注释

①绍兴二年(1132)五月初,李纲受命离闽赴任湖广南路宣抚使兼知潭州。李纲启程前夕,邓肃作此诗,送李纲赴任。五月初九日,邓肃病逝。此诗当为邓肃的绝笔之作。

②吴元济(783—817):唐代沧州清池人,淮西节度使吴少阳之子。自领军务,被李愬俘虏。

③都俞:形容君臣论政问答,融洽雍睦。

大水杂言

一

前日雨如丝,缤纷杂朝雾。
昨日雨如注,万壑争驰骛①。
今朝有霁色,作意在芒屦。

那知复如倾,漫天飞瀑布。

二

介休借车振苍穹,十八叶幡如火红。
涛头起伏万银屋,河伯尽以山为宫。
门前小艇疾飞鸿,挽我同趋急流中。
人生如梦贵适意,乘此可食千头龙。
醉中举杯谢舟子,口腹自营吁可鄙。
不闻大禹不过门,血指为疏九年水。
何如乘风拜张坚,唤取女娲来补天。
坐令赤子脱鱼腹,六合内外还桑田。
柳枝却下蛟龙约,谈笑支奇付铁索。
异时天上敢惊呼,斥作人间铛折脚。

注 释

①驰骛:奔走趋赴。

次韵王信州①

一

煤炱②飞上天,沉沉三日雾。
银河一压摧,狂雨恣横骛。
我恐铁骑来,疾驰不纳屦。
气豪如项羽,势猛似黥布③。

二

弥漫江海接高穹,石牛未洗血泥红。
天吴八首真奇怪,咄嗟平地作银宫。
我贫家火不星灶,赤脚灭没泥涂中。
目断晓风生少女,又复茅檐飞白龙。
惭愧北来王夫子,藉藉声名满都鄙。

朝吟千赋暮千诗,松腴亦须枯海水。
莫倚文章似孟坚④,未用风流追乐天。
且以光芒破阴晦,挽回日色到桑田。
乐岁天公有严约,斥落旄头沉贯索。
从公日醉三百杯,不怕西风动旗脚。

注释

①此诗写于建炎四年(1130)夏。
②煤炱:炱,音 tái。煤灰。
③黥布:指英布,秦末汉初名将。因犯秦律被黥面,又称黥布。秦末,率骊山刑徒起事,归附项羽,封九江王。奉项羽令,杀楚义帝。楚汉相争时,归降汉,助韩信灭项羽于垓下。刘邦封其为淮南王。
④孟坚:班固,字孟坚,东汉大臣、史学家、文学家。年九岁,能属文诵诗赋。及长,百家之言,无不穷究。性宽和容众,不以才能高人,诸儒以此慕之。

再次韵

一

我闻张微子①,仰天能服雾。
又闻填海神②,挥鞭石欲鹜。
二子呼不来,登山自纠屦。
雷鼓速云阵,忽忽千岩布。

二

谁云九万隔高穹,玉女笑眼逼人红。
银浦遂倾瓜蔓水,雪浪欲浮天梁宫。
孤孙得糟时哺翁,泛泛浮家烟浪中。
竟呼力士来西域,临江吹缩十丈龙。
那知夏雨逢甲子,身如猪鸭不须鄙。
赤松作此岂无谋?门生主兵渠主水。

长江正欲截苻坚，夜亡智伯水如天。
此功朝成暮可霁，便当对月饮青田。
一雨从今十日约，要赓丰年入弦索。
凭君唤取阿戎俱，笑上天门同软脚。

注释

①张微子：汉昭帝时女冠，张庆之女，茅山道士中较为有名的女仙。
②填海神：指精卫。

鼓腹谣

当时大镬四十石，馅粗如柱饼八尺。
饱食起来舞金刚，挥戈天上驻斜日。
底事年来到骨穷，炙蒲脯苔诳腹空。
斗牛一饭期五日，一半又听阇梨①钟。
啄腐吞腥将日削，天公作意殊不恶。
十围渐化杨柳轻，因驭冷风上寥廓。

注释

①阇梨：阇，音 shé。也作阇黎，梵语"acarya"（阿阇黎）。意为高僧，也泛指僧人。

次鼓腹谣元韵

我心不转本非石，世路爬沙任退尺。
杯酒高怀独未忘，只有三万六千日。
原宪虽贫亦非穷，石发溪毛放箸空。
已遣寸毫饱风月，安得高堂列鼎钟。
明朝莫怕山如削，夹路花香破酒恶。
世间得失竞鸡虫，一笑危岑①天地廓。

注释

①危岑:高峻的山峰。

戏王子和

豪华相陵豆粥石,坐上珊瑚碎三尺。
那知萧条洙泗①间,灶火不星连七日。
我生不复饯文穷,醉眼从来四海空。
一饱便令百忧失,三合红陈等万钟。
君家况有柳枝弱,客恶不容主人恶。
造门果腹姑置之,杜陵寒眼凭君廓。

注释

①洙泗:音 zhū sì。春秋时期,鲁国曲阜有洙水和泗水两条河流,孔子在洙泗之间聚徒讲学。后以"洙泗"代称孔子及儒家。

鼓腹谣谢许令

东坡不恋二千石,却美黄州芋径尺。
一饱何妨作许难,千古光芒贯白日。
我生不暇哭途穷,入户青钱转手空。
肉食不容久青琐,齿牢但可叩天钟。
许侯诗成谢斫削,飞流来洗徐凝恶①。
开缄百里已生春,九州更赖此心廓。

注释

①徐凝恶:典出"徐凝恶诗"。唐代诗仙李白作《望庐山瀑布》曰:"日照香炉生紫烟,遥看瀑布挂前川。飞流直下三千尺,疑是银河落九天。"笔致简近却雄浑大气,韵味自然天成,实为千古佳作。中唐诗人徐凝作《庐山瀑布》曰:"虚空落泉千仞直,雷奔入江不暂息。今古长如白练飞,一条界破青山

色。"虽亦是诗中佳作,然而苏东坡却认为徐凝是模仿李白之作,并作诗讽刺道:"帝遣银河一派垂,古来惟有谪仙词。飞流溅沫知多少,不与徐凝洗恶诗。"

风雨损荔子

前日雨声如陨石,昨日风狂退六鹢①。
荔子吐华漫如云,结实定知无十一。
南来无以慰愁煎,端期一饱果中仙。
山头看花日千转,默想香味空流涎。
事类翻羹慎勿恤,风雨在天非人力。
要及丰年天下同,那为海邦私一物。

注释

①鹢:音 yì。一种能高飞的水鸟。

题吹衣亭

马上衣衫涴①尘土,敛板②权门腰伛偻③。
冷风天上呼不来,厚颜如甲汗如雨。
星郎高韵凌云烟,天籁唤归如流泉。
人间热恼醺不到,亭上鹤衣飘欲仙。
君方醉乐人愁绝,何如御此登天阙。
叩天借取衣上风,吹下九州作春色。

注释

①涴:音 wò。弄脏。
②敛板:指敛版。古代官员朝会时执手版,端持近身以示恭敬。
③伛偻:音 yǔ lǚ。腰背弯曲。

游鼓山①

兰桡舣岸雷霆骇,疾雨狂风欲翻海。
吾人作意水石间,素志岂因风雨改。
悟道当如未悟②人,衡山不知为开云。
鲁阳莫试挥戈手,郭泰③何妨垫角巾。
山僧导我飞芒屦,要看渠师得道处。
雪喷鼎烹一斤回,千古涧流不东注。
我笑老师太豪雄,故令鬼物窥吾踪。
安得廓然无圣解,苍崖依旧飞白龙。

注释

①此诗写于绍兴元年(1131)四月。鼓山:福州鼓山。
②未悟:旧版《栟榈先生文集》中此处空缺,《全宋诗》作"未悟"二字。
③郭泰:东汉末年学者,能以德行导人。

别珠公

我顷诗成准敕恶,寒江夜度秋萧索。
曳杖从师得摩尼,洗空愁肠天地廓。
年来狂妄婴逆鳞,去国三秋又出奔。
隔墙后得绨袍旧,一笑唤回逆旅春。
我心不转嗟匪石,方壮两遭天上斥。
处处逢君道价高,万指方袍①趋法席。
白云天下妙林泉,看君又作新法缘。
傥能容此无归客,便当结社追白莲。

注释

①万指方袍:穿僧服的人有一万指,即一千人。形容珠公法席极盛。

送许丈赴行在

狄犬夜吠夷门月，乾坤易位人泣血。
那知千官舞蹈回，马上洋洋面不热。
许侯逆风敢孤骞，黄金围腰挽不前。
大明升天狐兔遁，再拜丹墀吾节全。
我时上天恣狂直，权臣舌端飞霹雳。
当时陷阱皆交游，侯独临存真铁石。
此来邂逅一笑间，夜倾闽酒赤如丹。
胸中磊块浇未下，征旆匆匆又吴山。
山前鲛鳄翻平陆，杀人如麻未充腹。
凭君仗剑追祖风，坐令四海桑田复。

卷之九 古诗

后迎驾行①

挥鞭冲晓露,归鞍载夕阳。一日复一日,不见御袍黄。
左衽②须文绣,毡车奉圭璋③。作意礼乐盛,而乃访毛嫱④。
上皇袭太平,珍怪来四方。奇器惊鬼划,舞要欲云翔。
端为大盗积,万里来贪狼。文移急星火,搜挟到毫芒。
伐柯则不远,吾道其复昌。君看天宇间,紫微已辉光。
跃马今朝去,定拜御炉香。恶衣供禹御,茅茨覆尧堂。
为邦消底物,人心归则王。

注释

①此诗写于建炎元年(1127)四月。是年三月,金兵已攻占汴京,掳徽宗、钦宗二帝到金营,北宋灭亡。邓肃乘机入宋统制官傅亮军中,奔赴南京(今商丘)。四月,宋军大元帅府拟在南京拥立康王赵构为帝。邓肃闻讯,期待赵构早登大位,遂作此诗。

②左衽:衽,音 rèn。指受异族的统治。
③圭璋:圭,礼仪玉器。璋,祭器。
④毛嫱:嫱,音 qiáng。春秋时的美女。

促 行①

邓成彦邀李益之、朱乔年及某一饭。适忌日,无侑②觞者,遂迟明日。成彦偶在式,假以食素谢吾三人。朱且行,仆因以诗促之。

点额万里归,兀坐冷如水。惭愧北阮贤③,为余欣设醴。
既邀折槛朱,仍约骑鲸李。人乳已方丈,清歌迟皓齿。
那知事大谬,反误占食指。得鹿傥是梦,翻羹得无鬼?
我生饮红裙,万事空一洗。所失如猬毛,岂惟一饭耳!
端恐苟陈会,自此参辰矣。凭公反高阳,勿专兰亭美。

主人或素餐,苏晋端可疑。何妨具大烹,肉食从可鄙。

注释

①促行:旧版《栟榈先生文集》中无标题,此标题为本书注释者所加。
②侑:音 yòu。劝人吃喝。
③阮贤:指竹林七贤中的阮籍、阮咸叔侄二人。

偶　成①

我涉江东路,平地雪盈尺。明日登芙蓉,晴天开晓日。
揭自婺源来,阴雨连朝夕。瘦马逼云际②,又断檐间滴。
顾我亦何人,市朝欲扫迹。平生诗酒交,落井仍下石。
那知涉畏途,乃烦造化力。要知万里行,人谪非天谪。
衡云霁韩愈,海市呈苏轼。君知此理不?鬼物护狂直。

注释

①此诗写于建炎元年(1127)冬,邓肃被谪归乡途中。
②瘦马逼云际:指瘦马在高接云际的山上驱驰。

古意三首

一

妾身如暮云,阴霾愁渐浓。郎来如晓色,日高云自空。
晓色未应夜,愁云不可重。会持一杯酒,举室生春风。

二

妾心如寒梅,随郎遍江东。妾身如飞雪,知落何亭中?
雪花故清绝,何人能击节?梅花岁岁春,千秋香不灭。

三

妾如傍篱菊,不肯嫁春风。郎如出谷莺,飞鸣醉乱红。

乱红有何好？风雨一夕空。菊英虽枯淡，不愁霜露浓。

观子陵画像

陶朱防狡兔，渭滨兆非熊①。先生但钓月，君王友不从。
我昔访其迹，溪光磨青铜。呼公公不应，天籁自号空。
何人知此景，携归梵王宫。乃知夜半力，端在寸毫中。

注释

①非熊：当指"飞熊"。西周初年，姜太公在渭水垂钓，梦见飞熊，而遇文王。后姜太公辅佐武王伐纣灭殷，建立周朝。后世用"飞熊"泛指辅助国政的贤人。

谒南斋诸友

青青门外竹，练练涧中流。水竹自相激，天壤无炎洲。
我友有高韵，来为挟策游。氛埃飞不到，轩窗寸寸秋。
高文穿天心，细字编蝇头。气豪欲骑月，志锐定焚舟。
我来初过雨，衣衫空翠浮。平生百斛尘，一洗空不留。
归来短檠下，清风入梦幽。不知白莲社，肯容灵运不？

再用南斋韵谢

沙溪清可啜，远山翠欲流。翩然航一苇①，浩歌入芦洲。
高堂上木杪②，幽人事胜游。但足箪瓢乐，不知天地秋。
我笔嗟无口，冥搜空掉头。何如三才杰，等是济川舟。
开卷腾光怪，天上卿云浮。阿云又嗣音，吾砚不欲留。
平生浪诗声，寒虫号清幽。已对狂道士，从此敢吟不？

注释

①翩然航一苇：典出"一苇渡江"。相传南北朝时，达摩禅师与梁武帝对话，由于他们对佛教的主张观点不同，话不投机，达摩离去。梁武帝深感懊悔，马上派人骑骡追赶。追到幕府山中段时，两边山峰突然闭合，一行人被夹在两峰之间。达摩正走到江边，看见有人赶来，就在江边折了一根芦苇投入江中，化作一叶扁舟，飘然过江。

②木杪：杪，音 miǎo。树梢。

登妙峰阁①

维舟古木阴，故人能倒屣②。相携步高阁，千尺夸雄伟。
雨余天气清，宇宙空如洗。对面碧玉峰，去天不盈咫。
凭栏一超然，欲抟九万里。下视嚣尘间，蠢蠢鱼虫耳。
平生浪自苦，马上肉消髀③。匆匆欲何之？烧香更隐几。
入夜寂无人，波声栏下起。坐觉非尘寰，雷霆生脚底。

注释

①妙峰阁：在南剑州城东黯淡院前，对高峰。旧有宋蔡襄题字，及李孝彦草书。

②屣：音 xǐ。鞋子。

③髀：音 bì。大腿，亦指大腿骨。

游东山

草木得新露，袭人吹冷香。泉水夜相激，衾枕自清凉。
我携谪仙人，眉目秀而长。高怀洗尘累，抵掌论老庄。
若人不世有，此景那可忘？终当跨皓鹤，同作云间翔。

云际岭①

苍苍九万里，拍塞雨天苑。云际在天上，我去更携家。

不知山高低,晶荧浩无涯。回头见侍者,濛濛隔琼花。

注释

①云际岭:位于光泽县东北,北接铅山县界,系由赣入闽之关口。从诗意中分析,此诗应当作于初夏多雨季节。宣和六年(1124)闰三月,邓肃"赴试南省"不第后返乡,途经云际岭时作此诗。诗中"侍者",应为书童。

谢丹霞老师

丹霞修何行?天花雨红英。草莽化金碧,宴坐十年成。
落笔多奇语,酬唱皆名卿。微言寄祸福,无心天籁鸣。
顷年来七峰,见我眼增明。西来的的意,一语贯三乘。
坐令尘土人,弹指悟无生。别来今许久,夜梦飞爽灵。
新诗忽入手,春风死草萌。公以慧生定,我自明而诚。
相望虽千里,秋风共一清。去去勿作念,明鉴无将迎。

玉山避寇①

前年十月间,胡兵满大梁②。小臣阻天对,血涕夜沾裳。
去年十月间,左省谪征商。扁舟归无处,江浙俱豺狼③。
今年十月间,叛卒起南方④。官兵且二万,一旦忽已亡。
一身幸无责,奉亲走穷荒。天宇如许大,八口无处藏。
空山四十日,画饼诳饥肠。揭来古招提,和气霭修廊。
迎门有禅伯,梵行照穹苍。却念客无归,烧猪饭苏郎。
方袍二百指,祖灯其复光。中有护法人,义气干天枪。
倒床得甘寝,不知冬夜长。明朝曹夫子,破浪飞危樯。
入门郁春色,满船载琼浆。高谈惊霹雳,佳句刻琳琅。
那知奔窜中,一乐得未尝。何当扫阴雪,四海共春阳。
便携我辈人,浩歌归醉乡。世事如弈棋,臧否均亡羊。
蓑衣可钓月,底处是金章。

注释

①此诗写于建炎二年(1128)十月。此时邓肃避寇于玉山寺。
②胡兵满大梁:靖康元年(1126),金兵攻陷大宋都城汴梁后,满城胡兵。
③江浙俱豺狼:建炎元年(1127),北宋刚灭,南宋初建,江浙一带盗贼乘机作乱,官府派王渊、刘世光为将领"平盗"。
④叛卒起南方:建炎二年(1128)六月,建州军卒叶浓等发动兵变,张俊、赵哲等率官兵平叛。

次韵李舍人①

道山文章伯,杖履作幽栖。笔砚为事业,戏落翻黑螭。
平生百万言,定相初不离。更怜世间士,尘网深相围。
笑蹅双林辙,誓破万夫疑。八面列神王,剑戟森携持。
怒目干龙宫,机缄绝谋惟。佛语浩无际,天地如可弥。
笑谈一转毕,璇玑②时未移。见者皆了了,钝根化神机。
不然三分藏,谁能俱不遗?白头钻故纸,底是出头时。
此恩今欲报,四顾将谁依!在佛本无说,于公亦何为?
珍重谪仙人③,登山力未疲。天涯渺万里,着处即为归。
随缘作赞叹,妙语何奇奇?置之天壤间,千古无敢非。
我生多肉障,烦公示宝箧。请作一言蔽,牟尼即仲尼。

注释

①李舍人:指李纲。
②璇玑:古代称北斗星的第一星至第四星。
③谪仙人:指李纲。

送李司录西赴

晴云耸奇峰,烈日破昏雾。谪仙有行色,朋僚伤远送。
嗟哉君子人,簿书久倥偬①。文星应长庚,劲气模蟠蛛②。

幡然玉京去,伫听朝阳凤。岩野岂能留,端肖高宗梦。

注释

①倥偬:音 kǒng zǒng。事情纷繁、忙乱。
②蝃蝀:音 dì dōng。彩虹。

尘外堂

俯仰天地间,纷纷尘垢①耳。市井与山林,累人均一体。
有真故有妄,无彼那取此。谓是为尘外,政应在尘里。
凭师一扫空,六尘②不用洗。渊默③即雷声,万川同一水。

注释

①尘垢:旧版《栟榈先生文集》中此处空缺,《全宋诗》作"尘垢"字。
②六尘:佛教名词,依于六根所接之尘有六,谓色、声、香、味、触、法。尘即染污之义,以能染污情识之故。
③渊默:深沉静默。

卷之十 古诗

谢李舍人题额①

寸草②春未报,秋风树不停。三年③真忽尔,过隙白驹奔。
庐坟吾岂敢?北堂有老人。作庵居释子,佛事勤朝昏。
太史④怜此意,高额揭显亲。梁间垂玉箸,壁上霭飞云。
顾我何为者,传家空一经。栖迟已三十⑤,寒窗尚短檠。
北辕将适楚,捩手或翻羹。那能为亲显,只可充添丁。
但念我先人,白首困飘零。射策不逢赏,青衫脱王庭。
今焉逢太史,发挥身后名。坐令九泉下,冷骨复生春。
显扬政在此,松楸万世荣。作诗敢论报,欲为肌上铭。

注释

①宣和二年(1120)7月,邓肃在其父邓谷新墓旁筑堂建庵祭祀,李纲题其名为"思远堂"和"显亲庵",邓肃作此诗致谢好友李纲。
②寸草:小草。唐代诗人孟郊《游子吟》曰:"谁言寸草心,报得三春晖。"
③三年:邓肃之父邓谷已去世三年。
④太史:指李纲。
⑤栖迟已三十:邓肃作此诗时,年龄已三十。

陪李梁溪游泛碧①

凉天夜无云,寒江秋更碧。冷照月华中,水天同一色。
画船②渺中流,三更群动寂。清风远相随,芦花秋瑟瑟。
近山得桂香,隔烟起渔笛。楼台半有无,疑是化人国。
我生本无事,钓竿勤水石。今宵更可人,仍侍君子侧。
浪登元礼舟,本非谪仙敌。敛手看挥毫,光芒腾万尺。

注释

①此诗写于宣和二年(1120)秋。泛碧,即泛碧斋,宋时在沙县太史溪上

的游船。九月十八日夜晚,李纲、邓肃、陈兴宗、邓成彦等相聚于凝翠阁,接着又晚游泛碧斋。李纲有《六月十八日同陈兴宗邓成彦志宏早会凝翠阁晚游泛碧斋》诗纪游。

②画船:指游船"泛碧斋"。

本上人

乞食自王城①,骏笔②挥万纸。开缄动心目,忽忽龙蛇起。
便可老烟霞,声价日千里。那知未满意,更访栟榈子③。
栟榈亦何人?是心如灰死。恶语满人间,春风自桃李。
凭君一笑挥,万事空一洗。但了风动幡,在处针投水。
愿将广长舌,语出亦糠秕。回到我辈人,政堪覆酱耳。

注释

①王城:指北宋汴京(今开封)。
②骏笔:作"大笔"解。
③栟榈子:邓肃自称。

和作哲送令德

我瓠非五石,安能㮯①不用。但恃少年气,未肯就羁鞚②。
越人已断发,章甫浪出宋。何如子建文,脱口人争讽。
笑示善者机,绮语时一弄。妙境秘不传,尺管阁云梦。
固应羞芹藻,清明奴隶共。明年郁梧桐,定作喈喈凤。
归来访原宪,慎毋学子贡。故人犹未病,反己能求中。

注释

①㮯:音 xiāo。空虚,引申为空置。
②羁鞚:音 jī kòng。指马勒,喻束缚。

宴坐轩

客食突不黔,马上肉消膞。所得知几何,此生亦茅靡。
何如丰岩公,一室万缘止。竹林能清幽,岩窦富奇伟。
闭门寂无人,烧香坐隐几。今年忽猿惊,杖屦数百里。
持此凝宴坐,老师一启齿。我岂死灰如,春风吹不起。
请君看九渊,止水即一洗。

舫 斋①

寓形天宇间,一枝慎所处。到眼无溪山,堆胸自尘土。
陈子②作舫斋,端能世外趣。笑傲风波境,恬无风波虑。
循本鱼可观,灰心鸥自舞。风景虽可人,公乎聊四顾。
纷纷逐末流,谁援沉迷苦。吾事在济川,慎勿五湖去。

注 释

①舫斋:用游船舫做书房、学舍。宣和二年(1120)初秋,陈渊之叔父陈珹作"舫斋",邓肃题诗《舫斋》,李纲亦作诗《题陈公叙舫斋》。
②陈子:陈渊之叔父陈珹。

泛舟示子

秋江十日雨,破浪飞危樯。恍如在天上,万顷烟茫茫。
狂风自南来,桂华雨新黄。停杯不须饮,且饮空中香。
平生四海心,老大愧周郎①。聊复随孺子,解缨濯沧浪。
北斗挹②酒浆,天孙织衣裳。乘兴拏舟去,一笑上银潢。

注 释

①周郎:三国东吴大将周瑜。

②挹:音 yì。舀。

万卷堂

　　世人无远韵,挟策干浮云。识字仅有数,得志无短檠。
　　太邱妙家法,不肯卤耕耘。藏书浩无际,兀坐观沧溟①。
　　寒陋鄙李邕②,假书勤朝昏。过眼如杜甫,散为笔下神。
　　一家今四杰,射策到王庭。自视犹细事,家塾方讨论。
　　嗟我未闻道,政作钻纸蝇。会同阿戎去,从公问斫③轮。

注释

①沧溟:苍天,大海。
②李邕:唐代书法家。他博学多才,少年成名,但也鬻文获金,曾挪用公钱。
③斫:音 zhuó。用刀斧砍削。

过黄杨岩①

　　朔风夜号空,干喎几枝木。深山自春色,芳草不凋绿。
　　朋来得佳游,招提藏翠麓。新酒赤如丹,竹萌肥胜肉。
　　一醉出门去,缺月挂修竹。归路沙溪浅,危桥践寒玉。
　　夜过渭滨居,门庭故不俗。对坐寂无语,泉声如击筑。
　　宗盟更可人,相邀勤秉烛。开缄得捷音,豺狼俱面北②。
　　回棹今可矣,赏心嗟未足。西去有奇岩,佳名配王屋。
　　箕踞③列十人,未充空洞腹。更约林宗俱,来伴白云宿。

注释

①建炎四年(1130)冬,因范汝为聚众作乱,邓肃偕家眷十口人避寇于黄杨岩等地。
②豺狼俱面北:像豺狼一样凶狠的范汝为贼寇,被朝廷派兵征讨打败。

③箕踞：两脚张开，两膝微曲地坐着，形状像箕。

飞 萤

谷雨已十日，不散阴云顽。夜风翼腐草，借光蒲苇间。
往来自相照，似欣天地宽。何时东方白，红日开云端？

次韵王信州古风①

我昔少年日，气与风雷壮。一言既不合，掉头归望望。
誓将老烟霞，叩角耕闲旷。一日烦干旌，叩天舒孟浪②。
自警舟一叶，沙溪春荡漾。百川傥已东，吾力那能障？
尚赖天地宽，未即崇山放。栟榈付冷居，乃为世所长。
老妻画纸棋，赤脚沽村酿。醉起舞采衣，吾道颇休畅。
人杰又鼎来，不怕供诗帐。酬唱激清风，洗空烟雨瘴。
故人化鹤仙，穹庐共凄怆。生还义更高，裹饭远相饷。
演山见长庚，醉眼不敢仰。便结骑鲸游，不知飞燕谤。
兰亭最后来，德齿均所尚。伤时虽慷慨，论事尤倜傥。
杯酒七峰下，逸思九天上。万事俱可人，只欠蛾眉唱。

注 释

①此诗写于建炎四年（1130）春。
②孟浪：言语轻率不当。

再次韵谢之①

四海王信州，志气老益壮。家学九夷闻，人物万夫望。
若使在庙堂，天下无怨旷。胡为一叶舟，也泛闽溪浪。
顾余真断梗，江淮付摇漾。逢人辄倾倒，涉世无堤障。
既念越人瘠，仍欲郑声放。斥下九天来，宜侣幽怪长。

邂逅忽相逢，琥珀倾新酿。火急赓歌诗，胸臆赖舒畅。
我语无余韵，日书甲乙帐。得君驱鳄手，不忧潮阳瘴。
三年去国心，海隅日凄怆。东家久不爨，稚子将无饷。
诗成皆置之，万事吾不仰。那复思重裘②，区区欲止谤。
明朝更可人，芒鞋穷好尚。遥知翠微中，高谈得纵傥。
至乐曲蘖间③，虚名钟鼎上④。轻重不须论，杯行且酬唱。

注释

①此诗写于建炎四年(1130)春。
②裘：古代的毛皮衣服。《说文解字》曰："裘，皮衣也。"
③至乐曲蘖间：指饮酒最乐，有自古唯有饮者留其名之意。
④虚名钟鼎上：刻在钟鼎上的都是虚名，有粪土万户侯之意。

再次壮字韵①

昌黎论佛骨，南行气益壮。献书请镂玉，却起北归望。
香山②最风流，诗酒事夷旷。那知闻琵琶，泪溅九江浪。
此身苦海中，风波随荡漾。妄见分南北，无乃眼中障。
嗟我果何人，楚狂本天放。外物不须论，有身今已长。
斥归云水乡，日醉莲花酿。茗饮过陆羽③，禅悦得文畅④。
安此更何求？万里脱毡帐。死生则置之，北邙岂俱瘴？
使君怜我愚，了无逐客怆。谓我耕白云，不独齐眉饷。
诗来觅欢处，光芒不可仰。欲醉桃李春，那忧贝锦⑤谤。
赤脚敢云无，社舞非时尚。侯门列蛾眉，一见吾其傥。
抛砖此当先，积薪君在上。更为李与苏⑥，两家按新唱。

注释

①此诗写于建炎四年(1130)春。
②香山：指唐代诗人白居易，字乐天，累官至太子少傅。晚年远离官场，居香山寺，号香山居士。有《白氏长庆集》传世。

③陆羽:唐代茶学家,著有《茶经》。
④文畅:唐代释文畅,有文名,韩愈与之交往,写有《送浮屠文畅师序》。
⑤贝锦:比喻诬陷人的谗言。
⑥李与苏:指李白与苏轼,二者都以豪放诗风闻名天下。

第四章兼简其子①

虱卜虽萧条,虎筮固豪壮。要皆有得失,未息胸中望。
那知方寸地,太空等虚旷。川逝水不流,石高风自浪。
郑五相府荣,谢三渔舟漾。穷达安在哉?但瞒肉眼障。
鼓瑟铿尔舍,扶杖㗌②然放。在我本不亏,底处更求长。
独挂百钱游,无人捉私酿。醉归一腹春,满纸挥琴畅。
珍重江左王③,德邵宜绛帐。天遣千里来,不顾闽山瘴。
人言臭味同,政可慰凄怆。谁知金玉予,诗成即相饷。
笔力到天心,开卷人争仰。但勿赋兔葵④,小儿易生谤。
献之⑤诗更奇,句法晋宋尚。从渠得精深,嗟余真恍慌。
何当日相从,烦君更语上。径追太古风,三叹聊十唱。

注释

①此诗写于建炎四年(1130)春。
②㗌:音 bó。象声词。
③江左王:江左即江东,指长江以东地区。晋代江东王氏是第一流士族高门,这里借以称赞王信州。
④兔葵:菟葵,植物名。
⑤献之:指王羲之第七子王献之,也是大书法家。这里借王献之以褒扬王信州的儿子。

荔子

荔子有佳品,乃在府城东。我来方秀发,黄云口万重。
遥知香味色,已具碎花中。凭栏一念足,不食意自充。

人世如梦耳,当体色即空。谓是为真实,便可侑千钟。
谓是为非实,真饱亦何从？虚实两无有,楼高雨濛濛。

避地山谷

大禹不到处,石壁谁凿开？云端欲相搏,飞出白云来。
余沫乱飞雪,雄声敌春雷。溯流涌百尺,银山陟崔嵬①。
顾我虽逐客,解雨已春回。嗟此天尽处,胡为乎来哉？
萱堂②有垂白,蓬室③纷提孩。内外三百指,奔窜若为怀。
我疑云水间,亦有天下才。何时日三锡,一振纪律颓？
羲和倪中天,六合无氛埃。鼠壤与蚁穴,不风当自摧。
坐令陋巷中,依旧乐颜回。亦能书夷狄,朝会叩天阶。

注释

①崔嵬:形容高大雄伟的山。
②萱堂:比喻母亲。
③蓬室:穷人所住的草屋。

次韵王信州游栖云①

胜游出林杪,参天仅一分。从君如附骥,顾我愿为云。
野色连空碧,幽香袭露薰。耦耕②当卜此,横笛夜相闻。

注释

①此诗写于建炎四年(1130)春。栖云:栖云寺,古禅刹也,位于沙县城西栖云山中,古属九都。五代时,闽天德帝王延政始建。建隆三年(962)重建,赐额。宣和年间,住持真戒大师扩建。康熙元年(1662),里人连日福捐金重修。
②耦耕:两个人在一起耕地。泛指农事或务农。

卷之十一 乐诗

临江仙·登泗洲岭九首①

一

带雨梨花看上马,问人底事匆匆。于飞有愿恨难从。大鹏抟九万,鹦鹉锁金笼。

忽忽便为千里隔,危岑已接高穹。回头那忍问前踪。家留烟雨外,人在斗牛中。

二

百尺危楼初过雨,清风凛作轻寒。一声渔笛在云端。黄昏帘幕卷,新月半栏杆。

青翼不来音信断,云窗杳隔三山。何当携手便骖鸾。今宵同胜景,玉斝②不留残。

三

春雪一瓯扶醉玉,翩翩两腋生风。柳腰无力殢③云踪。陈郎投辖意,分袂忍匆匆。

白玉琢杯龙麝泛,瀼瀼天酒争浓。何妨一饮上青骢。晴空行夜月,缓辔水晶宫。

四

剑水泠泠行碧玉,扁舟一叶吹风。玉人招手画桥东。浩歌承月去,春在小楼中。

帘幕低垂围笃耨,雕觞笑捧春葱。谩将雨意作云浓。单于吹未彻,门外响玲珑。

五

雨过荼蘼④春欲放,轻寒约住余芳。南园今日被朝阳。琼葩开万点,尘世满天香。

百卉丛中红紫乱,玉肌自笑孤光。清风翦翦过纱窗。余酲空一洗,不数寿阳妆。

六

独宿禅房清梦断,鸡声唤起晨钟。出门晓月耿寒空。小池凝翡翠,竹外跨飞虹。

梅坞不知何处了,傍篱临水重重。啸歌都在冷香中。人间那有此,天上广寒宫。

七

夜饮不知更漏永,余酣困染朝阳。庭前莺燕乱丝簧。醉眠犹未起,花影满晴窗。

帘外报言天色好,水沉已染罗裳。檀郎⑤欲起趁春狂。佳人嗔不语,劈面嗅⑥丁香。

八

夜静黄云承宝袜,九疑人到羊家。蕊宫仙曲送流霞。东陵分玉井,远胜隔荷花。

绰约旗亭沾一笑,众惊食枣如瓜。画桥烟柳忽翻鸦。醉鬟倾绿醑,参月共横斜。

九

楼北楼南青不断,晴空总是春容。先来无处问郎踪。那堪风不定,雨尽一窗红。

初恨水中徒捉月,而今水月俱空。谩将雨意伴云浓。临风千点泪,不到浙江东。

注释

①此词写于宣和六年(1124)初春。邓肃北上汴京应试南省,过泗洲时所作。泗洲岭:又叫泗洲坳,位于浙江省景宁县与云和县交界处。岭上设有午阴亭,古时立泗洲大圣神位,故名。

②斝:音 jiǎ。古代酒器名。

③殢:音 tì。滞留,纠缠。

④荼蘼:音 tú mí。落叶灌木。攀缘茎,茎有棱,并有钩状的刺,羽状复叶,小叶椭圆形,花白色,有香气。

⑤檀郎:晋代潘岳是美男子,小名檀奴,后用檀郎称夫婿或所爱男子。

⑥噀:音 xùn。含在口中而喷出。

浣溪沙八首

一

雨入空阶滴夜长,月行云外借孤光。独将心事步长廊。
深锁重门飞不去,巫山何日梦襄王?一床衾枕冷凄香。

二

傍竹柴门俯碧流,见人无语眼横秋。鸣机轧轧①弄纤柔。
定有回文传窦子②,何时银汉渡牵牛?归来风雨夜飕飕。

三

宿雨潜回海宇春,晓风徐散日边云。熙熙人意一番新。
破睡海棠能媚客,舞风垂柳似招人。春衫归去马蹄轻。

四

栏外肜云已满空,帘旌不动石榴红。谁将秋色到楼中?
玛瑙一泓浮翠玉,瓠犀③终日凛天风。炎洲人到广寒宫。

五

高会横山酒八仙,烟云不减九华妍。暖风琼树倚楼前。
妙唱一声尘暗落,靓妆四座玉相连。骖鸾何日共翩翩?

六

二八佳人宴九仙,华堂清静斗春妍。琼枝相倚妙无前。
良夜黄云来缥缈,东风碧酒意留连。花间蝶梦想翩翩。

七

半醉依人落珥④簪,天香不数海南沉。时倾秋水话春心。

已觉吹箫归碧落,从今禊饮笑山阴⑤。金盆休惜十分深。

八

海畔山如碧玉簪,天涯消息叹鱼沉。赖逢倾国洗愁心。
莫为世情生旅况,且因乐事惜光阴。明朝红雨⑥已春深。

注释

①轧轧:象声词。形容物体挤压时发出的连续声响。
②定有回文传窦子:前秦时期,才女苏若兰写回文诗,挽回丈夫窦滔之心。
③瓠犀:音 hù xī。瓠瓜的籽,比喻美人的牙齿。
④珥:用珠子或玉石做的耳环。
⑤从今禊饮笑山阴:晋代永和九年(353)上巳节,照例要修禊事宴聚,即在河中用春水洗浴,以祓除不祥。王羲之与诸多朋友等会于山阴兰亭修禊事,写下了著名的《兰亭集序》。
⑥红雨:落花。

菩萨蛮十首

一

隔窗瑟瑟闻飞雪,洞房半醉回春色。银烛照更长,罗屏围夜香。
巫山幽梦晓,明日天涯杳。倚户黯芙蓉,涓涓秋露浓。

二

萋萋欲遍池塘草,轻寒却怕春光老。微雨湿昏黄,梨花啼晚妆。
低垂帘四面,沉水环深院。太白困鸳鸯,天风吹梦长。

三

飞红欲带春风去,柳丝却织春风住。去往任春风,只愁樽俎①空。
今朝鞍马去,又得高阳侣。半醉踏花归,霜蹄骄欲飞。

四

帘旌不动薰余热,高堂谁送能言雪。一笑下人间,天风袭坐寒。
歌声云外去,句句苏仙语。曲罢一樽空,飘然欲驭风。

五

帘纤细雨连天远,纱窗不隔斜风冷。花柳自生春,无柳空闭门。
双双携手处,回首烟汀暮。嬉笑在高楼,知人牢落不②?

六

垂杨袅袅腰肢软,寒溪练练琉璃浅。短艇卧吹风,生涯一叶中。
五湖须径去,何用若耶女③。烟雨暝沙汀,花香唤酒醒。

七

腰肢欲趁杨花去,歌声能遏行云住。杯酒醉东风,羁愁一洗空。
谪仙清饮露,意在飞琼侣。未醉即求归,新词句欲飞。

八

归心谩逐飞云去,欢情却为芳菲住。翠袖拥香风,宁辞玉斝空。
主人承湛露,元是皋夔④侣。早晚定遄⑤归,商霖四海飞。

九、和李状元

骑鲸好向云端去,踏花偶为狂朋住。语笑凛生风,眼高四海空。
羊裘冲雨露,我是渔樵侣。已趁白鸥归,长江自在飞。

十

一心唯欲南园去,东山着意留难住。曾惯识追风,马群今已空。
金盘盛玉露,情绝鸳鸯侣。破贼凯还归,冲天看一飞。

注释

①俎:音 zǔ。古代祭祀时摆祭品的礼器。

②不:旧版《栟榈先生文集》作"否"字,《全宋诗》作"不"字。

③若耶女:若耶,溪名,出自若耶山,北流入运河。溪旁旧有浣纱石古迹,相传西施浣纱于此,故一名浣纱溪。若耶女,指像西施一样的美女。

④皋夔:皋陶和夔的并称。典源《尚书·虞书·舜典》,传说皋陶是虞舜时的刑官,夔是虞舜时的乐官。后常借指贤臣。

⑤遄:音 chuán。往来频繁,迅速。

南歌子四首

一

竹影窥灯暗,泉声语夜长。小窗无梦到高唐①。独引三杯长啸步修廊。

月午衣衫冷,莲开风露香。栏干西角下银潢。我欲乘槎②天上泛寒光。

二

皓月明腮雪,泠③风乱鬓云。高楼帘幕夜生春。半醉依人秋水欲斜倾。

晓雨双溪涨,归舟一叶轻。杳无青翼寄殷勤。目断烟波渔火又黄昏。

三

云绕风前鬓,春关槛里妆。凤屏清昼蔼龙香。浅画蛾眉新样远山长。

比翼曾同梦,双鱼隔异乡。玉楼依旧暗垂杨。楼下落花流水自斜阳。

四

驿畔争拚④草,车前自喂牛⑤。凤城一别几经秋。身在天涯海角忍回头。

旅梦惊残月,劳生寄小舟。都人应也望宸游。早晚葱葱佳气满皇州⑥。

注释

①高唐:战国时楚国之台观名。传说楚襄王游高唐,梦见巫山神女,幸之而去。

②乘槎:槎,音 chá,木筏。乘木筏。《国语·鲁语上》:"山不槎蘖,泽不伐夭。"

③泠:旧版《栟榈先生文集》作"冷"字,《全宋诗》作"泠"字。

④挦:音 xián。拉扯,拔取。

⑤车前自喂牛:用春秋时卫国人宁戚到齐国喂牛而悲歌求职的典故,曲折描写自己的处境和愿望。

⑥皇州:帝都,京城。

诉衷情 · 送李状元三首①

一

乘鸾缥渺过三山,游戏下人间。金樽不辞频倒,春色上朱颜。依暖玉,掠风鬟,语关关。惟愁漏短,雨散云飞,骑月空还。

二

龙头一语定关山,黄色上眉间。诏书促归金阙,玉带侍天颜。拢象板,弹②宫鬟,唱阳关。从容禁闼③,若念林泉,应寄书还。

三

从来云雨过巫山,只记梦魂间。何如醉逢倾国,春到一瓢颜。歌窈窕,舞双鬟,掩云关。重城五鼓,月下西楼,不忍轻还。

注释

①绍兴二年(1132)春,孟庾、韩世忠、李易等平息建州贼寇范汝为二度作乱后,邓肃送李易状元回朝时作此词。

②弹:音 duǒ。下垂。

③禁闼:闼,音 tà。宫廷门户。

长相思令三首

一

一重山,两重山。山远天高烟水寒,相思枫叶丹。
菊花开,菊花残。雁已西飞人未还,一帘风月闲。

二

一重溪,两重溪。溪转山回路欲迷,朱栏出翠微。
梅花飞,雪花飞。醉卧幽亭不掩扉,冷香寻梦归。

三

红花飞,白花飞。郎与春风同别离,春归郎不归。
雨霏霏,雪霏霏。又是黄昏独掩扉,孤灯隔翠帷。

西江月二首

一

腊雪犹埋石㞦①,春风已入梅梢。冷香随马上琼瑶,不与时人同到。
拍手恐惊星斗,高歌已在烟霄。醉呼玉女解金貂,笑问如何蓬岛?

二

风荐荷香翦翦,月行竹影徐徐。微闻环珮过庭除,恐是阳台行雨。
玉笋轻笼乐句,流莺夜转诗余。酒酣风劲露凝珠,我欲骖鸾归去。

注释

①㞦:音 yǎn。山峰。

生查子

执手两潸然①,情极都无语。去马更匆匆,一息迷回顾。
孤馆得村醪,一醉空离绪。酒醒却无人,帘外三更雨。

注释

①潸然:潸,音 shān。形容流泪不止。

感皇恩

翠竹谩连云,天风不到。帘幕重重自热恼,冷香忽至,爱惜当同芝草。井花浮碧玉,炎威扫。

酒渴想东邻,忧心如捣。纳履生疑谩悔懊,未容沉李,相对尊前倾倒。报君惟短句,琼琚①好。

注释

①琼琚:比喻美好的诗文。

一剪梅 · 题泛碧斋①

雨过春山翠欲浮,影落寒溪碧玉流。片帆乘兴挂东风,夹岸花香拥去舟。

樽酒时追李郭游②,醉卧烟波万事休。梦回风定斗杓③寒,渔笛一声天地秋。

注释

①此词写于宣和二年(1120)秋。
②李郭游:典故"李郭仙舟"。《后汉书·郭太传》载,东汉末,河南府尹李膺与出身贫寒的儒士郭太同舟而游,知己相处,众宾望之,以为神仙。
③斗杓:杓,音 biāo,北斗柄部的三颗星。比喻为人所敬仰者或众人的引导者。

蝶恋花 · 代送李状元①

执手长亭无一语,泪眼汪汪,滴下阳关句。牵马欲行还复住,春风吹断梨花雨。

海角三千千迭路,归侍玉皇,那复回头顾。旌旆已因风月驻,何妨醉过清明去。

注释

①绍兴二年(1132)春,邓肃代别人送李易状元回朝之时,写下此词。

江城子

　　酒阑携手过回廊。夜初凉,月如霜。笑问木樨,何日吐天香?待插一枝归斗帐,和云雨,殢襄王。

　　如今满目雨新黄。绕高堂,自芬芳。不见堂中,携手旧鸳鸯。已对秋光成感慨,更夜永,漏声长。

卷之十二　奏札子

栟榈先生文集释义

第一札子①：辞免除左正言

建炎元年五月二十日（准当月初八日）札子：奉圣旨除臣左正言，闻命震惊，罔知所措。窃以国家多难，无如今日：北虏方炽，二圣②未回，奸臣在朝，盗贼满野。若献可替否③之臣挟私心，有误圣听，则天下之患有不可尽言者。顾臣何人，敢与兹选？

臣虽不食伪禄，有死无贰，然比之犬马，仅可无愧而已。求其所以过于犬马者，臣实无有。若置之言路，恐非所宜。伏望圣慈，追还成命，以安愚分。臣除已迤逦前去听候指挥外，谨录奏闻。谨奏。

注释

①第一札子：上奏于建炎元年（1127）五月二十日。此后还有十九道札子均上奏于建炎元年（1127）五月至八月之间，共上二十道札子。《栟榈先生文集》只收录十九道札子，而且并非按照上疏的时间先后顺序编排。古代高级官员向朝廷上奏或启事的文书，称奏札、奏札子。

②二圣：指宋徽宗、宋钦宗二帝。

③献可替否：指劝善规过，提出兴革的建议。

译文

建炎元年五月二十日，朝廷批准了本月初八日的奏折，下圣旨任命我为左正言。听到之后，我颇为震惊，不知所措。我认为国家多灾多难，再也没有像如今这般严重的：北方金兵猖獗，徽宗、钦宗二帝未回，奸臣当朝，盗贼遍野。假如出谋划策的大臣挟带私心，有误圣听，那么天下的灾难就再也说不完了。我是何等之人，怎么敢担当这么重要的职务呢？

我虽然没有投敌叛变，死无二心，但与犬马相比，仅仅是无愧而已。争取超越犬马的待遇，我实在不敢奢望。如果把我放在言官的位置，恐怕不是很恰当。希望皇上收回成命，让我谨守本分罢了。现在，我除了前去听候调遣外，还写了这个奏折，特此奉上。

第二札子

　　臣自供职以后,伏暑伤冷,且汗且下。日加一日,状至危急,终未能一望冕旒,以吐胸中之所欲奏者。然臣贪冒圣时有死无贰,终不忍巧为身谋,矫情求去。但虑台谏①之职,天子耳目之官也,不可一日无人,岂容不才之人借此以养病乎?

　　臣今幸得国子监持问堂,粗可安身。臣欲望圣慈赐臣假十余日,就此将治此身。万一未先朝露,当碎身粉骨求所以为君父之报,端不敢在众人之后也。臣不胜瞻天,望圣哀祈之至。取进止。

　　(七月初一日,申尚书省乞指挥;初三日,再申尚书省乞指挥;初四日,准奏状,得旨依所乞;初五日,参假放见乞对;初六日,第一班对。)

注释

①台谏:宋代台谏,即御史台、监司、谏官连称。谏官指谏议大夫、拾遗、补阙、司谏、正言。御史台、监司主要职责是纠弹官邪,监督官吏。谏官主要职责是劝善规过,提出兴革的建议。

译文

　　我自任职之后,中暑伤寒,虚汗不止。日复一日,直至危险状态,至今未能拜见皇上,以便一吐胸中欲奏之言。可是,我侍奉圣上之心虽死不变,始终不忍心只为自己谋划而矫情辞去。只是考虑台谏一职,是天子的耳目,不可一日无人,怎能容平庸的人借以养病呢?

　　我如今很幸运,得以在国子监持问堂安身。希望皇上准我十来天假,在此治疗。万一为时不多,亦当粉身碎骨,以求报答皇上,不敢落后于众人。我不胜仰望于天,希望皇上怜悯。

　　此致。

　　(七月初一日上报尚书省;初三日再次上报;初四日尚书省转报同意;初五日准假,准上朝奏对;初六日第一个奏对皇上。)

第三札子

臣尝备员鸿胪主簿，因虏人①须道释板籍，以职出，拘于虏中。凡五十日，虏人之情，已备知之。

自粘罕②以下，至于步卒，分朝廷所赐之绢③，人得五十有五匹。计朝廷所出之数，以千万为率，则尽虏人之数，不过十六万有余而已。况有阵亡者，有疾病者，有以事还虏者，有随军以供战具者，其得绢亦与粘罕等。以诸色人所占之数，当与战卒中分，则虏人正兵固不过八万耳。因得朝廷所与绫锦等，虏人谓之表段。当时分表，其数虽同，其物不等。金人得锦，勃海得绫，契丹得绢④织之类，而九州所得者，杂色而已。一日忽然，欲起相攻，则虏兵之心亦不齐矣。

忽一日，有虏人遇臣，泣下。臣问之，对曰：“某兄弟三人荷戈而来，伯亡于真定，季亡于京城。今闻元帅之兵大集，而南方兵马，动连数州。某岂复得见乡曲耶？”臣初不信其语，及见虏中士夫、道、释，各有饷饭之人，其皇恐之语，皆如臣所闻，则虏兵亦何尝不怯也？

夫虏兵之数既不甚多，又加之以其心离、其气怯，倘合天下之力以攻兹，若无足畏者。然虏兵未尝少挫，而中国之势陵迟至此，其故何也？盖虏无他长，惟信赏必罚，不假文字。故人各用命，不以死为畏耳。朝廷则不然，有同时立功而功又相等者，或已转数官，或尚为布衣，轻重上下，只在吏人之手。赏既不明，人谁自劝？此正朝廷之大病也。

臣愚，欲望圣慈专立赏功一司，用重禄法，使凡立功者人人自陈。若功状已明，辄逾旬日而不得告⑤者，有所立之功同，而赏有轻重者，有立功之时等，而赏有后先者，并重置之法，常赦不原。又专委台谏官二员，提点其事。若台谏不知觉察，亦置之法。如是，则寸功无不录矣。夫寸功毕录，人孰不乐赴功名之会乎？若天下人人有乐赴功名之心，而使之攻兹八万已骄之虏，则社稷生灵又何患哉？

惟陛下留神，取进止。

卷之十二　奏札子

注释

①虏人：这里指金国人。
②粘罕：完颜宗翰，金大将，原名粘没喝。金太祖阿骨打之侄，助其反辽。天会四年（1126）破太原，会合斡离不（完颜宗望，阿骨打次子）之师共陷东京（今河南开封）。后三年在宋金战争中一直任统帅。天会十年（1132）任都元帅，执国政至病死。
③朝廷所赐之绢：指靖康之难时，金兵统帅粘罕向北宋索要的绢帛。
④绢：旧版《栟榈先生文集》中此处空缺，本书注释者作"绢"字。
⑤不得告：告，官告，即任命状。不得告，即没有得到任命状。

译文

我曾经任鸿胪寺主簿备员，因为金人要道释经印版，我出于职责入金营，被扣留在金兵营地长达五十天，对敌情了解得很详细。

从金兵统帅粘罕以下，一直到士卒，瓜分朝廷赔偿的布匹，每人得五十五匹。计朝廷赔出总数约一千万匹，那么，敌人的总数不过是十六万人多一些而已。其中还有阵亡的，生病的，退伍的，随军搞后勤服务的，他们都分得跟粘罕一样的数量。各色人等的数量，应当跟士兵一样多，那么，金兵正规部队不过八万人。朝廷赔的绫锦，金人叫表缎。当时分配表缎，数量相同，质量却不一样。金人得锦，渤海军得绫，契丹部队得绢织，其余九州士兵得杂色布。终有一日，会因分赃不均，起而相击。敌人内部，人心并不齐。

有一天，一个金兵遇到我，忽然哭了起来。我问他为什么哭，他回答说："我们兄弟三人，带着武器参加征战，大哥死于真定之战，弟弟死于京城之战。如今听说元帅之兵正大肆聚集，南方几个州的兵马也行动起来了。我还有望回家吗？"我开始时并不相信他的话，后来亲见敌营中的兵夫、道士、僧众等有粮饷之人，他们所说的惊慌害怕的话，与我所见金兵一样。可见，敌人亦何曾不胆怯呢？

敌人的数量不是很多，加上他们心不齐、气不壮，如果组织全国之力反攻，并不足以畏惧。然而，敌人的兵威没有受挫，我方的兵威衰败到如此地步，这是什么原因呢？敌人没有别的长处，唯有兑现赏罚，而不看文字报告。所以上下肯拼命，不怕死。我方则不是这样。同时立功且功劳相等的人,有的升了好几级,有的一级也没有升。功劳轻重、官职上下,只在官员手中。奖赏不公,谁肯自我劝勉呢?这正是朝廷的一大弊端。

微臣愚钝,希望皇上专门成立赏功部,执行重赏政策,使凡立功的人,个个自陈军功。对于军功已明,过了十几天还没有得到任命状;或者所立战功相同,而奖赏有轻有重;或者立功时间一样,而奖赏有先有后的现象,处以重罚,决不迁就。再专门委任两位台谏官,监督执行。如果台谏执法不严,也予以法办。这样,即使是小功也会记录在案。连小功都受奖了,哪还有人不乐意去夺取军功呢?如果全国人民都乐于争取军功,让他们去进攻敌人的八万骄兵,那么,国家、人民又有什么可担心的呢?

请陛下留意。此致。

第四札子

臣闻有同腹心之臣,然后可与同患难;有可与同患难之臣,虽患难之来,无足虑也。

孝慈渊圣皇帝①,恭俭之德,可追汤禹,一旦奇祸起于不测,正为无同腹心之臣耳。圣驾既出,无一人以蒙尘为念者。邀上皇,则宫臣奉之;邀太子,则詹事②奉之。皇后诸王,惟其所欲。是举朝之臣,争用私心,捐上皇本支,以保其私家耳。呜呼,痛哉!古未闻也。

及伪楚一立,则争拜其庭,略无难色。有愿为事务官者,以讲伪帝之礼;有愿为奉使者,以结天下之心;有闲为宫观而下为庶官者,皆弹冠而起,争为禁从。甚者,至有居宰执③,持枢柄,传呼道路,洋洋得志。其下下无能者,乃竭奸谀之心。有名犯邦昌④,即请于朝以改之。举国委然,知有伪楚而已。傥言圣朝,往往窃笑。

呜呼!渊圣皇帝其无腹心之臣如此,乌能保天下哉?不在围城之中者,不能尽知,往往为奸人游说,似是而非,以惑其听。凡在城内者,又各食伪禄,以污其身,故无肯陛下尽言者,遂致陛下虽念二圣之未回,而恶叛臣之卖国,稍正典刑,以立朝纲,终未足以慰天下之望,而快二圣之怒也。

渊圣临行,以批谕徐秉哲⑤,托市少物以为路费,遂签御讳,如与平交。其意岂在物耶? 正为行计已迫,欲速相救援耳。岂意举朝叛臣,他肠有在,坐视君父,如弃路人。陛下若不正其罪,无乃辜二圣乎?

臣窃惟去年治王甫⑥、蔡京⑦等罪,不肯果决,费台谏一年之力,遂致边事有失防闲。

臣愚,欲乞先立罪格,然后按籍定刑,使凡有司者,皆不得以容私焉。则一按而定,可以绝后患矣。诸侍从官而伪为执政者、诸庶官及宫观而起为侍从者、与撰劝进文献赦书及事务官、与因张邦昌改名者,是皆已不复知有宋德矣,臣请定为叛臣之上。诸执政侍从、台谏曾称臣于伪楚及拜于庭下者,及愿为奉使与庶官升擢差遣者,是皆臣服伪楚矣,臣请定为叛臣之次。叛臣之上,乞置于岭外;叛臣之次,乞远小处编管,仍乞带叛臣名目。

若夫卿监以下庶官也,朝廷初不以国士待之,亦安得以国士责之? 若未尝升擢及如前所论二等之罪,惟戴伪楚,供职不废,以苟禄食而已,臣乞赦之。然亦乞籍定姓名,从此不复用为台谏、侍从矣,盖恶其无立也。若用此法,则一网而尽,不惟可以上报二圣之德,亦所以破天下奸雄之胆也。使举朝之臣,略无奸雄,则人人可与同腹心矣。予有臣三千而一心,此武王之所以胜纣也,况以天下之大而诛丑虏乎?

惟陛下察之,取进止。

注释

①南宋高宗赵构即位后,给宋钦宗上尊号曰"孝慈渊圣皇帝"。

②詹事:古代官名。掌管皇后、太子家中之事。

③宰执:掌政的大官。宰,宰相。执,掌管政务。唐陆龟蒙《自怜赋》曰:"丞相府不开,平津阁不立,布衣之说无由自通乎宰执。"

④邦昌:张邦昌,字子能,河北东光人。历任礼部侍郎、少宰、太宰等职。靖康之难时,任河北路割地使,力主对金投降。金灭北宋,扶持他建立傀儡政权,即伪楚。高宗即位后,他被流放到潭州(今湖南长沙)时被处死。

⑤徐秉哲：江西鄱阳人。徽宗时，曾任尚书右丞、中书门下侍郎、太宰，封崇国公。钦宗即位，任开封府尹。靖康之难时，建议钦宗弃城逃跑。汴京沦陷后，金兵命开封府大量进献女俘和财物，徐秉哲将妃嫔、娼妓等众多女俘盛装打扮，交付金军。张邦昌就伪楚帝位，遂令徐秉哲权领中书省。高宗即位后，徐秉哲被贬惠州。

⑥王甫：王黼，原名王甫，风姿俊美，善于巧言献媚。崇宁年间进士。初任校书郎，迁左司谏。因助蔡京复相，骤升至御史中丞。宣和元年（1119）特进少宰。金兵进入汴京，他不等诏命，便带妻儿逃跑。钦宗即位后，贬为崇信军节度副使，流放永州，籍没其家。吴敏、李纲请求杀王黼，此事交由开封尹聂山处理，聂山与王黼宿怨未解，就派人将其杀死。

⑦蔡京：字元长，福建仙游人，北宋状元、书法家、宰相。熙宁三年（1070）进士，状元及第。先为地方官，后任中书舍人，改龙图阁待制、开封知府。崇宁元年（1102），为右仆射兼门下侍郎（右相），后又官至太师。蔡京先后四次任相，共达十七年之久，四起四落，堪称古今第一人。蔡京倡兴花石纲之役，改盐法和茶法，铸当十大钱。北宋末，太学生陈东上书，称蔡京为北宋"六贼之首"（六贼指蔡京、王黼、童贯、梁师成、朱勔、李邦彦）。钦宗即位后，蔡京被贬岭南，途中死于潭州。

译文

我听说，有同心的大臣，可以同患难；有可以同患难的大臣，即使患难来临，也无足忧虑。

钦宗皇帝，恭俭之德比得上成汤、大禹，一旦大祸突降，才知道没有同心的大臣。圣驾刚离开京城，没有一个臣子以天子蒙尘为念。侍候上皇，有宫臣；侍候太子，有詹事。皇后、诸王，任其自流。举朝之臣，争着以私心侍奉新的主子，保其私家。真令人痛心啊！自古以来，从未听说过。

伪楚一设立，就争着要去投靠，一点也不为难。有的愿当他的事务官，讲起皇帝礼节；有的愿当奉使官，帮助去笼络人心；有的原在宫观赋闲或为一般小官，都弹冠而起，争当禁从。有的甚至当上宰相，执掌大权，大摇大摆，扬扬得意。最没有本事的，也竭尽奉承巴结之心，名字中带邦昌二字的，立即上报伪朝廷改掉。举国困顿，只知有伪楚，假如有人再称大宋王朝，听者往往暗地发笑。

钦宗没有同心的大臣到如此地步，怎能保住天下呢？不在皇城的人不能尽知，往往为奸人游说，似是而非，听不到真实情况。凡是在皇城内的人，又各食伪楚的俸禄，玷污自身，所以不肯对您尽言，导致陛下虽然挂念二圣未归，痛恨叛臣的卖国求荣，严肃法纪，以立朝纲，最终仍不足以安抚天下人，快慰二圣之心。

钦宗临行时，批谕徐秉哲，托其卖掉一些东西以作为路费，签字时用的自己的名讳，就好像与平辈人交接一样。他的用意岂是在于物呢？正为行程已迫近，想叫人赶快来救援。哪里料到举朝都是叛臣，存有异心，坐视皇上被金兵带走，好像放弃不认识的路人一样。陛下如果不治他们的罪，不是辜负了徽、钦二圣了吗？

我联想起去年治王甫、蔡京等人之罪，不肯果断下决心，费了台谏一年努力，而致使边关有失防范。

微臣愚钝，想请朝廷先立法律，然后依律定刑，使所有官员都不能容以私心。这么一规定，可以杜绝后患。所有侍从官投降后任伪楚执政的，各小官以及原在宫观赋闲而起任侍从的，参与撰写劝降书、赦书及任事务官的，因为邦昌二字而改名的，全是不存宋德的人，可以定为一等叛臣。各执政侍从、谏议官曾经称臣于伪楚，以及拜于其庭下的，还有愿为其奉使官与受其升擢差遣的小官，是臣服于伪楚的人，可以定为二等叛臣。一等叛臣，全部驱逐于岭南；二等叛臣，驱逐于远处偏僻地编管，不除去叛臣名目。

假如是卿监以下小官，朝廷最初未以国士的待遇待之，怎么能以国士的标准处罚他们？若尚未受伪楚提拔，以及未犯上述所列两等罪行的人，只戴伪职，供职不废，苟且偷生混饭吃而已，我请求赦免他们。但也要登记在案，从此不再起用为台谏、侍从，因为他们没有主见。假如用这样的措施，就可以一网打尽，不仅可以上报二圣之德，而且可以下破奸雄之胆，使全朝大臣不再出奸雄，人人同心同德。三千臣子一条心，这是武王能战胜纣王的原因，何况以天下之大以灭金国呢？

希望陛下详察。此致。

第五札子

臣窃闻:"人臣之事君,有毫发之私,必有欺君之罪;人君之治天下,有毫发之私,必失天下之心。"

恭惟陛下,聪明睿智,卓绝今古,固非臣愚所能窥测。然谓之无毫发之私,则非臣愚所能知也。臣窃见陛下临御以来,首取前日奸臣讲和误国者,如李邦彦①、白时中②、吴敏③等,投之远方,以御魑魅④。天下壮士闻之鼓舞,以为中兴必矣。

然自靖康以来,有专主和者,耿南仲与其子延禧是也。闺门之内,同恶相济。沮渡河万全之战,遏勤王已到之兵。今日割三镇,明日截两河,自谓和议可必无患。凡战守之具,若无事于切切然者。孝慈渊圣皇帝亦以东宫耆旧之故,信如蓍龟⑤敷奏之语,盖未尝不从也。

及虏人借和用兵,势不可遏。南仲误国,状已败露,渊圣亦不得以私之,遂遣南仲出使,使之自当。南仲偶脱万死,以其子延禧之故,遂得从陛下左右。窃闻陛下欲进大兵以援京城,又为南仲父子所谏,以为和议已成,不可辄坏。是则南仲父子主和误国,岂不过于李邦彦等乎?此陛下亲见而熟讲之矣,又不待臣愚再三之渎也。

然南仲尚为两府,以宫观居闲;延禧尚为两制,以名邦自奉。虽南仲自择,不过如此。陛下何正邦彦等罪如彼其审,何容南仲等恶如此其宽恕,岂非以南仲父子于艰难之际,从陛下日久耶?且天子,父也;群臣,子也。举天下之臣,皆陛下之子,岂复更有亲疏之间乎?渊圣不忍辄弃南仲,故有今日之悔。陛下之于南仲,又何有焉?若复容之,臣恐天下得以私心议陛下也。且南仲腐儒,延禧孤陋,进退出处,本不足论。臣今切切不已,正为陛下惜耳。伏望明正典刑与李邦彦、白时中、吴敏等,以示天下之公。

取进止。

注释

①李邦彦：字士美，怀州人，北宋末年大臣。钦宗时任宰相，为奸相。靖康之变中，力主对金投降。

②白时中：字蒙亨，寿春人，北宋末年大臣。曾任尚书右丞、中书门下侍郎、太宰，封崇国公。靖康之变时，建议钦宗弃城逃跑。

③吴敏：字元中，真州人，北宋末年大臣。徽宗时任给事中。金兵逼近，徽宗有意退位，吴敏向徽宗建议传位于太子。钦宗即位，吴敏与蔡攸同为龙德宫副使，迁知枢密院事，拜少宰。吴敏主和议，与太宰徐处仁议不合，纷争上前。御史中丞李回劾之，吴敏与徐处仁俱罢。众又论吴敏庇蔡京父子，遂出知扬州，再贬崇信军节度副使，涪州安置。建炎初，移柳州。范宗尹荐，起知潭州，敏辞免，丐宫祠，乃提举洞霄宫。绍兴元年（1131），复观文殿大学士，为广西、湖南宣抚使，卒于官。

④魑魅：鬼怪，代指各种各样的坏人。

⑤蓍龟：蓍，音 shī，古代占卜的草。指用蓍草和龟甲占卜。

译文

我听说："臣子为君主办事，若有毫发私心，必定会犯欺君之罪；君主治理天下，若有毫发私心，必定会失去天下人心。"

陛下您聪明睿智，卓越古今，固然不是微臣的愚钝所能窥测的。然而，称您没有一点私心，那就不是我能断定的了。我看您执政以来，一开始就惩办那些讲和误国的奸臣，像李邦彦、白时中、吴敏等，把他们安排到远处，以抵御魑魅。天下壮士听到后欢欣鼓舞，以为一定会中兴。

然而，靖康年间以来，有专门主和的一派，如耿南仲和他的儿子耿延禧。宫门之内，恶人互相呼应。阻止渡河的万全之战，遏制已到的勤王援兵。今天割让中山、太原、河间三个镇，明天出割河东、河北两河之地，自称只要求和就一定能消灾。所有武器像没有战事一样安安静静地躺着。钦宗皇帝也以东宫老官员为用，听信他们如同听卜人之语一样，从来不会不采纳他们的主张。

待到金兵借和谈之机用兵，势不可挡。耿南仲误国阴谋已经暴露，钦宗再也不能出自私心保护他，于是派他出使，承担自己的责任。

耿南仲偶然逃脱一死，又因儿子耿延禧的缘故，于是得以跟从陛下。我听说陛下想派大军增援京城，又被耿南仲父子劝阻，说和议已达成了，不便轻易毁约。耿南仲父子这般主和误国，难道不比李邦彦一伙更严重吗？这是您亲眼所见又常讲的，不待我再三冒犯。

然而耿南仲尚为两府官员，以宫观闲居；耿延禧作为两制官员，以名邦自奉。虽然是耿南仲自己选择安排的，但也不过如此。陛下处理李邦彦的罪是那样审办，处理耿南仲等作恶又是这样宽容，难道不是因为他们在艰难之际跟从您的时间长吗？况且天子为父，群臣为子；全天下的官员都是陛下之子，难道还有亲疏之分吗？钦宗不忍抛弃耿南仲，所以有今日之悔。您对耿南仲又有什么特殊的呢？如果再宽恕他，我担心天下的人都会以私心议论您。尚且耿南仲不过一腐儒，耿延禧孤陋寡闻，他们有无当官，本不足论。我现在恳切陈词，是为您痛心。希望能严肃法纪，惩办耿南仲、耿延禧父子与惩办李邦彦、白时中、吴敏等人一样，以表明天下之公。

此致。

第六札子

臣今月初六，以本职上殿，论前日叛臣争事伪楚，大小、轻重亦自不等，欲乞先立罪格，一定于此。然后按伪楚之籍，取叛臣姓名，就格断之。庶几君臣之间皆不得以容私，一网而尽，不费朝廷之力。臣遂不敢琐琐具当时叛臣姓名敷奏，惟先立二格而已。伏蒙陛下谓臣在围城之中，固知姓名，令臣具奏。臣谨取臣所撰二格，以按叛臣之罪，为陛下尽陈之。

臣所论叛臣之上者，其恶有五：

一曰诸侍从而为伪执政者，王时雍[①]、徐秉哲、吴开[②]、莫俦[③]、吕好问[④]、李回[⑤]是也。时雍等今已赐罪，独好问平日端谨不坠家声，一旦与王时雍处，独事伪楚，朝臣为好问痛惜之。然当时士人或谓好问有反正之志，所以维持王室者，不无力焉。臣考于名教，观其踪迹，有大不然者。始为奉册使,俄为门下侍郎,虽三尺之童已皆知其叛矣。今陛下擢于伪命之中,置之二府⑥,是以叛臣而为股肱之任⑦也。

其二曰诸庶官及宫观而起为侍从者,如司农卿胡偲、太府卿朱宗之为侍郎;大理卿周懿文⑧之为大尹;卢襄⑨、李擢⑩、范宗尹⑪等皆起于宫观,以为禁从是也。胡偲、周懿文等,今在桎梏,固不足论,请论其余者。且金人破城自南壁始,李擢、卢襄实提举其事,日聚群小,浩歌城上。房已窒壕,恬然不顾。破吾京城,实二人也。及伪楚一立,则由贵籍宫观之中,复居近侍之职。其不臣之迹已彰彰矣。范宗尹昔尝于宣和廷对,揣王黼之志,数蔡京之罪,其于梁师成⑫、童贯⑬等略无一语及之,奸雄可知矣!靖康之初,遂窃虚名,以居台谏,当官则以奴仆事耿南仲,以求禁从;城破则以妾妇事范琼⑭,以资口腹;及伪楚一立,则起于宫观,以为谏议。殆不知所谏者,孝耶?忠耶?叛逆之事耶?邦昌据宝位,犯宫嫔,罪已显著,今其腹心之臣尚可用乎?

其三曰撰劝进文与献赦书是也,且赦书之恶不减劝进。其词云:"有尧舜之揖逊⑮,无汤武之干戈。"不唯不忠之语,可骇天下;至于庙讳便不复顾,虽犬马有所不为。朝廷取撰劝进之文者投之岭外,而以撰赦书者止令分司,是不知,亦何私于颜博文哉?

其四曰事务官者。金人已有立伪楚之语,朝士集议恐不能如礼,遂私结十友作事务官,讲论册命之仪,搜求供奉之物,悉心竭力,无所不至。使邦昌安然得阳为揖逊,北面而拜者三,南面而拜者二,挥涕就位,以事美观,皆事务官之力也。且陛下登九五之位,天下欣跃,如获再生。朝廷不闻有先时而为事务官者,及伪楚之立,而十友纷然,如水就下,此其情尤可恶也。然当时诡秘,姓名人不尽知。今乞询元提举官吕好问,则十人之迹无所逃矣。

其五曰因张邦昌改名是也。何昌言⑯先奏于伪楚之廷,乞改为"善言";其弟昌辰遂请于部改为"知辰",恶犯"昌"字也。且当时颜博文之为赦文,更不顾庙讳,而昌言、昌辰切切然惟恐犯张邦昌之讳。如此,是时群臣不知果有宋德耶?果无宋德耶?论至于此,臣但泣血而已。

已上数等,臣乞定为叛臣之上,置之岭外。

所谓叛臣之次,其恶有二。

其一曰诸执政、侍从、台谏称臣于伪楚,及拜于庭下者是也。所谓执政者,如冯澥[17]是也。从驾而出,脱身而还,尚忍行平日从驾之路,入平日朝谒之庭,伏拜他人便为君父,此不知果何等用心也！所谓侍从者,其余已行遣矣,独有李会[18]尚为中书舍人。陋儒无知,平昔碌碌,此固不足论也。然在渊圣朝既为从官,在伪楚朝又为从官。今复因循,不失旧物,是事陛下如事伪楚,事伪楚如事渊圣,略无彼此之间矣。陛下虽尚容之,未正典刑,不知李会亦何施面目,尚敢持橐以行天日之下乎？李会平日尝与范宗尹对语曰："邦昌实无罪,而陛下责之为非。"切切然为其伪主游说如此,信乎？桀之犬可使吠尧也！所谓台谏官者,洪刍[19]、黎确[20]等,及举台之臣是也。当时台中有为金人根括而被杖者四人,以病得免,其余无不在伪楚之庭矣。且台谏者,天子耳目之官也。虏骑迫城,尚持讲和之论；圣驾将出,曾无一言之戒；天作奇祸,则仓皇失措,遂居他人之庭,复处台谏之职。所谓节义、廉耻果安在哉？今日尚有不易旧职者,不知其所立如此,又何以论他人之过耶？

其二曰以庶官而升擢、差遣是也。然此不可胜数。自伪楚以后谓之权官,而被伪命札子者,皆是也。台省、寺监、学校、敕局,无所不有。乞专委留守司,按籍取之,则无有遗者。

其三曰愿为奉使是也。黎确之使赵野[21]、李健[22],陈戬[23]之使翁彦国[24],拥黄旗,持伪告,左右仆从皆受伪恩。马上洋洋,自号奉使,力说勤王之师,以为邦昌久居之计。故邦昌晓谕曰："候勤王师退,然后开门。"盖恃有一二奉使耳。借使一二奉使,能巧为辞说以惑今日之听,臣当问之曰："邦昌何为者？岂有朝士乃甘心为之奴仆乎？旗色用黄,赏人用告,皆若所携矣。此又何自而得之哉？"

已上数等,臣乞立为叛臣之次,于远小处编管。

若夫庶官在位,供职不废,但窃禄食,臣乞赦其罪而录其名。盖焉能为有,焉能为亡,既不足责亦不可用,但置之而已。

臣窃观近世士大夫所论,以谓伪楚之事为金人迫胁,无足罪者。臣以谓,苏轼诚喜李白,谓白从永王璘[25]也,当由迫胁,终以李白为豪杰之士。殊不知,迫胁而从,不过畏死耳,岂有豪杰之士畏死而亡义乎?况台谏以上,朝廷以国士待之;待之以国士,而报之以众人,此果何等人哉?虽才如李白,亦当赐罪,况皆凡下奴才,无足取者。伏望圣慈特赐刚断,无惑群听。腹心之患既除,则边鄙之虞可以消矣。

惟陛下聪察,取进止。

注释

①王时雍:高凉郡(今广东高州)人,北宋末年叛臣。曾任吏部尚书、开封府尹。靖康之变时为东京留守;后拥立张邦昌为伪楚帝,权知枢密院事领尚书省。高宗即位,下诏将王时雍与张邦昌一起诛杀在潭州。

②吴开:开,音qiān。北宋末年大臣。

③莫俦:字寿朋,吴县(今江苏苏州)人。北宋政和二年(1112)高中状元,年仅24岁。因才华出众,初任承事郎、校书郎,迁起居舍人,兼修国史;转为太常寺少卿后,因忤怒宠臣遭弹劾。不久,又起为光禄寺少卿,进国子司业,迁中书舍人。靖康元年(1126),擢为吏部尚书、翰林学士、知制诰。金人灭北宋后,莫俦投靠金国。张邦昌就伪楚帝位,莫俦被封为尚书右丞相。高宗即位,莫俦获罪流放全州。

④吕好问:字舜徒,寿州(今安徽寿县)人,道学家。钦宗时,任御史中丞,不久改兵部尚书。张邦昌就伪楚帝位后,封吕好问为事务官。

⑤李回:宋钦宗时任签书枢密院,伪楚时权枢密院。

⑥二府:宋代为了加强对内部控制,以掌管军事的枢密院(西府)和掌管政务的中书门下(政事堂、东府)共同行使行政领导权,并称"二府",为当时最高国务机关。

⑦股肱之任:股肱,腿和胳膊。这里指辅佐帝王的重臣。

⑧周懿文:靖康二年(1127)任大理寺卿,改权开封府尹。靖康之难后,为金人效力。

⑨卢襄:大观元年(1107)进士。靖康元年(1126)任兵部侍郎,同年金兵攻破京都汴梁,卢襄抗敌不力而落职。因参与拥立张邦昌,后被贬到衡州。

⑩李擢:济南人,北宋诗人。北宋末年,历官工部侍郎、礼部尚书,知平江府。建炎时,曾与陈与义、席益避乱湘南。

⑪范宗尹:字觉民,襄阳邓城人。宣和三年(1121)上舍登进士第。累迁

侍御史、右谏议大夫。建炎元年(1127),出京任舒州知县,被劾受张邦昌伪命,责鄂州安置。后召为中书舍人,迁御史中丞。建炎三年(1129),拜参知政事;四年,守尚书右仆射、同中书门下平章事兼御营使(时年30岁),是宋代最年轻的丞相,显赫一时。晚年为秦桧所排挤,出京知温州。

⑫梁师成:字守道,开封人,宋朝宦官,"六贼"之一。政和年间为宋徽宗所宠信,官至检校太傅。凡御书号令皆出其手,并找人仿照帝字笔迹伪造圣旨,因之权势日盛,贪污受贿,卖官鬻爵等无恶不作,甚至连蔡京父子也谄附,故时人称之为"隐相"。宋钦宗即位后,贬为彰化军节度副使,行至途中被缢杀。

⑬童贯:字道夫,开封人,宋朝权宦,"六贼"之一,性巧媚。初任供奉官,在杭州为徽宗搜括书画奇巧,助蔡京为相,京荐其为西北监军,领枢密院事,掌兵权二十年,权倾内外;时称蔡京为"公相",称他为"媪相"。宣和四年(1122),攻辽失败,乞金兵代取燕京,以百万贯赎燕京等空城而回,侈言恢复之功。宣和七年(1125),金兵南下,他由太原逃至开封,随徽宗南逃。宋钦宗即位,被处死。

⑭范琼:字宝臣,开封人,宋朝将领。自卒伍补官,宣和间,参与镇压河北、京东等路农民起义。靖康间,为京城四壁都巡检使,持剑帮助金兵驱逼徽宗及后妃出城。建炎初,为御营司都统制,后为平寇前将军。金军迫扬州,他避至寿春,寿春民讥其不战而走,因纵兵入城杀掠。后以拥兵拥扈之罪被杀。

⑮揖逊:揖让,一种宾主相见时的礼仪。

⑯何昌言:字忠孺,江西峡江人。绍圣四年(1097)中状元及第,任承事郎、签书武临军节度判官。元符三年(1100)任宣教郎。建中靖国元年(1101)任奉议郎、秘书省校书郎。崇宁元年(1102)晋升礼部尚书员外郎加武骑尉。后两次降职宣教郎。大观年间后,历任朝散郎、秘书少监及骑尉、秘书监、给事中、徽猷阁待制和知应天府、集贤殿修撰及飞骑尉等职。因上奏蔡京罪恶,第四次降任朝请郎和建昌军仙都观提举。钦宗即位,任工部尚书、太子詹事。

⑰冯澥:字长源,号雪崖,普州安岳人。元丰五年(1082)进士,历官入朝,以言事再谪。靖康元年(1126),澥为左谏议大夫。金人围太原,朝廷命李纲宣抚两河,澥奏罢之。金人犯阙,诏宗室郡王为报谢使,澥与曹辅以枢密为副,留金营三日归,诏暂权门下侍郎。钦宗诣金营,澥扈从。张邦昌僭

位,与澥有旧,取之归,以澥康邸旧臣,命为奉迎使,为总领迎驾仪物使。建炎初,除资政殿学士、知潼川府。言者论澥尝污伪命,夺职,已而复官。绍兴三年(1133),以资政殿学士致仕而卒。

⑱李会:宋代官员,代表作《宋中兴馆阁储藏》。

⑲洪刍:字驹父,南昌人。绍圣元年(1094)进士。崇宁年间,任宣德郎。靖康元年(1126),官谏议大夫。建炎元年(1127),坐事长流沙门岛,卒于贬所。

⑳黎确:字介然,邵武人,宋代官员。累官至吏部侍郎、龙图阁待制、知漳州、谏议大夫。

㉑赵野:开封人。政和二年(1112)进士。累拜刑部尚书、翰林学士。靖康初为门下侍郎,寻落职。高宗时知密州,时多乱民,车驾如淮南,命令阻绝,野弃城遁,为军校杜彦等追杀。

㉒李健:北宋末左郎官。

㉓陈戩:字仲休,松溪人。大观三年(1109)进士。初任怀州司理,后升巩州教授。靖康初,任国子博士兼诸王府记室。高宗即位,封为户部员外郎。建炎间为监察御史,升太常寺少卿,转任给事中,徽猷阁待制兼侍讲。绍兴间,以宝文阁待制知处州,后改知明州、泉州。卒于故里松溪县。

㉔翁彦国:字端朝,建州崇安人。绍圣四年(1097)进士。徽宗时,任御史中丞。靖康之变时,为江淮荆浙制置转运使,充经制使,撰文誓众,领兵入援,并贻书切责张邦昌。高宗即位,除江南东西路经制使。

㉕永王璘:永王李璘,唐玄宗李隆基第十六子,唐肃宗李亨异母弟。李璘之母郭顺仪早逝,李璘由其兄李亨养大。李璘聪敏好学,工书。初封永王,任荆州大都督。安史之乱时,唐玄宗下诏封李璘为山南、江西、岭南、黔中四道节度使,江陵郡大都督,镇守江陵。至德元年(756),李璘因未接到命令擅自率水师东巡,被玄宗定性为谋反,下诏"贬为庶人"。而加入李璘水师幕府的李白,也因获罪被流放夜郎,但实际上李璘根本没有谋反。李白在《南奔书怀》中就直言"天人秉旄钺,虎竹光藩翰",指出李璘东巡是奉了皇命的,有调动军队所需的全部手续和信物,并非"叛逆""擅发兵"。

译文

本月初六日,我以左正言职务上殿,议论前日叛变的大臣争着为伪楚效力，大小轻重程度不同，希望先立下法律，一定于此。然后按他们担任的伪职，对号入座，按照罪行判定。这样，君臣都不能有私心，可一网打尽，不费朝廷之力。我不敢烦琐地一一列出当时叛臣姓名上报，只是先把两种罪行确定。承蒙陛下称我当时在围城中，知道他们究竟是谁，叫我全部上报。我便按照自己确定的两种罪行，以给叛臣定罪，并为陛下详细道来。

我所论的一等叛臣有以下五种：

第一种，由侍从直接成为伪政权的执政者，有王时雍、徐秉哲、吴开、莫俦、吕好问、李回等人。王时雍等人已做处理，只有吕好问，平日谨慎，不坠家声。突然跟王时雍在一起，独事伪楚政权，朝臣为之感到痛惜。当时有人称吕好问有投诚的想法，所以在维持王室上还是出了力的。我考于名教，观看他的言行，与此有很大差别。他刚开始时任奉册使，后来任门下侍郎，即使是三尺高的小孩都知道他已叛变。如今陛下提拔这个伪政权任命的官员，把他安排进二府，是将叛徒当作自己的左膀右臂呀。

第二种，由小官以及宫观人员去当侍从官的，比如司农卿胡偲、太府卿朱宗担任侍郎，大理卿周懿文任大尹，卢襄、李擢、范宗尹等都是从宫观中出来担任禁从的。胡偲、周懿文等，如今在押，不用提他们，说说其他的人。况且金兵破城是从南壁开始的，李擢、卢襄当时负责城防，每天聚集一众小人，在城上吃喝玩乐。敌人已经堵住了壕沟，他们也完全不顾。京城被攻破，就是这二人造成的。待到伪楚政权一成立，就从宫观又升为近侍职务。他们的不臣之迹昭然若揭。范宗尹曾于宣和年间与徽宗廷对，他揣测王甫心思，数落蔡京罪行，对梁师成、童贯等则未置一词，奸诈可知。靖康之初，他窃取虚名，居于台谏一职。当官后，奴仆一般侍奉耿南仲，以求禁从之位；城被攻破后，就诣媚侍奉范琼，以谋吃穿；待伪楚一成立，就起于宫观，担任谏议。几乎不知他劝谏的是孝，是忠，还是叛逆之事呢？张邦昌占了皇位，侵犯宫嫔，罪行已很明显了，如今他的心腹之臣难道还可以任用吗？

第三种，撰写投降书和献赦书的人，而且赦书的危害并不亚于投降书。他们写道："有尧舜之揖逊，无汤武之干戈。"不仅是不忠之语，更是惊吓天下；至于皇帝名字的避讳，他们也不再管了，即使犬马也有所不为。朝廷将撰写投降书的人流放到岭外，而把撰写赦书的人继续留着，是不明智的，何必有私于颜博文呢？

第四种，事务官。金人已说要立伪楚，朝士集议，怕不能依照礼节，于是私下交结了十人作为事务官，讲论册命的礼仪，搜求供奉的物品，全心尽力无所不至。使张邦昌安然就位，堂堂正正，北面三拜，南面二拜，挥泪而就，以事美观，这些都赖事务官之力。如今陛下已登基，天下欢欣鼓舞，如获再生。朝廷尚不知有过去做过事务官的人，伪楚一立，这十人纷纷出来效力，像水向下流一样争先恐后，情景尤为可恶。当时行动秘密，大家都不知道究竟是谁。如今可查问提举官吕好问，这十人的形迹就无处可逃了。

第五种，因为张邦昌而改名的人。何昌言率先奏于伪朝廷，请求改名为何善言，其弟昌辰改为知辰，因为名字中的昌字犯了讳。当时颜博文写赦文，更不顾皇帝名讳，而昌言、昌辰很着急，唯恐冒犯了张邦昌的名字。情形如此，不知当时群臣有无大宋之德？谈论到此，我只有痛苦而已。

以上五种人，我恳求定为一等叛臣，置于岭外。

所谓二等叛臣，有以下三种：

第一种，各执政、侍从、台谏对伪楚称臣及拜于庭下的人。所谓执政者，例如冯澥，从皇帝御驾而出，却脱身而还，还忍心走着平日从驾之路，进入平日朝拜的大殿，伏拜他人便以为君王，真不知是何用心！所谓侍从，其余的都罢免了，只有李会还在任中书舍人。他一介无知陋儒，平日碌碌无闻，这些固然不足谈论。然而他在钦宗朝既为侍从官，在伪楚又为侍从官，如今改朝换代，不失旧位，又来服侍陛下，与侍奉伪楚一样，侍奉伪楚与侍奉钦宗一样，没有什么差别。陛下即使容得下他，没有追究责任，不知李会又有何脸面，尚敢挂着鱼袋肆行于白日之下？李会平时曾对范宗尹说："张邦昌确实无罪，陛下怪他是不对的。"为他的主人恳切游说到如此地步，您敢信吗？暴桀的家狗也会对着好心的尧吠呢！所谓的台谏，指洪刍、黎确等，以及全部的台谏之臣。当时台谏中有为金人抓住而被杖打的四人，以受伤得免，其余全部在伪楚任职。台谏是天子的耳目，敌骑迫城，这些人还持着讲和主张；圣驾将出，没有一点防备之言；天作奇祸，就仓皇失措，于是居他人之庭,又任台谏。他们的节义廉耻之心还在吗?今天尚有不改旧职的,不知道他们自己所作所为如此,又何以评论别人的过失呢?

第二种,从小官提拔差遣的人。这类人太多了。自伪楚之后称之权官,受伪朝廷之命得以呈写奏札的全是。台省、寺监、学校、敕局无所不有。请命令留守司,按名单查办,就不会有所遗漏了。

第三种,愿为奉使的人。黎确派使者赵野、李健,陈戬派使者翁彦国,拥着黄旗,持着告示,左右仆用皆受伪降。他们骑在马上,扬扬得意,自称使节,力劝勤王之师,为张邦昌作久居之计。所以张邦昌下令:"等到勤王大军撤退,然后开门。"正是自恃有这一两个奉使。假使这一两个奉使巧为辞说,以惑今日之听,我应当责问他们:"张邦昌是什么东西?难道有朝士甘心做他的奴才吗?旗帜用黄色,赏人用告示,都像是预制好的。这些皇帝用品是从哪里取来的呢?"

以上这几类,我请求作为二等叛臣,流放到远处偏僻之地管制。

如果小官供职不变,仅仅是为了混口饭吃,我请求赦免他们,并把名字登记在案。这样的人可有可无,既不责罚也不任用,搁置一边就是了。

我注意到近来士大夫的议论,认为伪楚之事是金人强迫造成的,没有应当怪罪的人。苏轼诚心喜欢李白,说李白跟从永王李璘,应当是被逼无奈,最终还以李白为豪杰之士。殊不知,被迫而从不过是怕死而已,岂有豪杰之士怕死而失义的呢?何况台谏以上官员,朝廷都以国士对待;朝廷待之以国士,而其报之以众人,这是何等之人啊?即使像李白一样有才华,也要追究责任,何况都是些不足取的奴才。希望陛下予以果断处置,不要迷惑于视听。腹心之患既除,边关之患也就可以消除了。

希望陛下明察。此致。

第七札子

臣近准尚书省札子,奉圣旨令,送臣僚所论二章付门下后省。其一章,论台谏之职不可观望;其二章,论宦官之盛不可不戒。臣窃鼓舞,以为中兴之道正在此也。

恭惟陛下,临御以来所用黄门,比之上皇仅百之一,比之渊圣仅十之一。是陛下于此司,盖未尝不戒也。

然小人无知,尚有敢循旧辙者。陛下既责臣以言,臣敢默默乎?臣于初十日侍班殿下,有肩舆而至横门者,群臣吐舌,莫敢谁何。尝试遣人询之,曰:"内臣陈良弼也。"臣窃谓,百官下马外门,徒步而入。虽雨作泥深,灭足没跗①,未尝敢以为劳,盖君臣之分,不敢废也。良弼何人,敢尔骄傲?虽宣和以前,宦官最盛,不闻童贯、梁师成等敢用肩舆辄入横门者。今良弼之宠,方之童贯等无万分之一,便敢轻视朝廷,失礼如此,传之天下,有陨圣德。臣窃痛之。

或曰:"良弼病矣,不能徒步。"臣以为不然。岂有不能徒步于横门之外,而能徒步于横门之内者乎?又曰:"汴河久涸,连漕不至。良弼一出,则黄流弥漫,一时之功不可阙也。"臣又以为不然。若恃微功便忘分义,则赵普之流当乘肩舆以登太祖之庭矣!或者又曰:"恐得圣旨,然后敢尔。"臣又对之曰:"此决无是理也。朝廷之仪定于太祖。陛下孝德,上追虞舜,岂忍以一黄门之故,轻变祖宗之法乎?"臣愚,伏望圣慈明正典刑,以示惩戒。不惟消患于未然,亦所以弭天下之谤也。

惟陛下留神,取进止。

注释

① 跗:音 fū。脚背。

译文

我近日批阅了尚书省的札子,奉圣旨之令,送去官员们所论的两个奏章给门下省。第一个奏章:论台谏之职不可观望。第二个奏章:论宦官之显赫不可不戒。我欢欣鼓舞,以为中兴之道就在这了。

陛下登基以来,所用宦官跟徽宗比仅百分之一,跟钦宗比仅十分之一。可见陛下对于这个部门未曾不戒备啊。

但是小人无知,还是有走老道的人。陛下既然任命我为言官,我敢默默无言吗?我在初十日那天在殿下侍班,看到有人将轿子抬到横门,群臣惊恐,但没有人敢对他怎么样。我派人去询问,说是内臣陈良弼。我认为,百官在外门下马,然后徒步而入,即使下大雨,积水很深,淹没双脚,也不敢不步行,因为君臣等级不能改变。陈良弼是何等人,敢如此僭越!虽然宣和以前,宦官最显赫,也没听说童贯、梁师成等敢把轿子抬入横门。如今陈良弼受宠,还没有童贯的万分之一,便敢轻视朝廷,失礼到这等地步,传之天下,有损圣德。我十分痛心。

有人说:"陈良弼病了,不能走路。"我认为不对。哪有不能在横门之外走路,却可以在横门之内走路的呢?又说:"汴河长期干枯,连漕运都进不来。陈良弼一到那儿,就大水弥漫,一时之功,不可或缺。"我也认为不对。如果凭借小小的功劳,就忘了身份,那么赵普他们应当乘着轿子登上太祖的朝廷了。有人又说:"恐怕有陛下的准许,他才敢吧。"我回答说:"绝对没这个道理。本朝礼节定于太祖。陛下孝德,上追虞舜,哪能因为一个宦官就轻易改变祖宗的法令呢?"我愚钝,希望陛下严肃法纪,以示惩戒。不仅消患于未然,也为消弥天下对您的诽谤。

请陛下留神。此致。

第八札子

臣于今月初六日上殿,论耿南仲与其子延禧主和之过,与李邦彦、白时中、吴敏等,乞陛下明正典刑。陛下以谓耿南仲真误国者。今越八日,未蒙行遣,臣窃惑之。谨再为陛下敷奏,曾不知其为再三之渎也。

臣尝面奉孝慈渊圣皇帝,面谕曰:"耿南仲尝荐汝矣。"臣明日亦以门生之礼,谒南仲于府第。今此待罪谏省,亦何忍独论南仲父子之过耶?然君父之德,天下之公也;恩门之德,一己之私也。臣亦安得以一己之私,而忘天下之公乎?

重念四五月间，畏日流金，虽庸夫贩妇亦以行色为难。而使两朝君父登小车、涉险途，作止饮食，悉付他人之手；亲王、贵族且数百人，一旦荡然，皆在沙漠数千里之外。使道路闻之，皆为泣血。此何自而然哉？主和误国。堕虏计中，正在耿南仲父子耳！且臣之君父，为南仲所误，如此义不戴天，岂容默默？陛下若念南仲父子尝在艰难之中，久从行在，未忍赐罪，则臣之言为失矣。臣待罪谏省，敷奏有失，臣之罪也。夫何面目尚称谏臣？虽微臣进退，不足以为朝廷重轻，然在臣之节，则不可以不立也。臣视此命，轻于蝼蚁；臣守此节，重如邱山。

惟陛下察之，取进止。

（当日，三省同奉圣旨，邓肃论事正当，甚可取，特赐绯章服鱼袋①。）

注释

①绯章服鱼袋：鱼袋是唐宋时官员佩戴的证明身份之物。唐高宗永徽二年（651）始，赐五品以上官员鱼袋，饰以金银，内装鱼符，出入宫廷时须经检查，以防止作伪。三品以上穿紫衣者用金饰鱼袋；五品以上穿绯衣者用银鱼袋，此即为"章服制度"。金鱼袋紫色衣称为"金紫"，银鱼袋绯色衣称为"银绯"，一旦受赐，十分荣耀。

译文

我于本月初六日上殿，谈论耿南仲与其子耿廷禧主和的罪行，应与李邦彦、白时中、吴敏同等，请求陛下严肃处理。您已承认耿南仲是真正误国的人。现在已过了八天，没有看到对他的遣送，我感到疑惑。所以再次提出，再三冒犯了。

我曾侍奉钦宗，他当面对我说："耿南仲曾经推荐过你。"我明天就会以学生之礼，到他家拜见他。现在我在谏省，何忍心只谈论耿南仲父子的罪行呢？但是，君王之德是天下之公，恩师之德是一己之私。我怎能以一己之私而忘却天下之公呢？

回想四五月间，气候炎热，即使平民百姓也以行色为难。而使两朝君王，登小车、涉险途，作止饮食，都付他人之手；亲王贵族几百人，一天之间走空了，都在数千里之外的沙漠。路人闻之，皆为之泣血。

这事从何而来？主和派误国而来。坠入敌人阴谋之中的人，正是耿南仲父子。我们的君王为他们所误，如此不共戴天之仇，怎能让我沉默？您如果念着耿南仲父子曾在艰难之际一直跟随着您，不忍心办他们的罪，那么我的话算是失言。我在谏省待罪，上奏有失是我的不对。我有什么面目称为谏官呢？虽然我的进退，不足以为朝廷轻重，然而对于我的气节，则不可不立。我把自己的性命看得比蝼蚁还轻，把守节看得比山更重。

请陛下明察。此致。

（当天，尚书、中书、门下三省同时接到圣旨：邓肃论事正确，非常可取，特奖励绯章服鱼袋。）

第九札子

十四日拜赐绯敕，二十一日上殿。

臣尝观德宗①之在奉天，有唐社稷不断如线。一旦稍定，遂访褒头宫人。陆贽切谏，犹不能止，此唐室所以衰也。

恭惟陛下，临御以来，惟知修德。前日宫嫔来赴行在，犹有却之者。方之德宗，固已相万。

其不迩②声色，盖出于天性，自成汤以后，一人而已，宋德亦安得而不兴乎？然陛下出命，尝本乎恭俭之德，而奉命以出者，或变而为奢侈之事。窃恐传之四海，人或不知，反以德宗议陛下，而不知陛下实成汤也。臣职在谏省，敢不尽言？

前日，御药院奉圣旨，下开封府买拆洗女童不计数，且洗拆云者，岂必姝丽耶？窃知圣意，将服浣濯之衣矣；不计数云者，岂必多求耶？窃知圣意，以谓有人则置，无人则已，初不以定数为限也。此盛德之事，卓绝今古，岂易拟议哉？

然奉行之臣不体睿意，日差人吏遍走京城，凡见女童，举封其臂。间有脱者，其行赂已不赀矣。搜求之甚，过于攘夺；愁怨之声，比屋相闻。

呜呼！尹开封府者与领御药院者,亦何累吾圣天子如是甚哉！今日外有方炽之虏,伺吾之间以肆寇攘；内有伪楚之党,幸吾之失以快私忿。陛下安可纤毫疑似之迹,堕贼计中乎？

臣愚,欲乞速下三省,取开封府、御药院官吏,重置之法。仍降明诏以榜东京,具言陛下所下买拆洗之意,不为姝丽；有不计数之语,不为多求。凡女童之封臂者,悉纵之。则陛下恭俭之德,上追成汤,岂特左右臣僚得以独闻乎？当使京师之人无不知者。仍乞亦榜行在,以弭自京师来者纷纷之谤。且京师,天下之本也。京师之人安,则天下之人举安；天下之人举安,则社稷宗庙岂有不安者乎？

惟陛下早图之。

注释

①德宗:指唐德宗李适。建中四年(783),朱泚发动泾原兵变,李适出逃奉天,后依靠李晟等平乱。

②迩:近。

译文

我十四日拜收您赐给的绯章服鱼袋,二十一日上殿。

我看史料记载,唐德宗在奉天,有唐天下不断如线。一旦稍定,就去民间找奴才与婢女。陆贽努力劝谏,但依然制止不了,这正是唐室衰败的原因啊。

陛下登基以来,唯知修德。前日宫嫔来到行在,您还有推却掉的。跟唐德宗比,确实千差万别。

您不迷恋声色犬马,确是出于天性,自成汤以后,一人而已。宋德怎会不兴呢？陛下下令,本于恭俭之德,而奉命而出的人,或变之为奢侈之事。我怕传之四海,人或不知真相,反而以唐德宗议论陛下,不知陛下实为成汤。我在谏省任职,敢不尽言吗？

前天,御药院奉圣旨,到开封府买洗衣女童,数量不限。洗洗拆拆,难道一定要美女吗？我知道陛下的意思,只是要穿干净的衣服；数量不限,并不是越多越好。有找到人就安置使用,没找到人也就算了,所以开始时不确定人数。这类盛德之事,古今卓绝,难道容易事先考虑好吗?

然而,负责执行的大臣并未体察陛下好意,每天派人遍走京城,凡遇到女童,便在手臂上做记号。其中有逃脱的,那是用钱买通的。搜求的强度超过抢夺,愁怨的哭声,屋子之间互相可以听闻。

唉,管理开封府与管理御药院的官员,这样累及天子,真太过分了!现在,外有气焰高涨的敌人,正等待我们疏忽而大肆侵扰;内有伪楚的余党,希望我们失误以快私愤。陛下怎可有丝毫失误的样子,坠入敌人的圈套中呢?

我愚钝,请求立即下令三省,查办开封府和御药院的官员,按法律查办。再下明诏,在东京公布,具体说明陛下所下买洗衣女童的用意,不在于搜求美女;不确定名额的意思,不在于求多。凡是已做记号的女童全部释放。那么,陛下恭俭的品德,上可追成汤,难道只是左右臣僚才知道吗?应当让全京师的人无人不知。再公示于行在,以便消除从京师来的人传播诽谤之言。京师是天下的根本。京师的人安定,全天下的人都安定;全天下的人都安定,国家社稷还会不安定吗?

希望陛下趁早拿定主意。

第十札子

臣窃谓天下之大,取诸一身足矣。边鄙有寇,若病在四肢;民心有失,若病在元气。凡四肢之有疾,未有不自元气之乏者。

今欲治边鄙,其可轻失民心乎?又况京畿近地,所赖民力为切,此尤不可失者也。去年虏寇猖獗,再干我师,京畿近地悉为战场。十口之家,九遭屠戮。间有脱者,亦仅留余息耳。

陛下已登九五之位,逃民欣然,如获再生。然后老弱相扶,稍有归者。然昔日所居,荡为煨烬;田野之间,骸骨相枕。岂有余力复为耕耨之事乎?今也,京畿漕司①尚循旧例,日促秋租,以为岁计。甚矣,谋臣之误国也。

178

昔者,周公之相成王,必陈王业。其诗云:"三之日于耜,四之日举趾。"②盖以谓于耜举趾,傥失其时,则岁无秋矣。

且周正建子于耜举趾之时,在今为正二月之间也。今年,虏骑四月方遁,不知正二月间京畿之民何在哉?于耜举趾既失其时,今取其租曾不少恕,民将如何?天不能雨,鬼不能输,臣知百姓将复遁矣。若使京畿之民其心已失,譬之元气已不复阳,四肢有病,其能愈乎?此正医国者所当虑也。

惟陛下审处之。

注释

①漕司:亦称漕运司,南宋管理催征税赋、出纳钱粮、办理上供以及漕运等事的官署及官员。北宋称转运司。

②三之日于耜,四之日举趾:耜,指手犁,古代曲柄起土的农具。趾,指脚趾。三月修理农具,四月动脚下田。

译文

我认为,天下之大,用一个人的身体打比方就可以了。边疆有敌人,就像病在四肢;失去民心,就像病在元气。凡是四肢的疾病,无不是从元气的欠缺开始的。

如今想医治边疆之患,可以轻视民心之失吗?何况京城附近之地,依赖民力更为迫切,更是不可失去的。去年,敌寇猖獗,再犯我京城,京城附近全部沦为战场。一家十口,九人被杀。偶然逃脱者,也只剩下一口气了。

陛下今已登基,逃难的民众非常高兴,好像获得新生一样。然后老弱相扶,稍微有了回归家园者。但是,过去的住房已被烧个精光,田野之间尸骨堆积成山,哪还有余力复耕呢?现在,京城的税官还在按惯例整天催着收租,作为朝廷收入。可见谋臣误国也太过分了!

从前,周公辅佐周成王,一定先陈述王业。《诗经》说:"三之日于耜,四之日举趾。"就是说三月修理农具,四月动脚下田,要抓住农时,如果误了时令,秋天就没有收成了。

周朝历法,以子月为正,其于耞举趾的时候,按如今是在开春二月之间。今年,敌人四月才退兵,不知二月间,京城百姓在哪里呢?既误了农时,现在征收的田租却一点也没有宽恕,老百姓将会如何呢?天不下雨,鬼不送米,我看百姓又要逃荒了。假使京城百姓民心已失,好比人体元气不复壮阳,四肢的病怎么会好呢?这些正是医治国病的人应当要思考的事。

希望陛下审查处置。

第十一札子

臣伏睹近日圣诏,戒敕百官,使各恭乃职。臣窃欣幸,以为中兴之道正在此也。然官吏之未去者,固有恋主之心,虽非圣诏,彼已不遁。官吏之既去者,已不知有君矣,虽有圣诏,独奈何哉?

臣请为陛下尽陈之:伪楚僭号,百官安之,曾无一人敢违伪楚者。陛下已登九五之位,而官吏惧罪,各为去计,此其情尤可罪也。留守谒告,既不经朝廷阁门放见,又不拜君父,一旦得舟而济,往往自相庆贺。问其故,则有以省坟为辞者,有以省亲为念者,有以生事为忧者。为百官之计则善矣,为朝廷之计则如之何?且时适艰难,虏人未灭。陛下方事巡幸,未能归谒宗庙,而百官先欲省坟;上皇北狩今尚未还,陛下虽念定省之勤,且不能致,而百官先欲省亲;汴都九重,如天造地设,銮舆行幸,犹未暇顾,而百官先以生事为忧。

呜呼,事君如此,果何等人也!比之犬马,犹有惭德。然朝廷尝以冗官为虑矣,又尝以兵食为忧矣。若按在职官吏托故而去者,尽削仕版,而取其所食之禄,以给禁卫,盖两得也。

若夫五月初一日已前,先假指挥,径走江湖间者,其情罪又过于众人数等,欲乞追赴行在,付之有司,大正典刑,以笞天下。窃闻,太平兴国间,窦州录事参军孟峦,避官不之任,诣阙自陈。太宗皇帝怒甚,杖峦二十,流之海岛。此当时官吏所以无敢择官者。今日士夫择官求便,比比皆是也。祖宗已有定法,陛下可不遹追乎?

取进止。

译文

我近日看到圣诏,告诫百官,要他们各司其职。我非常高兴,认为中兴之道就在于此。然而,未离去的官吏本来就有恋主之心,即使没有圣诏,他也不会逃离。已经逃离的官吏不知圣上,即使有圣诏,也奈何不了他们。

我恳请为您说个明白:伪楚僭越封号,百官安然认之,没有一人违抗。如今陛下已登基,官吏怕被治罪,各自为离去做打算,这种情况更是有罪。留下的告假的人,既不来上朝,又不拜君王,一旦得舟而逃,往往自相庆贺。问其原因,有的以扫墓为理,有的以省亲为由,有的以生计为忧。作为百官自己的打算是不错的,但为朝廷打算该怎么办呢?尚且时势正艰难,敌人还未被击败。陛下刚刚出巡,未能归谒宗庙,而百官先去上自家坟。徽宗北上未归,陛下虽念定省之勤但不能实现,而百官先想去省亲。汴都的宫廷如天造地设,圣驾出行还来不及顾及,而百官则以生计而担忧。

唉,事君如此,真是何等之人!跟犬马相比,都会令人惭愧。然而,朝廷曾以官员太多太滥为虑,又曾以军饷不足为忧。如果将在职的托故离开的人全部免职,将他们的俸禄发给禁卫,那真是一举两得。

至于五月初一日之前,先假借指挥,直接由水路离开的人,他们的罪又超人数等,应当追赶住地,交付有关部门,严肃法办,以儆效尤。我听说,太平兴国年间,窦州录事参军孟峦不接受任命,跑到皇上面前解释。太宗气愤极了,打了他二十大板,将他流放到海岛。这就是当时官吏不敢挑肥拣瘦的原因。现在士大夫们挑挑拣拣者,比比皆是。祖宗早有定法,陛下能不遵循吗?

此致。

第十二札子

臣闻,三省近奉圣旨,催已召人星夜前来。内有周武仲①者,臣窃惑之,不知陛下以武仲为忠乎?以武仲为才乎?

宣和之末,金寇已在云中,朝廷应副,不胜其弊。又有免夫钱之类,天下骚动。既罢谭稹,复帅童贯、王甫、梁师成等,犹敢泰然肆为欺罔,夺供军之物以资应奉。武仲时为御史中丞,观望王甫,不敢辄出一语。上皇深察其奸,以谓当时之弊,有布衣敢言,而台谏无一言者,遂举台逐之。不一月间,既罢王甫。然则武仲之不忠,固可知矣!

初结金人之祸,虽始于赵良嗣②,然芦沟之会,两军莫测。钲鼓一作,南北尽奔。王甫再遣赵良嗣与周武仲从而议定,遂以营平付金人取之。营平既为金人所据,则下瞰全燕矣。全燕既破,虏遂长驱,此前日之祸所以酷也。然则武仲之不才,又可知也。

朝廷痛此,固尝一正典刑矣。主其谋者王甫,前年杀之;为之使者赵良嗣,去年杀之。若周武仲者,则力奉王甫之命,共持良嗣之节,其罪无以异于二人者。纵使勿杀,亦云厚矣,其可复使之出入禁闼,以误国事乎?

《易》于《师卦》尝曰:"开国承家,小人勿用。"《象》曰:"小人勿用,必乱邦也。"今陛下正用师而开国之时也,小人其可用耶?

惟陛下察之。取进止。

注释

①周武仲:字宪之,建宁人。17岁补太学博士,绍圣四年(1097)进士,授黄都簿,后升监察御史。宣和间,任尚书比部员外郎,权太常少卿,升御史中丞。因疏论童贯芦沟之败之罪被报复而落职,安置黄州。高宗即位,为刑部侍郎,升为吏部尚书兼侍读。后辞职,以龙图阁学士提举江州太平观。

②赵良嗣:又名马植,燕人,仕辽至光禄卿。政和元年(1111),童贯使辽,因献结好女真伐辽取燕之策,随贯归。童贯改其姓名为李良嗣,被荐于

卷之十二　奏札子

朝。徽宗召见，又献策曰："女真恨辽人切骨，若迁使自登莱涉海，结好女真，与约攻辽，兴国可图也。"徽宗嘉纳之，赐姓赵，以为秘书丞，图燕之议自此始。赵良嗣迁直龙图阁，提点万寿观，加右文殿修撰。宣和年间，七次赴金与阿骨打约定攻辽，加官光禄大夫。因反对收纳张觉，被削职。靖康元年（1126），因金兵南侵，贬郴州被处死。

译文

　　我听说，三省近日奉圣旨，催促召见的人员星夜赶来。其中有周武仲，我感到很疑惑，不知陛下是因为他的忠心呢，还是因为他的才干呢？

　　宣和末年，金兵已占领了云中郡，朝廷应对非常被动。又有免夫钱之类，天下骚动。在罢免了谭稹后，又命童贯、王甫、梁师成任统帅，他们仍从容地肆意欺骗，夺取军饷，送到应奉局。周武仲时任御史中丞，观望王甫的作为，不敢说一句话阻止。徽宗深察其奸，就当时的弊端，普通老百姓敢说话，而谏官没有一个人敢站出来。于是，徽宗撤销全部言官职务。不到一个月之内，又罢免了王甫职务。由此可知周武仲的不忠。

　　初次议和，虽是从赵良嗣开始，但芦沟之会，两军莫测。战事一起，南北尽相奔走。王甫再派赵良嗣与周武仲去议和，结果将营平划给了金兵。营平被占领，可下瞰整个燕州。全燕州一被占领，敌人就长驱直入，这就是前日兵灾如此残酷的原因。由此可见周武仲的不才。

　　朝廷痛心于此类事情发生，所以曾经一度严肃法纪。主谋的王甫，前年被杀；作为使者的赵良嗣，去年被杀。周武仲为奉王甫之命，与赵良嗣同为使节，罪行与二人并无差别。没有杀他，已经算是厚待了，还可让他再入宫廷，再误国事吗？

　　《易经》的《师》卦说："开国承家，小人勿用。"《象》卦称："小人勿用，（用）必乱邦也。"如今陛下正在用兵，又处在开国之时，怎么能用小人呢？

　　希望陛下深思。此致。

第十三札子

  臣尝观,宣和司谏高伯振①观望王黼,不敢谁何。每出,传呼谏官,道路之人皆得以慢骂之。靖康谏议洪刍,阿附耿南仲,不恤国难。一日,过朱雀门,群小拥其马以数之曰:"国步如此,尔所谏者何事!"彼二人者,方其巧为身谋,以窃禁从,往往自以为得计,殊不知欺君之罪重于欺天。故伯振死于白刃,而洪刍流于海岛,皆天有以罚之也。

  臣误蒙三朝之知,实缘论事。宣和之末,尝进《乞罢花石诗》,群臣欲置于死地,上皇赦之,仍欲召对。靖康之初,赐对便殿,力诋权臣。当时指以为狂,而渊圣容之,尚置于守监。今年,不食楚粟,饥饿殆不能行,万死一生奔赴行在,陛下即擢于言路。初望天颜,遽论宰执②,必待其去,臣言乃已。当时,士夫谓臣必踵张所③、吴给之辙矣。而陛下锡臣以五品之服,且褒以圣语,谓臣论事正当,甚可取。顾臣何人,上蒙圣眷如此?虽沥臣之血而脍臣之肝,不足以谢天地之德也!

  然臣之职,则谏臣也。若陛下曰"然",而臣亦曰"然";若陛下曰"否",而臣亦曰"否",是奉天子者也,非谏天子者也。虽圣德眷遇,未即赐罪,然臣独不愧于心乎?独不愧于天地神明乎?今虽可免,异日将如何哉?不为高伯振,即为洪刍矣。此臣愚,所以日夕惶恐,而未知死所也。

  窃惟人主之职,在论一相。陛下初登九五之位,召李纲于贬所,而任之以钧衡。其待之非不专,而礼之非不厚。然李纲学虽正而术疏,谋虽深而机浅,固不足以上副眷注之诚矣。惟陛下尝顾臣曰:"李纲,真以身殉国者。"今日罢之而责词严甚,此臣所以窃有疑也。既非台章④,又非谏疏⑤,不知遣词者亦何所据而言之?臣若观望,岂复敢言?

  臣爱君,其敢默默乎?且两河百姓虽愿效死,而五月之间略无统领,民心茫然,将无所适从矣。及李纲措置,不一月间,民兵稍集。今纲既去,两河之民将如何哉?伪楚之臣,罪当万死,前日纷纷皆在朝廷。李纲先乞逐逆臣张邦昌,然后叛党稍能正罪。今纲既去,则叛臣将如何哉?叛臣在朝廷,政事乖矣;两河无兵,则夷狄骄矣。李纲于此,亦不可谓无一日之长也。昔者,宣王所以为中兴之主者,内修政事,外攘夷狄而已。陛下圣德过于周宣,所以修政事而攘夷狄者,岂可后哉?李纲一日之长,亦惟陛下采之。

注释

①高伯振:北宋末年大臣。靖康之难时,四壁都巡检使范琼为中书舍人高伯振致斋于慧休院。汴京城陷之日,高伯振全家俱死于乱兵。

②宰执:此处宰执应指黄潜善。

③张所:徽宗朝进士,累官至监察御史。靖康二年(1127)四月,受康王赵构派遣,按视陵寝。高宗即位,为兵部员外郎,以言事忤黄潜善,责凤州团练副使、江州安置。李纲入相,除直龙图阁、充河北西路招抚使。李纲罢相后,他被谪居广南,入潭州界即遇害。

④台章:指御史台的监察奏章。

⑤谏疏:指御史中丞、侍御史、左正言、右正言等谏官的奏疏。

译文

我曾见宣和年间司谏高伯振观望王黼作为,却不敢做什么。每次出朝,传呼谏官,道路之人皆得以漫骂之。靖康谏议洪刍,阿附耿南仲,不体恤国难。有一天,他路过朱雀门时,群臣围住其马数落说:"国家走到这等地步,你是怎么劝谏的?"王黼、耿南仲二人巧于为自己谋划,以窃取禁从之位,往往自以为得意,却不知欺君之罪重于欺天。所以高伯振死于刀下,洪刍流放海岛,这都是上天对他们的惩罚呀!

我承蒙任三朝官员,实缘于论事。宣和末年,我写了《乞罢花石诗》,群臣欲置我于死地。好在徽宗赦免了我,还想召对我。靖康之初,赐对于便殿,我力抵权臣。当时他们指责我狂妄,而钦宗宽恕了我,仍把我置于守监之职。今年,我不吃伪楚粮食,饿得几乎不能行走，万死一生，奔赴陛下驻地，陛下立即提拔我当谏官。我初次见到陛下，马上谈论宰相，只有他离开此位，我的话才会停下。当时，士大夫们说我一定会步张所、吴给的后尘。而陛下却赐我五品官职，而且称赞我，说我论事正当，非常可取。我是何人，蒙受圣眷如此，即使死也不足以谢天地之德啊！

　　然而我的职位，就是谏官。如果陛下说好，我也说好；陛下说不，我也说不，那只是依着天子，而不是劝谏天子。虽然圣德关照，没有马上降罪，而我不会问心有愧吗？不会愧于天地神明吗？即使现在免于处罚，以后又会怎样呢？不是像高伯振那样当刀下鬼，就是像洪刍一样被流放而死于异乡。我愚钝，所以整天惶恐不安，不知会有怎样的死法。

　　我认为圣上的职责，关键在于任用宰相。您初登皇位时，把李纲从贬所沙县招来，任之为相，可谓对待他并非不专一，礼遇也并非不丰厚。但李纲学术虽正而权术疏浅，谋略虽深而机变欠缺，所以不足以配得上您的圣眷。陛下曾对我说："李纲真是以身殉国的人啊。"现在罢了他的官，而且责词严厉，这就使我很疑惑。责词既不是台官写的，又不是谏官写的，不知写责词的人根据的是什么？我如果只是观望，怎么敢进言？

　　我爱戴陛下，怎么敢不说话呢？尚且两河之地的百姓，虽愿效死，五个月间，无人统帅，民心茫然，无所适从。待到李纲处置安排，不到一个月间，民兵稍有聚集。如今将李纲撤职，两河之民将如何呢？伪楚之臣罪当万死，但却有很多仍在朝廷。李纲先是要求驱逐奸臣张邦昌，然后叛臣才能论罪。如今李纲撤职，那些叛臣又将如何呢？叛臣在朝，政事乖谬；两河无兵，敌人骄横。李纲在抗敌方面，不可谓无一日之长。从前宣王所以称为中兴之王，内修政事，外攘夷狄而已。您的圣德超过周宣王，所以修政事、攘夷狄怎可落后于他呢？李纲的一日之长，希望您能够采纳。

第十四札子

臣窃谓，台谏之职，天子耳目之官也；人主之职，在论一相而已。

李纲误国，朝廷于今月十一日罢之。臣备员言路，曾无一语执奏者。其踪迹有类观望，况臣于今月二十一日上殿奏事，复论李纲有可取者二。伏蒙圣训，谓臣所奏一虚一实，则臣之不职益又明矣。虽蒙陛下念臣狂直，未忍即赐臣罪，然恐后来台谏观望成风，臣见居私家待罪，不敢供职。

伏望陛下明正典刑。取进止。

译文

我认为，台谏之职，是天子的耳目；陛下之职，在于选准宰相一人而已。

李纲误国，朝廷于本月十一日罢了他的宰相之位。我只是言官备员，曾无一语执奏。李纲的行为有待观察，何况我在本月二十一日上殿奏事，反复说明他有两点可取之处。承蒙陛下训示，说我上奏的一虚一实，那么我的不尽职就更明确了。虽然承蒙陛下念我疏狂率直，不忍心立即治我的罪，然而担心后来谏官观望成风，我只好在家待罪，不敢再去供职。

希望您能严肃法纪。此致。

第十五札子

臣窃观，前日臣僚上言，有论伪楚之臣，止论王时雍、徐秉哲等，未尝辄论吕好问。且王时雍等，伪执政也，吕好问亦伪执政也。论时雍而舍好问，岂非以好问今为右丞乎？右丞之职，天子命之也，虽贤与否不得以尽知，然伪楚之朝，始为册立使，俄为门下侍郎，此好问之迹亦昭昭矣。论事之臣亦安得漏网,以罔天子之听乎?

谨按好问,本非奸雄,但怯懦耳。从王时雍游,致有叛臣之迹,皆怯懦所致也。今虽居宰职,亦不能为朝廷患。然国家艰难,急于求贤,岂容有怯懦无立之士厕迹于二府乎?好问在朝,则伪楚奸臣必不尽责,盖有以蔽之也。

臣又闻,中书舍人李会至今尝语人曰:"张邦昌有伊周之志,非谋逆者。"其推戴伪楚之心犹昔也。谨按李会,尝拜伪楚之庭,甘为禁从,今日复厕朝班,有愧同列,遂为巧语以蔽邦昌。

呜呼!衣天子之衣而从天子之殿,降赦令以朝百官,拥殿班以称陛下,邦昌反状,虽三尺之童亦知之矣。其臣李会,不知何辞尚敢为之游说乎?且以邦昌为是,则陛下责之为非,是邦昌而非陛下,信乎?桀之犬可使吠尧也。

臣所论叛臣,乞陛下定罪。章疏再上,未蒙陛下一正典刑。臣窃考,叛臣在朝今居二府者,吕好问也;今作从官者,李会也。臣愚,欲乞先正此二人之罪以去其大者,然后乞检昔臣所校者,叛臣八种,定罪二格,一网而尽,俾无遗漏。庶几可以少释二圣之怒,以慰天下之望也。

惟陛下断而行之,毋惑群听。取进止。

译文

我看到前几日臣僚上言,论到伪楚之臣,只谈王时雍和徐秉哲,没有谈到吕好问。王时雍是伪执政,吕好问也是伪执政,谈王时雍不谈吕好问,难道不是因为吕好问如今还在任右丞吗?右丞这个职务,是陛下任命的,虽然贤与不贤不得尽知,然而伪楚之朝,他一开始任册立使,后来为门下侍郎,吕好问的形迹已天下皆知。论事的大臣们怎能将他漏网,以欺骗天子的视听呢?

吕好问此人,本来并不是奸雄,只是胆小而已。他跟着王时雍,以至有叛变之事,都是胆小怕死导致的。如今虽当上宰相,也不能为朝廷的祸患。然而国家艰难,急于求贤,怎能容胆小怕死、无立之士混杂于二府呢?吕好问在朝,伪楚奸臣必定不尽心尽力,因为有人庇护他们。

我又听说，中书舍人李会至今仍对别人说："张邦昌有伊尹治国之志，不是谋逆之人。"他推戴伪楚政权的心仍然没有改变。李会此人，曾拜伪楚之庭，甘为禁从，现在又混杂在朝班，有愧于同列，于是花言巧语，掩护张邦昌。

唉，穿着天子的衣服，站在天子的殿堂，降赦令朝百官，拥殿班称陛下，张邦昌的叛国行为，连三尺高的小孩都知道。他的臣子李会不知怎么还敢为他辩解？以张邦昌为是，那么陛下的谴责就不对，认为张邦昌对而陛下不对，这可信吗？暴桀的家犬还会吠尧呢！

我所指出的叛臣，希望陛下给他们定罪。我的奏章一再呈上，一直没有得到陛下的严肃处理。据我考证，叛臣在朝且现居二府的人就是吕好问，在任从官的就是李会。我愚钝，想请求您先定此二人之罪，除去大臣之职，然后再查我过去指出的八种叛臣，按两种罪行定罪，一网打尽，无所遗漏。这样才可稍释二圣之愤，抚慰天下人的期望。

希望陛下采取果断措施，不要被别人的闲言碎语迷惑。此致。

第十六札子

臣窃观，发运司岁计五百余万。每岁入贡，舻尾相衔，略无虚日，崇墉比栉，不容升合之欠。朝廷费出，且无余者，今年不知何以处之。

去冬自遭围闭，运漕不通。今夏又以堤岸失防，汴流久绝。校之每岁所入，盖未有百分之一也。

窃闻之，已入汴口者有百六十万，此数之外未有继者。朝廷欣然，便以为有余，殊不知京师所积，止于八月九月。已后俟去年冬，计每月之费在京师者以二十万为率，在行在者以十万为率。又有籴场①二十四所，并勤王军兵、龁门巡防人兵口食等，兼非泛取索数目。会入汴口之数，仅支五月日耳，五月之外将如之何？傥虏人绝迹，不复南渡，则运漕相继，未有害也；若犬狼猖獗，再干我师，不知军民嗷嗷，将焉就食？此事最急，不可以仓卒备也。舟船有限，日数甚迫，虽发运百人，亦无如之何矣！

臣愚,欲乞诸州选才干官员,代发运司,各运逐州岁计往赴京师。近地期以十月已前足五十余万之数。凡舟船人兵与其余所费之物,各责办知通乃以公使钱代支。国家艰难之时,虽二三年间,公使阙乏,未为要务。协数十州之力,人各自劝,又立赏罚,从而驱之,则粮道又何患哉!昔萧何给馈饷不绝粮道,汉高祖自以为不如。盖当时粮道若或不继,虽有韩信,亦将何所施乎?

惟陛下无忽。取进止。

注释

①籴场:籴,音 dí。买进粮食的场所,粮仓。

译文

我看到发运司每年岁计达五百余万担粮。每年入贡,粮船头尾相接,没有一天有停,垒起一堆堆高墙,不许拖欠一升一合。用于朝廷支付,尚无剩余,今年不知如何应对。

去年京都被围,漕运不通。今夏堤岸倒塌,汴水漕运中断许久。与往年收入相比,不到百分之一。

听说粮食已入汴河口的有一百六十多万担,除这个数外,没有别的了。朝廷很高兴,以为足够用了,却不知京师余粮,只能维持到八月、九月。此后参照去年冬用量,计每月之费,在京师的以二十万担为标准,在行在的以十万担为标准,又有籴场二十四所,并勤王军队、守门巡防的士兵口粮等,都不是小数目。已进入汴河口的粮食,只够支撑五个月,之后怎么办呢?如果敌兵退去,不再南渡,漕粮相继运来,那还好说;如果敌人猖獗,再犯京师,不知军民嗷嗷,到哪吃饭去?此事最急,不可仓促备齐。舟船有限,时间紧迫,即使百人发运也无济于事啊!

我愚钝,只想请求各州选择精干的官员,代替发运司,各州将岁计转运京师。希望附近州郡在十月前送到的有五十多万担。运输的船只、人员以及其他所费,由各知州和通判用公使钱代支。国家艰难之时,即使两三年内公使钱缺乏也不大要紧。协同几十州之力,大家各自劝勉,又建立奖惩制度以驱动,那么粮道有何忧虑? 当年萧何源源不绝地给汉军送来粮食,汉高祖自以为不如他。因为如果出现断粮,虽有韩信,又能有什么作为呢?

希望陛下不要疏忽了这件事。此致。

第十七札子

臣于今月初八日,以本职上殿,因奏论次,遂言夷狄之巧,在文书简简,故速;中国之患,在文书烦烦,故迟。

今日事势岂可迟也!面奉圣训曰:"正此讨论,欲并二省,尽依祖宗法。"臣窃欣幸,以为太平兴国之治可以指日而望矣。恭惟太祖、太宗之时,法严而令速,事简而官清。未尝旁搜曲引,以稽赏罚。故能以十万精兵,分布四海,取岭蜀、平江南、来吴越、下河东,纷纷万国,莫不称臣,混一六合,如指诸掌。此一时富庶,所以远追成康,而丰功伟绩,又有以过之也。

自时厥后,日趋太平,群臣无可论者。今日献一策,明日献一言,简发数米,惟恐不备。此文书所以日益烦,而政事所以日益缓也。

厥今天下如何哉? 兵戈未息、边鄙未宁,朝廷措置,当如救焚、如拯溺,岂可揖逊进退,尚循无事之时乎? 臣以谓,英烈果断,非太祖、太宗之道,不可学也。比尝有讨论祖宗官制之命矣。今越两月,不闻所正者何事,岂以为用兵之际,未暇及之乎? 殊不知用兵之道,正以此为急务耳。盖法祖宗,以考官制,略虚文以稽实效者,用兵之本也。不务其本而欲齐其末,臣所未闻。

臣愚,欲乞专委宰执,辟礼官①数人,限以旬日,期于必正。庶几法严事简,如出一人,赏罚之权,不至濡滞②,将使天下叹曰:"太祖皇帝今复起矣,蠢尔小虏何足道哉!"

昔高宗为有商中兴之主,为之舟楫盐梅③者,傅说一人而已。其言则不过曰:"事不师古,匪说攸闻。"盖中兴之道,未有不以古先为念者。

惟陛下断之。取进止。

注释

①礼官:主管礼仪的官员。
②濡滞:停留,迟滞,犹豫不决。
③舟楫盐梅:指舟和楫配合,盐和梅调和。比喻辅佐的贤臣。

译文

我于本月初八日以本职上殿。根据奏章论次,谈到敌人的长处,在于文书简略,所以快捷;我方的毛病,在于文书烦琐,所以缓慢。

如今形势,怎可缓慢呢？所以圣训说:"如今讨论,可以把尚书、中书二省合并,按祖宗旧例施行。"我暗自高兴,以为太平兴国的大治可以指日而待了。太祖太宗时,法律严格令行禁止,办事简练官员清廉。文书没有旁征博引,计较赏罚。所以能以十万精兵分布四海,取岭蜀、平江南,来吴越、下河东。纷纷万国,无不称臣,天下一统,易于成事。一时富庶,远追成康,而丰功伟绩,有过之而无不及。

从那以后,日趋太平,群臣没有什么好议论的。今天献一策,明天献一言。讲些小事,唯恐不详尽。于是文书越写越长,政事越处理越慢。

如今天下怎样？战争没有停止,边疆尚未安宁。朝廷处事,应当像救火、救落水者一样,怎么可以谦让一番,像无事之时一样？我认为办事要果断,不是太祖太宗那样的行事之道就不要学。比如讨论祖宗官制之名,两个月过去了,不知做了什么。难道以用兵之际,无暇顾及为由吗？竟不知用兵之道,正以此为急。法祖宗考官制,稍虚文察实效正是用兵之本。不务其本而务其末,我还没听说这样本末倒置的事呢。

我愚钝,希望您委任专职官员,设立几个礼官,限定日期,给予纠正。很快就能法律严明,办事简明,如出一人,赏罚之权,不至于拖拉,使天下人赞叹说:"太祖皇帝雷厉风行的作风,现在又兴起了。愚蠢的敌人,何足道哉!"

当年的汤是商朝中兴之主,辅佐他的贤臣只有傅说一人而已。他说的不过是:"建立功业不效法古人的,我傅说耳所未闻。"可见中兴之道,没有不以古代先贤为榜样的。

希望陛下果断决定。此致。

第十八札子

臣尝谓,巡狩之礼非偶然者。春则省耕以补不足,秋则省敛以助不给,忧勤之心,亹亹①不已。惟恐天下之疾苦不得以上达,而九重仁政不得以下布耳。崔骃南巡之颂②,尝云壮云行之博惠,散雨施于庶黎,正为此也。

陛下即位之初,首巡睢阳,云行雨施之传,当自此邦始,使天下引领而望之曰:"徯③我后,后来其苏。"如是,则銮舆所幸,孰非金城乎?傥以军兴之际,一日、二日,万几④若未暇恤焉,则百姓将蹙頞⑤而相告矣。传之天下,速于置邮。万一他有巡幸,当有深可虑者。

臣窃闻,夏四月,陛下临幸之初,应天府下诸邑索供奉物,至今有不还其直者,臣实骇之。兵火之后,居民离散,一得真主,如获再生。州郡不能省此,复取其膏脂而略不加恤,诚忍人哉!陛下不及知,民间不得诉,安于残忍者又以为不足言,此宋都之民所以至今未蒙实惠也!且宋都,陛下即位之地也。民心忧乐,天下将取则焉。臣愚,欲乞陛下,峻责当时供奉官吏,不还其直者,直令朝廷偿之,大榜诸邑。俾仰体圣意,庶几四方相庆曰:"天子圣德如此,其巡幸所至又恤民如此。"民心一定,陛下何往而不可哉?

昔者,太王避狄,事之以皮币、犬马,以至于弃土地,真若不复振者。卒能肇基王迹,历年八百,其故何也?盖当时去于岐山之下,民之从之者如归市。民所不能舍,则天亦不能违矣,此邦之所以兴也。

书曰:"天视自我民视,天听自我民听。"

惟陛下察之。取进止。

注释

①亹亹:音 wěi wěi。指勤勉不倦貌。《汉书·张敞传》:"今陛下游意于太平,劳精于政事,亹亹不舍昼夜。"

②崔骃南巡之颂:骃,音 yīn。崔骃,字亭伯,涿郡安平人。自幼聪明过人,博学多才。汉章帝元和元年(84)南巡后,崔骃作《四巡颂》,颂扬汉朝之德,文辞典美,受到章帝的重视。

③徯:音 xī。等待。

④万几:日理万机,指纷繁的事务。

⑤蹙頞:音 cù è。皱缩鼻翼,指愁苦貌。

译文

我曾说巡狩之礼并非偶然。春天省耕以补不足,秋天省敛以助不给,忧勤之心,亹亹不已。唯恐天下人的疾苦,不能上达;而九重仁政,不能下行。崔骃的南巡之颂,指出:"壮云行之博惠,散雨施于庶黎(像云一样播下阴凉,像雨一样施于百姓)。"说的就是这个。

陛下即位之初,首巡睢阳。云行雨施之传从此开始,天下人伸长脖子而望之曰:"等待我们的王,他来了,我们也就复活了。"这样,陛下所到之处,不是像金城一样坚固吗?如果是在军兴之际,一日两日,因日理万机而无暇顾及百姓,他们就会皱着眉头相告。传之天下,比送信还快。万一他日陛下再次巡视,可就会有所顾虑了。

我听说,夏四月陛下刚到时,应天府下令各县索取贡物,至今还有欠钱未还的,实在很吃惊。兵火之后,居民离散,一得真主,如获再生。州郡不能认识到这一点,再取民脂民膏而一点都不体谅,怎么忍心这样呢?陛下不知道,民众不得诉,安于残忍的人又以为不值一提,这就是宋都百姓至今没有得到实惠的原因。都城是陛下登基的地方,天下将取决于此地民心的忧乐。我请求陛下严厉责办当时办事的官吏,尚未还钱的,直接由朝廷赔付,并张榜公布。让民众明白陛下用意,这样,四面八方很快都会庆贺说:"天子如此圣德,在巡视所到之处又如此体恤百姓。"民心一定,陛下何处不可前往呢?

从前,太王为避免狄人的攻打,用皮币、犬马侍奉他们,以至于放弃土地,真如不复振兴的人。但最终他能肇基王业,周朝历经八百年,是什么原因呢?当时他走到岐山下,归顺的百姓像赶集一样涌来。百姓不能舍弃的人,上天也不能违背,这就是国家兴旺的原因。《尚书》里说:"天视自我民视,天听自我民听。"

希望陛下详察。此致。

第十九札子

伏观十三日,赤氛夜起,横贯斗柄。士夫惊叹,莫知所自。况职在言路者,又当如何?

窃考自古天变,人主所以谢之者,不过避正殿,减常膳而已。陛下自登宝位,未尝辄居正殿,而饮食菲薄,几同臣下。其所以事天者,盖亦无所不至矣。

而天变若未息焉,其故何也?盖尝考康定元年春三月,京师大风,昼冥经刻。是夜,东南有黑气,横亘数丈。赤,兵气也;黑,杀气也。用兵之时,岂免兵气?乃于杀气,则为变尤大矣。然仁宗之时,则朝廷无事,人物繁庶,其致治之道过于成康。是果天变不足虑乎?盖仁宗皇帝应天以实而不以文,此天变所以不能为灾也。

陛下切切愿治之心,固无愧于祖宗矣;然风俗颓坏,为日滋久,虽欲正之不能遽革。故今日,纲纪未肃、赏罚未信、叛臣未去、奸赃未灭,比之仁庙,犹有愧焉。此臣愚,所以痛心疾首而不能自已也。

臣愚,欲望陛下下责己之诏,求切直之言,号令必行,无使壅遏①,所以肃纲纪。功过并录,以稽邪正,所以信赏罚。按伪籍以考张楚之臣,不使辄居侍从、台谏,则叛臣远矣。验刑书,以责贪污之吏,不使分布内外要职,则奸赃灭矣。如是,则陛下应天之实,亦无愧于仁庙。虽有杀气,亦不害。四十余年平治,况止于兵气而已耶?盖天心不远,人心是已。有德于人,则无愧于天,不必于人心之外更求天也。

五季之末，康澄尝有言曰："为国家者，有不足惧者五，有深可畏者六。阴阳不调不足惧，三辰失行不足惧，小人讹言不足惧，山崩川涸不足惧，蟊贼②伤稼不足惧；贤人藏匿深可畏，四民迁业深可畏，上下相循深可畏，廉耻道丧深可畏，毁誉乱真深可畏，直言蔑闻深可畏。"盖天变不常，所以戒人君。傥能自慎，何足惧耶？人事不修，所以兆祸乱，苟不知戒，斯不亦可畏哉？陛下于其所可畏者，日加慎焉。则所谓不足惧者，又何能为陛下累乎？

惟陛下察之。取进止。

注 释

①壅遏：阻塞，阻止。《管子·立政九败解》曰："且奸人在上，则壅遏贤者而不进也。"

②蟊贼：蟊，音 máo。指吃禾苗的害虫。《东观汉记·徐防传》曰："京师淫雨，蟊贼伤稼稿。"

译 文

十三日那天夜晚，天空升起红云，横贯斗柄。士大夫们惊叹，不知它从何而来。我在谏省任职，更该有所解释吧。

我考证过，自古天象有变，皇帝谢罪的办法不过是避开正殿，减少用膳而已。陛下自登基后，没有居正殿，饮食也很简单，几乎和大臣一样。侍奉上天，真是诚心诚意的。

然而，天变似乎没有停止，是什么原因呢？我考证到，康定元年春三月，京师刮起大风，从早到晚不停。当天夜里，东南方有黑气，横亘数丈。红色的是兵气，黑色的是杀气。那是用兵之时，怎能没有兵气呢？至于杀气，变化就更大了。然而仁宗时，朝廷无事，人们生活正常，当时政治比成康时期还好。难道是真的"天变不足虑"吗？仁宗皇帝对上天诚实而无掩饰，所以天变不能成为灾难。

陛下诚恳地治理天下之心，固然无愧于祖宗，但是风气败坏，为日已久，即使想纠正，也不能马上见效。所以今天，纲纪未肃、赏罚未信、叛臣未去、奸臣未灭，跟仁宗时期比，还是有愧的。我愚钝，只能痛心疾首不已。

希望陛下下责己诏，求取正直的言论，号令一定要执行，不能受阻，用于严肃纲纪。功过一一记录在案，以稽查邪正，使赏罚分明。按照伪楚档案查找伪官员，不让他们继续任侍从、台谏，叛臣就会远离而去。查验刑书，追究贪官污吏，不让他们任要职，奸臣就会消灭。这就是陛下对上天诚实，也就无愧于仁宗。即使有杀气，也不会为害。四十余年的平安治世，仅止于兵气而已吗？天心就是人心，只要有德于人，使无愧于天，不必在人心之外再去求天。

五代末年，康澄曾说："为国执政的人有五个不足为惧，六个深为可畏的。阴阳不调、三辰失行、小人讹言、山崩川涸、蟊贼伤稼等不足为惧；贤人藏匿、四民迁业、上下相循、廉耻道丧、毁誉乱真、直言蔑闻等深为可畏。"天象变化异常，是用于告诫人君。如果自行谨慎，何必害怕呢？人事不修，所以暗示祸乱，如果不知告诫，不也是深为可畏的吗？陛下对于可畏的事情，每天应更小心谨慎。那么，所谓不足惧的事，又怎能为陛下累及呢？

希望陛下明察。此致。

卷之十三 文

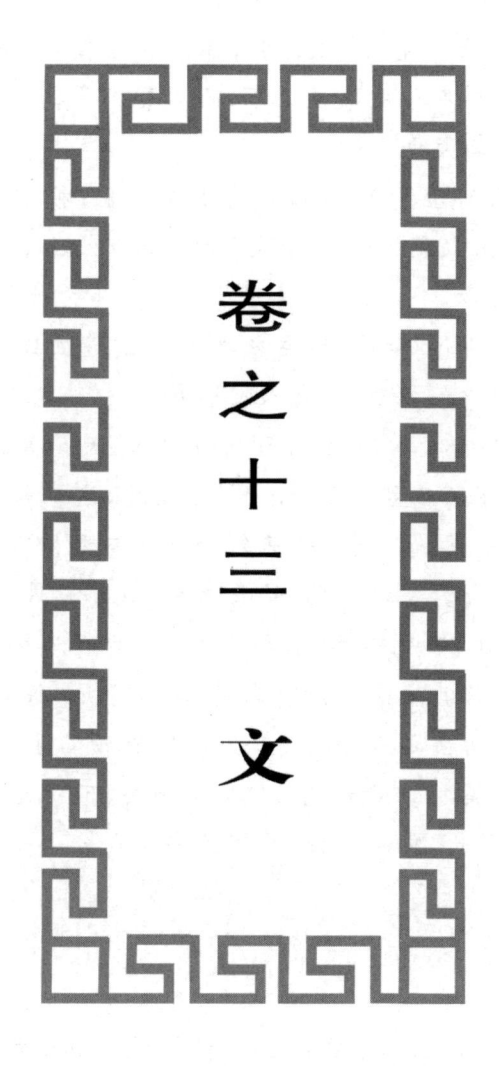

不 校①

孟轲不与横逆②之人校曲直,而与齐宣王论达尊③;韩愈不与高闲④、文畅校夷夏,而与宪宗⑤论佛骨;韩信不与淮阴少年校胜负⑥,而与项羽争雄;蔺相如不与廉颇校上下,而与秦王争割地。盖不屑屑于其小者,所以养成其大也。

扬雄⑦不肯屈节于董贤⑧,而甘为王莽之臣;柳宗元不肯下气于皇甫湜⑨,而甘为王叔文⑩之党;李忠臣⑪赴君父之急,能斥日者之言,终不能拒朱泚⑫之命,卒以叛诛;李陵⑬能以匹马力战极边,终不能辄出一语上抗房廷,卒负其君,为左衽之鬼。盖遇细故则窃⑭虚名,临大节则顾死生,此小人之事也,大人何取焉。

古之所谓大人者,体均天地而气通阴阳,天地覆载之中不却蛇虺⑮,阴阳寒暑之变不恤怨咨。但推一元之气,运量斡旋于大空不可穷极之间。乾辟坤藏,春生秋杀,又何必物物与之校可否乎?若乃小人,则一切反是。余尝譬之以狗,饱食粪秽,盘旋户外。伺有至者,不问淑慝⑯,瞋目怒牙,声气俱厉,将搏而噬之,然后为快于心。顾其悻悻,真若有守而不负其主者。傥有客焉,委骨于地,彼则摇尾而进,欣然就之,视曩昔⑰切齿之人便为恩地,亦岂暇顾其主乎?此大人、小人之辨,不可以不察也。晋语有之"人才相去,不啻九牛毛",盖叹其相绝如此。颜子于此,犯而不校,盖不足与校也。小子其志之。

注 释

①不校:不与计较。
②横逆:横暴。《孟子·离娄下》曰:"有人于此,其待我以横逆,则君子必自反也。"
③达尊:谓众所共尊。
④高闲:唐代高僧,精于书法。唐宣宗召对,赐紫衣。
⑤宪宗:唐宪宗李纯,唐朝第十一位皇帝。他崇尚佛道,为追求长生不老,大量服用金丹,结果性情越来越坏,后被宦官谋杀。

⑥韩信不与淮阴少年校胜负：韩信，淮阴人，西汉开国功臣，杰出的军事家。《史记·淮阴侯列传》载：淮阴屠中少年有侮信者，曰："若虽长大，好带刀剑，中情怯耳。"众辱之曰："信能死，刺我；不能死，出我袴下。"于是信孰视之，俯出袴下，蒲伏。一市人皆笑信，以为怯。忍辱一时的韩信，后成为西汉的大将军。

⑦扬雄：西汉官吏，著名辞赋家。汉成帝时，任给事黄门郎。王莽时，任大夫，校书天禄阁。

⑧董贤：西汉哀帝刘欣宠臣。初为郎官，后任驸马都尉侍中，侍奉汉哀帝左右，一月内得赏赐共一万万钱，其富贵震动朝廷。哀帝去世后不久，王莽借助太皇太后弹劾董贤，罢其大司马之职，当日董贤自杀。

⑨皇甫湜：唐代文学家。爱好喝酒，酒后常使酒性，得罪同僚。

⑩王叔文：唐代大臣，政治家。唐顺宗时，倡导税赋改革，主持永贞革新。唐宪宗即位，贬职，后被赐死。

⑪李忠臣：唐代中期藩镇将领，叛臣。安史之乱时，随官军平叛，屡立战功，累官至殿中监、陕西神策两军节度兵马使、陇西郡公。后出任淮西节度使，讨平周智光等叛乱，擢同中书门下平章事、西平郡王。大历年间，被部将李希烈驱逐，逃归京师。此后郁郁不得志，在建中四年(783)泾原兵变时拥立朱泚为帝。兴元年间，朱泚兵败，李忠臣被朝廷处死。

⑫朱泚：泚，音 cǐ。幽州昌平人，唐代中期将领，叛臣。朱泚原为幽州将领，效力于李怀仙、朱希彩，后被部下拥立为节度使，上任后改善幽州与中央政府的关系，先派朱滔领兵入关中参与防秋，又亲自到长安朝见，并留居长安。先后任陇右节度使、凤翔节度使等要职，加封中书令、太尉。建中四年(783)泾原兵变，朱泚被哗变的士兵拥立为帝，国号秦，年号应天；次年改国号为汉，年号天皇。不久，李晟收复长安，朱泚逃往泾州，因泾原节度使田希鉴闭门不纳，只得继续西逃。逃到彭原西城屯时，被部将韩旻等人杀死。

⑬李陵：西汉名将。善骑射，爱士卒，颇得美名。天汉二年(前99)，奉汉武帝之命出征匈奴，率五千步兵与八万匈奴战于浚稽山，最后因寡不敌众兵败投降。之后汉武帝误听信李陵替匈奴练兵的讹传，夷灭李陵三族，致使其彻底与汉朝断绝关系。其传奇经历的一生和充满国仇家恨的矛盾，成为后世文艺作品塑造的对象及原型。

⑭窃：在旧版《栟榈先生文集》中作"切"字，笔误也，应为"窃"字。

⑮蛇虺：虺，音 huǐ。泛指蛇类，代指凶残狠毒的人。

⑯淑慝：慝，音 tè。善良与邪恶。
⑰曩昔：曩，音 nǎng。往日，从前。

译文

孟子不跟蛮横的人计较曲直，而与齐宣王论众所共尊。韩愈不与高闲、文畅计较夷夏，而与唐宪宗谈论佛骨。韩信不跟淮阴少年计较胜负，而与项羽一争高低。蔺相如不跟廉颇比上下，而与秦王争割地。因为不着眼于小处，所以养成了他们的大度。

扬雄不肯屈节于董贤，却甘为王莽的臣下。柳宗元不肯低声下气于皇甫湜，却甘为王叔文的党羽。李忠臣赴君王之急，能驳斥观天象者之言，终不能拒朱泚之命，最后以叛臣被杀。李陵单枪匹马战于边疆，终不能说出一语上抗敌廷，辜负其君，成为异族之鬼。遇到小事窃取虚名，面临大节顾及生命，这些是小人的行为，大人怎会如此呢？

古时所指的大人，体均天地气通阴阳，在天地之中不躲避毒蛇，任阴阳寒暑变化不发怨言。仅仅依靠元气，运行斡旋于天地不可穷尽之间。天开地藏，春生秋死，又何必事事计较可否呢？如果是小人，就一切相反了。我曾经以狗做比喻，狗饱食大粪，盘旋户外。等到有人来，无论好坏，瞪大眼睛露出狗牙，大叫大嚷，好像就要扑上去咬人，然后于心大快。看它悻悻的样子，好像真是守土有责，不辜负主人一般。但若有人丢根骨头，它便摇尾而前，高兴地走来，把此前切齿敌人作为恩人，还有暇去顾及主人吗？这就是大人与小人的区别了，不可以不加区分。晋人说："人才相去，不像九牛一毛。"就是感叹他们的差别竟然大到如此地步。颜渊于此，犯而不计较，是不足与之计较。小子们，你们要记住啊。

青　词①

惟金贼息兵沙漠，将大寇攘。我方再造区夏，弗克念。帝乃拜臣左正言。臣用夙夜，栗栗危惧，曰："有宋宗社，几百有八十载，今日存亡,弗系于百职事,系于冢宰②暨二三议论之臣。臣罔有舟楫克济巨川,谨拜手稽首,告于皇天后土,请自戒者三。其一曰,罔以国事,用报我私德;其二曰,罔以国事,用攻我私怨;其三曰,罔以国事,用资我富贵服食。"既盟之后,二三其德,以惑我后之听,臣当孥戮③。臣既单厥心,而罔有嘉谋嘉猷可告于后,惟天佑之。

呜呼!惟天聪明,惟天念我太祖、太宗之德,弗忝尧舜文武;惟天嗟我九州赤子切切愿治,若岁大旱,傒霖雨;惟天察彼丑虏暴虐华夏,炽于虎狼禽兽。天用腼臣,俾事罔大小,臣咸知入告于后,后克从德政惟新,天下悦服。蛮夷寇贼弗干我边陲,万民奠居,邦其休哉!庶几臣小子,亦克遄归省厥母于北堂。若臣小子弗克有济,惟天斥之,俾投荒服。速登俊良,救民于水火,毋俾小臣以蠹我家邦。

注释

①青词:意为写给上天的奏章。
②冢宰:冢,音 zhǒng。大宰相。
③孥戮:诛及妻子、儿女。

译文

金人息兵沙漠,又将大肆入侵。我们刚再造华夏,还不能克服妄念。帝拜我为左正言。我日夜思考,战战兢兢,有必要对陛下说:"大宋天下,近一百八十年,今日存亡,不系于百官,而系于宰相及二三议臣。我没有舟楫克济巨川,谨跪拜叩头于皇天后土,请自戒者有三:一不以国事报私德,二不以国事攻私怨,三不以国事资助富贵服食。"盟誓之后,如果有违,迷惑皇帝,我罪当诛及妻儿。我殚精竭虑,没有好主意好办法告于皇帝,只有请上天保佑。

唉,只有上天聪明,只有上天念我太祖太宗之德,不愧于尧舜文武;只有上天感叹我九州赤子真心愿天下大治,好比大旱等待甘霖;只有上天知道凶恶的敌人暴虐华夏,赤焰猛于虎狼禽兽。天用小臣,无论大小之事,我都告之于皇帝,皇帝克从德政,天下悦服。蛮夷寇贼不要犯我边陲,万民安居,国家得以休养生息。我们臣子也立即归省奉母于北堂。如果我们不克有济，唯有让上天责备，投之于荒野之外。请快快赐我俊良，救民于水火之中吧，不要再让小人毒害我们的国家。

原　直①

　　世人尝谓"穷达自天"，余以为穷达自人，非天也。何则？伯夷饿，柳下惠黜②，孟轲不用于战国之末，韩愈不得安其身于朝廷之上，比干剖心③，子胥抉眼④，真卿、杲卿碎于贼手⑤，是为直必穷矣。子贡得驷马⑥，苏秦得六印⑦，宇文士及得安其职⑧，张禹得全其身，崔日用得学士⑨，宋之问得馆职⑩，杨再思得宰相⑪，是则为佞者必达矣。

　　夫为直者必穷，为佞者必达，自古及今，莫不皆然，夫岂天哉？虽然，人生世上不过数十寒暑，盛衰得失如蚁穴一梦耳。于此枉道丧节，以干妻孥之奉，一时沛然，自谓得志。殊不知，万世之下，使人闻其名而唾之，仅与禽兽比。若正直之士，虽当时身不丝、腹不粟，斥窜流离，真若可怜者。然所谓浩然之气，历千百年犹与日月争光。以此校彼，孰久孰近？故君子宁饿、宁黜、宁不用于世、宁不得安其身于朝廷之上，至于剖心、抉眼、碎于贼手，亦宁任之，惟直不可变耳。

　　余生踪迹几遍天下，求其不以穷达生死，少变其直者，虽间有之，要不可以多得也。建炎初，余谪归沙邑，有主簿虞君茂实讳某者相过。视其貌，温而谨；听其言，慎而信。退窃自幸曰："是必学者，非止为科举之士耳！"予以得罪至重，流落益久；君又安于小官，不能遽去。忽忽相从且三年矣，视君所为犹一日也。与人无亲疏贵贱，一切以诚心待之。闻人有善，欣然若己有得；及论朋友之过，虽面颜发赤弗顾也；其事官长，亦不能少变辞色作寸进计。顾虽斋庖索然，殆不能烟，青衫百结如霜后叶，其自处如得志。

　　呜呼！君真坐直而穷者，君真不以穷而变其直者。此余所以愿与交游之末，不敢以罪逐孤踪，自为君弃也。

　　孔子论三友，以友直为最；佛氏论四友，以华友、秤友为可鄙。盖华因时为盛衰,秤视物为低昂,此岂可与正直之友同日而语哉。君今别余而东矣,恐无规余失者。余于是黯然作恶,惜君之行也。作原直。

注 释

①原直:意为论正直者。原:推究。直:正直,直爽。

②柳下惠黜:春秋时期,柳下惠为鲁国掌管刑法的小官。因他生性耿直,不善逢迎,易得罪权贵,竟接连三次被黜免。于是有人对他说:"你何必一定要在鲁国做事呢?出国去吧!也许能获得更好的地位。"柳下惠回答说:"正直做人做事,不管在哪里都会遇到同样的结果。如果用歪曲的心思和手段来取得地位和荣耀,并不想真心为国家做事,那又何必离开自己的父母之国呢?"

③比干剖心:比干为商朝太师,忠心耿耿辅佐商王帝乙,后又辅佐帝辛(商纣王)。他从政四十多年,主张鼓励发展农牧业生产,提倡冶炼铸造,富国强兵。可是,纣王暴虐荒淫,横征暴敛,滥用重刑。比干以死谏言,表示忠心,结果被纣王剖视其心而死。

④子胥抉眼:春秋时期,伍子胥为楚国大夫。因楚平王杀其父奢及兄尚,子胥经宋、郑入吴,助阖闾夺取吴王位,整军经武。不久,吴国攻破楚国,掘楚平王之墓,鞭尸三百。吴王夫差时,子胥因力谏停止攻齐、拒绝越国求和,而渐被疏远。后来夫差赐剑命自杀,并以马皮做的筏子盛其尸浮于江上。相传伍子胥自杀前留下遗言,要求门客在他死后把他的双眼挖出挂在吴国都城的东门,他要目睹有朝一日越国人从这里进来灭吴。《庄子·盗跖》曰:"比干剖心,子胥抉眼,忠之祸也。"

⑤真卿、杲卿碎于贼手:指唐朝大臣颜真卿、颜杲卿均被叛贼杀害。

⑥子贡得驷马:典故"一言既出,驷马难追",出自《论语·颜渊》,子贡对棘子曰:"夫子之说君子也,驷不及舌。"

⑦苏秦得六印:苏秦,战国时期策士。六国间征战不休,苏秦穿梭游说,终于说动了六国国君,实行合纵攻秦。苏秦为纵约长,同时兼六国丞相,并佩六国相印,成为一时风云人物。攻秦联军车马喧声、旌旗飞扬,所经之国的王侯均以王侯之礼相待。但数年后,合纵失败,秦国得胜,苏秦死于齐国。

⑧宇文士及得安其职:宇文士及,唐朝宰相。原为隋朝驸马、隋左卫大

将军宇文述之子。后投奔唐高祖李渊，拜为上仪同，随唐太宗征战，升任中书侍郎，进封郢国公。唐太宗继位后，又拜中书令，以后历任凉州都督、蒲州刺史、右卫大将军、殿中监等官职。

⑨崔日用得学士：崔日用，唐朝官场的"泥鳅官员"。神龙元年（705），唐中宗即位，崔日用攀附宗楚客、武三思、武延秀等，得以骤迁兵部侍郎兼修文馆学士。中宗暴崩后，投靠临淄王李隆基，睿宗即位后升任宰相。睿宗禅让之后，即位的玄宗李隆基欲除掉势大的太平公主一党，遂召崔日用商议。崔日用便为玄宗制订了完整的政变计划，太平公主倒台后，其因功入朝任吏部尚书，之后又因事被外放为常州刺史。开元十年（722）卒于并州大都督府长史任上，时年五十岁。

⑩宋之问得馆职：宋之问，唐朝官员。唐高宗上元二年（675）进士，进入仕途。武则天时，以文才授宫廷侍臣，颇受恩宠。中宗时，转考功员外郎，与杜审言、薛稷等同为修文馆学士。后以受贿罪贬越州长史。

⑪杨再思得宰相：杨再思，唐朝官员。早年以明经及第，历任玄武县尉、天官员外郎、御史大夫等职，并在武则天、唐中宗年间两次担任宰相。初授同中书门下三品，后拜中书令、侍中，爵封郑国公。他极力迎合皇帝，从未举荐人才，毫无作为，但却官运亨通，在政治斗争中始终屹立不倒。景龙三年（709），杨再思升任尚书右仆射，是年六月病逝，追赠并州大都督，谥号恭。

译文

世人曾说困顿与显达是上天安排的，我则以为二者源自人，而不是天。为什么呢？伯夷挨饿，柳下惠被罢官，孟子不用于战国之末，韩愈不得安身于朝廷，比干被剖心，伍子胥被挖眼，颜真卿、颜杲卿被贼人碎尸，都是因为正直而困顿的。子贡得驷马，苏秦得六印，宇文士及得安其职，张禹得全其身，崔日用任学士，宋之问得馆职，杨再思任宰相，便是当佞臣的一定显达。

正直的人一定困顿，奸佞的人一定显达，从古到今，莫非如此。这难道只是因为上天吗？人生在世不过几十个冬夏，盛衰得失好比蚁穴一梦。在世枉道丧节，以求供养妻子、儿女，一时盛气凌人，自以为得意。竟然不知，万世之下，人们听到他的名字便吐口水骂他，这种人只能跟禽兽相比。如果是正直之士，虽然当时衣不蔽体、食不果腹，四处流浪,非常可怜,但是一身浩然正气,历千百年,仍与日月争光。此与前者比,谁长久谁短促?所以君子宁可挨饿被免职,宁可不用于世,宁可不得安身于朝廷,甚至于剖心挖眼,碎身于贼手也甘心,只有正直之心不变。

我一生踪迹几乎遍布天下,求其不以穷达生死,稍微改变一下正直之心之时,虽偶然有,却极少。建炎初年,我被贬回沙县,有主簿虞茂实和我相过从。看其面相,温和拘束;听其说话,慎重守信。他走后,我暗自庆幸,说:"这一定是个大学者,不仅仅是科举之士。"我因得罪皇上,流放了很久;他又安于小官,未能马上离开。就这样相处了三年,看他的所作所为从未改变。他对待人无亲疏贵贱,一律诚心相待。听到别人有好事发生,高兴得像是自己的一样;谈到朋友的过失,即使争得脸红了也不顾;侍奉长官,也不稍徼改变辞色以争取小功劳。所以虽然他的斋庖没有东西,没法开火,穿的衣服到处打补丁,他仍自处如得志之人。

唉,他真是正直而困顿的人,不以困顿而改变正直之心。这就是我之所以愿意与他交游的原因,而不因罪受驱逐而独处,不去与他交往。

孔子论三友,以友直为最好的朋友;佛家论四友,以华友和称友为可鄙。华友因时为盛衰,称友视物为高低,这怎么可以与正直之友同日而语呢?你现在离我东去,恐怕再也没有能规正我的过失的人了。我于是黯然伤神,与君惜别,写下《原直》这篇文章。

吊墨迹文

曾侯藏东坡墨迹十轴,端友①取其二,归而玩焉,殆忘寝饭。时有同学之友,见而骇之,曰:"异时之文,何可尚哉?"伺端友之出也,于是焚之。

今十余年矣,端友此恨尚填胸臆。栟榈邓肃志宏作文以吊焉。其词曰:

孟明之舟、田单之牛、楚王之象、晋帝之裘,施之于用,无或不周;一旦火之,若不当惜。盖事有大于此者,而又何足留哉?先生之书,顾岂此俦。一遇按剑,回禄是投。闻者奋起,欲追无由。此气愤然,徒吞九州。

　　嗟嗟先生,凛凛高风。道学卓然,一世独雄。文中之虎,人中之龙,我笔无舌,安能形容?独喜其书,天下之极。虞员欧方、颜筋柳骨,体虽纤余,精英不没。其或得之,如藏白璧。道既不行,四海驰驱。仇者疾之,毅欲扫除。书何预焉?亦复焚如。盖怒之所移,有及于水中之蟹;而恶之已盛,遂延厨下之胥也。

　　呜呼,惜哉!古人或屈于庭下,以干讼牒;或忍于斫棺,以求遗法;或见石鼓而长歌,欲以隶诸生之业。先生之书,不减若人;世间俗子,乃尔毁灭。岂书孟尝之券,冯欢持之以奔走;岂书筑乾之文,退之为之去取?必精妙之至,贯古无有,直与六经相为先后。李斯见之,又将以愚黔首②矣。

　　吾闻栾巴噀蜀③、郭宪噀齐④,刘昆降雨于江陵⑤、天使赦财于糜竺⑥。是皆夺之于煨烬之中,而传之于已骨之肉。先生之书,独不合焉?吾知天使之未贤,而三子亦碌碌焉者耳。

　　呜呼!书乎,今何之乎?红焰烈烈,其可追乎?将归于日月,助其光明乎?岂吐为长虹,以摅其不平乎?将激为飞电,以神其威灵乎?岂散为星斗,以显于天之文乎?其烟气蓬勃,上彻青冥,亦将化为卿云,以瑞天庭耶?亦将感而为膏雨,以泽生民耶?亦念彼郑卫之声纷焉杂出,将化为管中之灰,以正其音律耶?抑亦视彼狂澜混混之中,若灭若没,又从而哀之,乃积为女娲之石,以拯其陷溺者欤?虽然,是皆不足为先生道也。先生之誉虽走风雷,先生之心实若死灰,心且灰矣,书何有哉?宝之聊尔,焚之奚哀⑦!

注　释

①端友:彦成端友,详情待考。邓肃有诗《戏彦成端友》(卷之二)。
②黔首:古代称老百姓。

③栾巴噀蜀：栾巴，东汉成都人，精于道术。相传在一次朝廷大宴中，栾巴将皇帝赐的酒，喷洒向西南，朝廷要治他不敬之罪，他说："臣适见成都市上着火，故漱酒为雨救之，非敢不敬。"探问之，果然。后用为救火典故。

④郭宪噀齐：郭宪，东汉汝南人。光武帝即位，求天下有道之人，乃征宪拜博士。建武七年（31），为光禄勋。从驾南郊，郭宪在侧，忽回向东北，含酒三噀。执法者奏为不敬。诏问其故。宪对曰："齐国失火，故以此厌之。"后齐果上火灾，与驾南郊同日。

⑤刘昆降雨于江陵：刘昆，陈留东昏人，梁王刘音之子。光武帝时，刘昆为江陵令。该县连年火灾，昆辄向火叩头，多能降雨止风。诏问："反风灭火，虎北渡河，何以致此？"昆曰："偶然。"帝曰："此长者之言也。"旧版《栟榈先生文集》作"崐"，应更正为"刘昆"。

⑥天使赦财于糜竺：东汉末年富商糜竺，为刘备属臣。据《搜神记》记载，糜竺从洛阳回家，路旁看到有位美妇向他请求搭车。二人同行二十多里后，妇人道谢告辞，对糜竺说："我是天帝的使者，要去烧东海糜竺家。因为感谢你让我搭车，所以告诉你。"糜竺于是私下向她求情。妇人说："不能不烧。但既然是你家，你可以赶快回去，我会慢慢走。等到正午时一定起火。"糜竺于是急驰回家，把财物都搬出来。到了正午，火果然就猛烈地烧了起来。

⑦宝之聊尔，焚之奚哀：珍爱它，也不过如此；烧了它，也不值得悲哀。

译文

曾先生保存了苏东坡墨迹十轴，彦成端友取来二轴，回家把玩，几乎是看得废寝忘食。当时有同学之友，看到之后害怕极了，说："不合时宜的文字，怎么可以崇尚欣赏呢？"等到端友出去的时候，同学之友就将它烧了。

此事过去十几年了，端友的气愤依然填满胸襟。栟榈先生邓肃作文吊唁曰：

孟明的船儿，田单的牛，楚王的大象，晋帝的貂裘，施之于用，无或不周；一旦烧毁，不为可惜。事大于此，何必要留。东坡书法，非此可比。一遇按剑，投入火中。听者奋起，无法追回。因此气愤，可吞九州。

哎呀,先生凛凛高风。道学卓然,一世独雄。文中之虎,人中之龙,我笔无舌,怎能形容?爱其书法,天下极品。虞世南的圆润,欧阳询的方正,颜真卿的筋,柳公权的骨,字体粗壮,精英不没。得到的人,就像珍藏玉璧一样爱护。道既不行,四海驰驱。仇者恨之,意欲根除。与书何干?却也焚烧。怒之所向,及于水中之蟹;恶之已盛,延至厨下之骨。

唉,真可惜呀!古人或屈于庭下,对簿公堂;或忍于开棺,以求其书;或见《石鼓》而长歌,欲以教习诸生。东坡之书,与其为人相应;世间俗子,竟然将之烧毁。若写的是孟尝君的借据,冯欢也要奔走以获之;若写的是筑乾之文,韩愈也要为之去取。一定是因为太精妙了,自古未有,跟六经一样不相上下。李斯看到了,又将焚毁以愚民了。

我曾听说,汉顺帝时栾巴喷水于蜀,汉光武帝时郭宪喷水于齐,刘昆降雨于江陵,天使赦财于糜竺。这些都是从火灾中抢救东西,而传之于后世的。东坡的书法,难道独独与之不合吗?我知天使并非贤能,栾巴、郭宪、刘昆三人也只是平庸之士。

唉,东坡之书如今怎样了?红焰烈烈,可以找回你吗?你要归于日月,帮助其放光明吗?要吐作长虹,表示不平吗?要化作闪电,增加其威灵吗?要散为星斗,显示天之美丽吗?你烟气蓬勃,上彻青天,也将化为青云,以祥瑞天庭吗?亦将感化为大雨,泽被生民吗?你念郑卫之声纷然而出,将化为管中之灰,以正其音律吗?或者看人世于狂澜之中,若灭若没,从而哀之,又积为女娲之石,以拯救沉溺其中之人吗?即使如此,都不足为先生道来。先生之誉虽走风雷,先生之心实如死灰,心已成灰,书何有哉?墨宝值得谈论,珍爱它,也不过如此;烧了它,也不值得悲哀。

诫 子

"一日之计在寅,一年之计在春,一身之计在少。"此陈了斋①之言也。"木之就规矩,在梓匠轮舆;人之能为人,由腹有诗书。"此韩昌黎之言也。"大丈夫不时时以古今浇沃胸中,览镜则面目可憎,对人则语言无味。"此黄山谷之言也。

余长子普②,偶请余书。余曰:"师节义于陈,学古文于韩,而习句法于黄,当于妙年。先味此三语。"勉之。

注释

①陈了斋:陈瓘,字莹中,号了斋,沙县城西劝忠坊人。元丰二年(1079)探花,善书法,累官至左司谏,以直谏闻名。因受到蔡京等人迫害,被贬通州。宣和六年(1124)病逝于楚州。靖康元年(1126),追封为谏议大夫,并在县学中建祠奉祭。

②长子普:邓普,邓肃的长子,生卒不详。

译文

"一天的打算在寅时,一年的打算在春季,一生的打算在少年。"这是陈了斋的话。"木头就于圆规直尺,在于木匠和轮舆;人之能成为人才,在于肚子里有学问。"这是韩愈的话。"大丈夫不时时以古今知识丰富自己,照镜子则面目可憎,对人说话则语言无味。"这是黄庭坚的话。

长子邓普请我题词。我说:"向陈瓘学习节义,向韩愈学习古文,向黄庭坚学习书法,应当于妙年开始。先体味这三句话吧。"以此勉励他。

卷之十四 书

栟榈先生文集释义

上龟山先生杨博士①

乡佟邓某谨裁书上提宫博士先生阁下：

嗟乎！世人学者急于爵禄之奉，缀缉腐语以追时好。凡不可以取青紫者，无复给视，穷年兀兀②，老死章句，识者悲之。至于卓荦瑰奇之士，未始数数于此者，则必箕踞高吟，游心景物，收拾天地精英，以实锦囊，直鄙时辈为嘈嘈蝇蜗，若不可与之言者。殆不知画饼象龙，均于无用，又乌可以五十步笑百步哉？

幸而有知，读圣人之书，而求其所以言者，不得于经，则必求于世儒之说。即世儒之说而求之，其亲见异闻，往往出人意表，恍惚变化，不可捕捉。凡所言者，皆人之所不可言；凡所行者，皆人之所不可行。悉心竭力，莫知所归，则又将去而之佛老矣。

呜呼！道之不明，真学者之不幸也。某于众人不幸之中，若天与之幸者。得游于令婿知默之门，虽驽钝③之质，不能窥测其涯涘④，然窃尝闻之，知默之言得于先生。先生之学，非有瑰伟俶诡之论，乔诘卓鸷之节，以耸世俗之观听，独于行止疾徐，而知尧舜之道。于不为已甚，而得孔子之心。其所言者，人皆可言也；其所行者，人皆可行也。某之心，于是知所向；某之力，于是知可以勉矣。盖亦尝因其所可言者，以思其所未能言；因其所可行者，以思其所未能行。时见先生卓然不可企及，向风之勤，愿识之志，往往参前倚衡⑤，如或见之。

今先生去而家于毗陵⑥，徘徊乡郡，某适在此，幸可以瞻拜履舄⑦。此某所以辄布区区之诚，仰干将命。初不知其才之可进与否也？昔仪封人将见孔子，曰："君子之至于斯也，吾未尝不得见也。"古之人，其乐见君子也如此。然仪封人之贤否虽不可知，而其姓字且不见于《论语》，则亦必无大过人者。某虽不肖，不足以望君子之尘，至其乐见君子之心，于仪封人，若无甚愧。不识先生肯与之一见否？

干冒威严，皇惧之至。

214

注释

①此书信写于政和元年（1111），邓肃时年二十一岁。龟山先生，指杨时，将乐人，字中立，号龟山。他师承北方的程颢、程颐"二程"理学，开创了闽学流派，成为闽学的鼻祖，为"闽学四贤"之一。

②穷年兀兀：一年到头勤劳不懈。韩愈《进学解》："焚膏油以继晷，恒兀兀以穷年。"

③驽钝：音 nú dùn。指头脑迟钝，缺乏想象力。

④涘涘：涘，音 sì。水边，边际。引申为尽头、穷尽。《庄子·秋水》："今尔出于涘涘，观于大海。"

⑤参前倚衡：言行讲究忠信笃敬，站着就仿佛看见"忠信笃敬"四字展现于眼前，乘车就好像看见这几个字在车辕的横木上。泛指一举一动，一切场合。

⑥毗陵：毗，音 pí。今常州的古代地名。

⑦瞻拜履舄：履舄，音 lǚ xì，鞋子。意指徒步登门拜访。

译文

乡侄邓肃谨写信呈提宫博士先生阁下：

唉，世上学者急于求取功名，汇集陈词滥调，以追时髦。凡不可取得官职的事，皆不再关注，一年到头用心劳苦，老死于章句，有识之士同情他们。至于卓越之人，从来不会拼命追求功名，一定随意而坐，高声吟诵，流连景物，拾取天地精华，充实文字，鄙视时辈为嘈杂蚊虫，好像不值一语。不知道画饼象龙，均为无用，又怎可五十步笑百步呢？

幸而有识之士，读圣人之书而求其所以言，于经书中得不到答案，必求于世儒之说。就世儒之说而求之，看到不一样的见解，往往出人意表，恍惚变化，不可捕捉。他们说的见解，都是一般人说不出的。他们做的事情，也都是一般人做不到的。虽尽心尽力，但莫知所归，则又将去往佛老中寻找。

唉，道义的不明，真是学者的不幸。于众人的不幸之中，我算是老天爷给了大幸。我得游于令婿陈知默之门，虽天生愚笨，不能了解道的全部，然而知道知默公的话得之于您。您的学问，没有奇特怪异之论、孤傲不平之节，以取世人观听，而是独于行止快慢，而知尧舜之道。您不苛责别人,而得孔子之心。您所言的,人皆可言;您所行的,人皆可行。我的心于是有了方向,我的力于是有了勉励之处。我也曾经就其中谈到的,思考其所尚未言尽的;就其所可行的,深思其所未能施行的。当时见到先生,卓然不可企及。向风之勤,愿识之志,参前倚衡,就像亲见。

如今先生在毗陵安家,徘徊乡郡,我正好在此,有幸可以步行前往拜见。因此我袒露小小的诚意,向您写信。也不知我这样的人可以见到您吗?从前仪封人要去见孔子,说:"君子到此地,我未尝不能去见他。"古代的人,乐见君子到如此地步。仪封人是否贤良虽不可知,但他的名字不见于《论语》,那么应当没有特别过人之处。我虽不贤,不足以望先生之尘,但乐见君子之心,跟仪封人比,并不觉得惭愧。不知先生可否跟我一见?

冒犯威严,惶惧之至。

上刘延康①

某月某日,南剑州上舍贡士邓某,谨斋戒沐浴,裁书东拜,寓献判府经略大学相府先生钧席:

某尝读颜真卿、杲卿及张巡②、许远③四公列传,见其为唐社稷奋身不顾,守节死义,名高日月,未尝不拊髀④而叹曰:"嘻!天地英杰之气,勃郁未吐,不知几千百年,乃钟若人,以为万世标准,是岂可多得哉?"故天下之人有胁肩谄笑,能容悦者,亦不敢借此数公以诶。今之君子,虽好大喜功,不计能否,欲追配古人者,闻此数公,亦必竦然起、惕然惧、歉然而不敢当也。呜呼!是果不敢当乎,抑有待而后传乎?天地英杰之气,亦安知其不再吐耶?

今年睦歙寇⑤啸山谷,奋臂疾呼,而群小附之,攻城围邑,江浙骚然。官吏狼顾,丧魂沮魄,弃城而遁者不可胜数。会稽大府⑥,又贼所必争之地,奔命来寇,动以千计。中外闻之,莫不为之股栗也。而判府大学,报国赤心可动天地,驱兵力战,卒保城池,使贼众累然,卯破草折。是可谓"障百川而东之,回狂澜于既倒"者也。其视大唐四公,又不知孰为优劣哉!

虽然,平原日窘,真卿弃之;常山力竭,杲卿死之;睢阳之救不至,张巡、许远亦连颈就戮。夫真卿之去,虽出于不得已,要非功成而名遂者;三公死节,虽人所难,然身可死也。其于民社之寄,无乃误所委乎?故以功烈论之,则四公犹有所愧。独于先生,一无疵焉。盖节义等于四公,而勋又远也。

呜呼,至矣!其不可企及哉。此非特某之私言也,乃天下之公论,亦非特天下之公论也。顾虽如先生谦冲退托,亦不能自谓其不然也。以今之人,慕彼四公,且勤勤若此,又不知后世之人,企望先生盛德,复何如哉?

某虽无似,其生得与先生同时,且家于闽中,而喜于从学,又获与令弟为齑盐之友。家于闽中,是邻先生之居也;喜于从学,是习先生之业也;获与令弟为友,是其姓字可以达于左右者也。其天幸如此,顾虽家有老母,不能远去扫门执鞭,以快平生之愿,而挥毫染翰,写此精诚,亦安得独后于众人乎?虽然亦僭矣,以一介贱士,而千万世之功臣,贵贱贤否,不啻霄壤。其率尔之罪,固亦不胜诛,亦何恃而敢为哉?

盖先生既立已然之功,必建未然之策。虽奇谋妙算已定胸中,而刍荛⑦之言或有可采者。此某所以愿有献也。某无他能,颇解通古今。囊闻盗贼之兴,某切私念,既治其已盛,又欲阻其方来,故仰求缙绅先生之论,俯采匹夫匹妇之言,考诸古而不违,质诸今而可用,研精极虑得十策焉。欲进九重,恨无因也。效死有志,穷鳞可惜。谨写之别卷,以干台视。伏幸先生留顷刻之暇,聊赐一观,或无甚谬,有可用者。惟先生委曲而审处之,非某敢自择也。

昔者,有为浙东观察使者,张籍相距于五千里外,辄以书寓达,而不以僭易⑧为嫌。得非学者所为,大人君子,当有以恕之乎?又况籍盲于目,既为废人矣;且不能遣语,而托韩愈代之。又其所以区区自叙者,亦不过求钱财以济医药耳,是皆无足取也。

某虽晚进,不足比数于人,然论才与志,则非籍比。倘使今日得出甄陶之下,而不与草木同腐,则竭力自效,亦必不至为门下辱也。

区区毫楮,岂能既此心哉?干冒钧重,不胜惶恐,战栗之至。

注释

①此书信应写于宣和三年(1121)。刘延康,即刘韐,建州崇安人。宣和二年(1120),刘韐以大夫充徽猷阁待制知越州,在长子刘子羽的辅助下,曾抵御方腊起义军,守城有功。曾授延康殿学士。

②张巡:蒲州河东人,唐代中期名臣。唐玄宗开元末年中进士,历任太子通事舍人、清河县令、真源县令。安史之乱时,起兵守雍丘,抵抗叛军。至德二年(757),安禄山死后,其子安庆绪派兵十三万南侵江淮,张巡与许远等数千人死守睢阳,前后交战四百余次,斩敌将数百名,杀叛军十二万,有效阻遏了叛军南犯之势,终因粮草耗尽,城陷被杀。后诏赠扬州大都督、邓国公,立庙祭祀。

③许远:杭州新城人,唐代中期名臣。开元末年进士,曾入剑南节度使府为从事。安史之乱后,唐玄宗召其为睢阳太守。死后诏赠荆州大都督,敕建双忠庙于睢阳,岁时致祭。

④拊髀:以手拍腿。表示激动、赞赏等心情。

⑤睦歙寇:歙,音 shè。指睦州(今浙江淳安县)和歙州(今安徽歙县)盗匪。

⑥会稽大府:指越州(今浙江绍兴),古称会稽。相传禹大会诸侯于此,故名会稽(会集之意)。春秋时为越国都城。

⑦刍荛:浅陋的见解。谦辞。

⑧僭易:犹言冒昧、轻慢。谦辞。

译文

某月某日,南剑州上舍贡士邓肃,斋戒沐浴,裁书东拜,寓献判府经略大学相府先生:

我曾读过颜真卿、颜杲卿及张巡、许远四公列传,了解他们为了唐朝天下,奋不顾身、守节死义、名高日月,未尝不拍腿而叹:"哈,天地英杰之气,勃郁未吐,不知千百年后,人们依然钟爱他们,以为万世楷模,怎可多得啊!"所以天下胁肩谄笑、曲意逢迎的人,也不敢借这几位先贤以阿谀奉承。今之君子，即使好大喜功，不计贤能与否，欲追配古人，听到这几位的名字，也一定竦然而起，惕然而惧，谦然而不敢当。唉，是真的不敢当，还是有待后人来说？天地英杰之气，怎知它就不会再次吐出呢？

今年睦、歙二州盗匪作乱，呼啸山谷，奋臂疾呼，群小响应，攻城围县，江浙骚动。官吏狼狈自顾，丧魂落魄，弃城而逃的不可胜数。会稽是大府，又是他们的必争之地，奔命来侵占的贼寇动以千计。中外闻之，无不害怕。而您的报国之心可动天地，驱兵力战，终于保住城池，使敌人不断遭受打击。真是"障百川而东之，回狂澜于既倒"，比之大唐四公，不知谁的功劳更大啊！

平原日益窘迫，颜真卿失守。常山竭尽全力，颜杲卿战死。睢阳救兵未到，张巡和许远都被杀死。颜真卿退兵出于不得已，否则功成名就；另三公死于节义，虽为人难以做到的，但仍英勇赴死。他们于民众寄托，仍然是有所误。因此以功劳而论，四人都有些遗憾。只有您，一点遗憾也没有。就节义而言，您与四公等同，功劳又超过四公。

呀，您功劳到顶，不可企及了。这不是我个人的意见，而是天下公论，但也不仅是天下公论。因此虽然先生谦让推托，也不能自称不是这样。今之人，敬慕前四公，且勤勤如此，不知后世之人企望先生盛德，又是如何呢？

我虽无法像您一样，但跟您生长在同一时代，而且家在闽中，喜于从学，与令弟为挚友。家在闽中，是您的近邻；喜于从学，是学习您的学问；又与令弟为友，是他将我的姓名告诉您。老天如此眷顾，虽家有老母，不能远去为您服务，以快平生之愿，但挥毫作文，表达忠诚，怎会落后于众人呢？虽然这也是僭越，我以一介贱士，写信给千万世之功臣，贵贱之差别，真是天地之别。我轻率之罪固不胜诛，又何倚仗而敢为？

先生既已立下如此大功，必建未然之策。虽奇谋妙算已定胸中，而刍荛之言或许也可采纳，所以我愿献言。我没有别的能力，只了解一些历史。从前听到盗贼之乱，十分关注，既想防止他们蔓延，又想阻止他们来犯，所以上求缙绅之论，下采百姓之言，考察古人相符者，以及放到今天而可用者，精心思考，总结出十点意见。想呈送皇上，只恨没有机会。有效死之心,却难摆脱困境。只好小心地写于别卷,以呈请您审阅。希望您抽空看一眼,也许没什么错误,甚至有可用之处。委屈您审阅,而非我胆敢叫您这样做。

从前,张籍写信给相距五千里外的浙东观察使李翱,不以越位为嫌。这非学者所为,但大人君子应当有宽容之心吧?何况张籍视力极差,几乎看不见,还不会写信,托韩愈代笔。其所以区区自述,也不过求钱财以买医药,这些都不足取。

我虽晚辈,不足与人相提并论,然而论能力与志向,则不是张籍可比的。倘若今天得出瓦器之下,不与草木一同腐烂,必会尽力自效,也一定不成为门下之辱。

区区几笔,怎能完述此心?冒犯大人,不胜惶恐战栗之至。

代人上县令①

(时年十五)

某闻士人趋走王公大人之门,有为名者,有为利者,有不为名利者。为名之士,朝夕汲汲,兀坐冥搜,一篇之出,唯恐人之不已知也;为利之士,诉穷叙德,缄封求谒,号寒啼饥,若不能朝暮者;有不为名利者,其患难之人乎!某也无状,盖将患难之事,仰首一鸣,以期左右之见念矣。

某囊如垂磬,地无置锥,家父执役于公,以给伏腊。而某不免寄食于村落,与十数学生相聚,少资束脯,以申反哺之恩。驱驰近岁,昨日方还。双亲欣然,遂宽倚门之望,杀鸡为黍,各相劳苦。父轻醉,且遽然而起曰:"公有事焉,不可缓也。"遽到公庭,雁鹜以进,反以酒故,遂陷囹圄②。

呜呼,痛哉!一岁之勤将成一日之欢,又岂知一日之欢反作一家之祸乎?幸望先生察其终始之情,原其平生之迹。若果酗酒无赖、舞文犯法者,先生罪之,某复何言哉!但痛心疾首而已矣。若岁暮冬寒,父子忽然相睹,闺门之内把酒相劳,则其情可恕。某今日伏拜庭下,幸先生垂骨肉之恩。故虽殒灭,亦不足为先生报也。

忧惧之深,言不成章,俟罪而已。

注释

①此状写于崇宁四年(1105),邓肃时年十五岁。
②身陷囹圄:被关进监牢。

译文

我听说,士人趋走于王公大人之门,有为名的,有为利的,也有不为名利的。为名的早晚忙碌,整天枯坐写文章,一旦文章写好了,唯恐人家不知道。为利的则拼命表白自己,请求拜见上司,大声呼叫,好像巴不得从早叫到晚。不为名利的,那就是处在患难之中人吧。在下无状,只为一件患难之事,仰首一鸣,希望左右见谅。

本人口袋没有一文钱,地无一锥,父亲在公堂当差,供养一家。我不免寄食于村落,聚有十几个学生,稍微收点钱,以报答父母。在外忙活了近一年,昨天才回到家。父母很高兴,想念了好久才见面,于是杀鸡割肉,慰劳我一下。父亲喝了酒,有点醉意,突然站起说:"公家有事,不能再待了。"他很快到了衙门,排成行而进,结果反而因为喝了酒,被关押起来。

唉,真是痛心极了。一年的劳作化作一天的高兴,怎知这天的高兴反而成为一家人的祸患呢?希望您了解此事的来龙去脉,还原其平生之形迹。如果真是酗酒无赖、舞文弄法者,您治罪于他,我敢说什么呢?只能痛心疾首而已。如果是年末天冷,父子忽然相见,屋内把酒慰劳,情有可原。我今天伏拜庭下,望您垂怜骨肉之恩。即使死了,也不足为报。

忧惧之深,言不成章,待罪而已。

与胡左司

某顿首再拜,丞公左司老兄:

某平日议论,动于时左。脱身风波,棘荆满路。流落海邦,不敢齿一时缙绅之列。比者邂逅人杰,从游许时。每闻劲论,浩然欲塞天宇。下视异类,誓不比肩。然后知吾道犹行于士大夫之贤者,使抑郁亡聊之气,亦可以少慰其万一也。

自左右持节西归,峻迁宰属,念欲上状以致区区。且以谓左右学问渊源,盖有所自,而议论英发出人数等,勤劳最久,尚居庶官之右,此又何足以为左右庆乎?虽然社稷安危之所托,四海生灵休戚之所系,一时贤不肖之所以进退,实在乎庙堂诸公耳。今与庙堂诸公反复议论,能可否乎?其间者,二三都司而已。然则左右新除,顾不亦重乎?若吏抱成案则占位惟谨,谩不省何事,此固无可言者。若以平日爱主忧民之心,施于仕宦可行之地,而从容乎二三知己之前,此亦可惜而不尽言乎?倘使吾言行于庙堂之上,而泽及乎九州之远,则吾道固已行矣,又何必身到庙堂,然后为道行哉?

然庙堂之论,其来旧矣。熙丰间,如司马温公①与王荆公②之所争者,曰"是"与"非";崇宁间,陈了翁③与蔡长沙④之所争者,曰"治"与"乱";靖康间,李丞相⑤与耿门下⑥之所争者,又不特"是非、治乱、安危"而已,其存亡所系乎。

夫以二百年社稷存亡之机,止在今日议论间,闻之令人食不下咽。则庙堂之所以赞人主,与夫左右之所以助庙堂者,亦岂可尝试为之,以苟岁月耶?此事非公不可责,非某不敢以责。公亦幸秘之,毋示他人也。《经》曰:"有言不信,尚口乃穷。"此道固穷于时矣,岂穷于吾人哉!

惟丞公察之。溽暑,伏惟台候,动止万福,更乞加爱,以膺三接。谨具启,不宣。

注释

①司马温公：司马光，陕州夏县人。北宋著名政治家，史学家，散文家。司马光逝世，太皇太后闻讯后，与宋哲宗亲自去吊唁，追赠太师、温国公，谥文正。

②王荆公：王安石。任宰相时，封荆国公，故后人亦称王荆公。

③陈了翁：陈瓘，号了斋，故称陈了翁。北宋大臣，谥忠肃。

④蔡长沙：蔡京。被贬岭南，途中死于湖南长沙，故后人亦称蔡长沙。

⑤李丞相：指李纲。

⑥耿门下：耿南仲。宋钦宗时，任门下侍郎，故后人亦称耿门下。

译文

我叩首再拜，丞公左司老兄：

我平日议论，与潮流相背。脱身风波，荆棘满路。流落海滨，一时不敢与缙绅同列。近来偶遇人杰，从游多时。每每听到刚直的议论，浩然之气充满天空。俯视异类，誓不与之比肩。然后知吾道仍通行于士大夫中的贤者，使抑郁无聊的内心也可以稍微得到一些安慰。

自从您奉命回朝，跋涉到家，我就想要给您写信，说些心里话。因为您学问渊博，议论高深，出人头地，长期勤奋，仅居小官之上，这又何足为人所庆贺呢？虽然社稷安危之所托，四海生灵休戚之所系，一时贤与不肖之所以进退，实在乎朝廷诸位。如今还可以与朝廷大臣反复议论吗？其中的人，二三都司而已。然而，左右新任官员不是也很重要吗？如果他们只是抱着卷宗占位，小心谨慎，欺瞒蒙蔽，不去了解任何事情，与这些人固然无话可说。如果以平日爱主忧民之心，施于仕宦可行之地，而从容处于二三知己之前，难道还不能尽言吗？假使我的话行于朝廷之上，而泽及九州之远，那么，吾道固然可行，又何必亲到朝廷，然后为道而行呢？

然而，朝廷上的争论，早已有之。熙丰年间，如司马光与王安石所争之是与非；崇宁年间，陈瓘与蔡京所争之治与乱；靖康年间，李纲与耿南仲门下所争，又不单是非、治乱、安危而已，而是生死存亡相关的事了。

二百年社稷生死存亡，只在今日议论间。听到这些，令人吃不下

223

东西。那么,满朝官员之所以称赞皇上,左右之所以襄助朝廷,难道只是试着做做,苟且岁月而已吗?这件事非您不可责行,非我则不敢以此要求您责行。请您收好信件,毋示他人。《易经》说:"有言不信,尚口乃穷。"这个道理困顿于时代,怎么能困顿于我们呢?

请您察看此信。天气潮湿闷热,伏惟台候,专此呈上,顺致敬意,保重身体,成就大业。谨具启,不宣。

与李状元工部[①]

某顿首再拜,顺之工部状元老兄:

自罗源[②]人去,匆匆具状,并以恶语呈浼[③],想无不达者。即日溽暑,伏惟台候,动止万福。

某客此余年,巢南之念,无食顷置。但以乡里残破之后,斗米千钱,鸡豚蔬笋,一切无有。疫疠[④]大作,死亡相枕。遂不能即去,且复烦止耳。但不知仰俯三百,指意将焉归乎?"水到渠成"之语,东坡其欺我哉!虽然,穷中之味,非吾辈不能堪;非处之久,不能知其味之永也!

顷在都城,陷身虏帐,幸而脱归,又落风波之地。列士枭首,时无可免。赖圣主赦于必死,遂获南归,方安献亩[⑤],为终焉计。又为寇盗所迫,来客海嵎[⑥]。今虽困卧流离,岂不愈于前日九死之地乎?以此亦能日安,幸老兄毋重为小人念也。

老兄湖南之行,竟可免否?兰省亦岂能久留老兄耶?官无大小,要行其志。志不可行,则袖手旁观。一时士君子进退出处之节,弥纶[⑦]献替之道与。夫谈笑议论之余,其善者固可师,而不然者亦可戒。此杖藜观物化,亦以观我生之义也,岂不愈于纸上之学乎?顺之学富识高,追配古人,固无事此。然舍此亦无以寓吾志也。盖所谓优哉游哉,聊以卒岁耳。

丞公数相过否,辄以数字浼之,议论狂直,殊愧犯分。然吾徒所以相好,政在阿堵之中。知我罪我,俱在春秋乎。贯道早晚如闽中,想遂相从；子安⑧失意，将不安此。德和将罢，新任文明亦以替去。

回首前日凤池⑨之游，岂非梦耶？然人生孰非梦？聚散无常，即生灭法。于此思之，则生灭俱灭，又何足计乎？欲言无穷，恨不能多幅。何日握手一笑，以写此心？临纸东瞻，精爽俱逸，更冀惠序加爱，以寿君亲。

注释

①此书信写于绍兴二年（1132）四月，邓肃避难在福唐患病期间。
②罗源：今罗源县，古属建州。
③浼：古同"浼"。恳托。
④疫疠：瘟疫。
⑤畎亩：田地，田野。
⑥海隅：海边，海角。
⑦弥纶：经纬，治理；综括、贯通。
⑧子安：传说中的仙人。
⑨凤池：凤池山，位于闽县（今福州）鼓山北侧，其上有池，冬夏不涸。北宋时期，元绛、温益曾经先后做福州太守，都喜游凤池山。后来，他们都擢为相。凤池之事，遂传为祥瑞先兆。

译文

我顿首再拜，李顺之工部状元老兄：

自从罗源离去，匆匆说明情况后，并以数语相恳托，想必十分明白。近日潮热，要多保重，特此呈上，顺致敬意。

我客居此地多年，无时无刻不想念故乡。但乡里残破之后，斗米千钱，鸡鱼蔬笋，一无所有。疫情大作，死者相枕。于是不能马上离去，只好再继续烦闷。但不知日复一日，何时能回家乡？水到渠成之类的话，是苏东坡哄我的呀！穷中之味，不是我们不能忍受；没有长久地处于其中，就不能知其味的永久啊。

过去在京城，陷身敌营，幸而逃脱，又落入风波之地。烈士被砍头，时无可免。赖圣上赦免一死，得以南归，方安于田野，为终生打算。又为寇盗所迫，寄居海滨。今虽困卧流离，难道不好于过去处于九死一生之境地吗？以此也能安心，希望您不要挂念。

您的湖南之行可以不去吗？兰台省之位怎么能久留老兄呢？官无论大小，都要行其志。若志不可行，就袖手旁观。一时士君子进退出处之节，弥纶献替之道。在谈笑议论之余，好的固然可以学习，不好的也可以戒除。拄着手杖看世事变化，也是看人生之义，难道不超过纸上的学习吗？您学富识高，追配古人，所以不用管这些。然而，舍此便无以寄托我的志向。所谓优哉游哉，聊以度过岁月。

您与我会面交流过几次，我就以寥寥数语相恳托，议论狂直，殊愧僭越。然而，我们之所以要好，关键正在其中。知我罪我，都在《春秋》之中。至理早晚会到闽中，欲相跟随；仙人失意，将不安此。若失去德与和，那么新的文明也会衰败。

回首前日在闽县凤池山之游，难道不是梦吗？但人生不就是一场梦么？聚散无常，即生即灭。于此思之，则生灭俱灭，又何必计较呢？想说的话很多，恨不能多写些。何日能握手一笑，以表此心？写这封信时，向东望去，精神焕发，心情舒畅，更希望您抬爱写个序，以飨亲朋好友。

答黄德美①

某顿首：

某罪逐屏居，精爽梦梦。忽接来教，词义灼然，固已惊畏，徐阅二章，浩然有御风骑气之兴。不觉掩卷而起曰："天其或者遣此英材，以慰我亡聊乎？"

士人中固有高才者，但笔力无来处，流为马异②李赤③，而恬不知怪，刻舟胶柱，泰然自以为得意。此有志于文墨者，所以为其太息也。德美句法抑按，已逼苏、黄④。此天下士也，岂易得哉！

然子路终身之所诵者，孔子以为何足以臧。盖待子路非众人之比耳。德美浮沉里巷间，能不作富贵之念乎？能不恤世眼之青白乎？能不畏祸患死生之逼人乎？

226

某闻志在一邦者,当恤一邦之毁誉;志在天下者,弗恤也。志在天下者,当顾天下之重轻;志在万世者,不顾也。德美来书,尚介于一邦,此非仆所知也。孟轲之文,雄于战国;韩愈之文,妙于李唐。惟能不介其小者,故能若是其大也。苏、黄之文,几于比肩,及其绝尘,黄且瞠若,岂笔力之罪耶?

然东坡谪居海外,若不复振者,而刚大之气,常充塞乎天地之间。山谷少不得意,则作小偈以赞。王介甫间于东坡微有讥焉,则生死富贵已慑其气尔。所以为山谷者,果安在哉?吾党均学苏、黄者也,中有泾渭,不敢独享,因书以告君子。无以示外,使不知我者而怒生瘿也。

某近有数篇,在谪籍不敢寄远。有新作无吝见示,未会切告。为器业自寿,不宣。

注释

①黄德美:邓肃挚友。
②马异:唐代诗人,河南人,贞元、元和年间在世,与皇甫湜等交游。
③李赤:唐代诗人,代表作《天山门》。
④苏、黄:苏东坡、黄庭坚。

译文

我顿首再拜:

我因获罪被逐回乡,精神不佳。忽接来信,词义热情奔放,本已又惊又喜,细细阅读两章后,浩然有御风骑气之兴。不觉掩卷而起,说:"难道是上天派此英才,来抚慰我的无聊吗?"

士人之中固有高才的人,但笔力无来处,沦落为马异与李赤,恬不知怪,刻舟胶柱,泰然自以为得意。因此有志于文墨者为他们叹息。您的句法抑扬顿挫,已经接近苏东坡、黄庭坚。他们是闻名天下的大文学家,这难道容易做到吗?

然而,子路终身所诵的道理,孔子却以为不足以赞扬,但子路也不是常人可比的。您沉浮于里巷间,能不做富贵之念吗?能不顾世人眼睛的青白吗?能不怕祸患死生的逼迫吗?

我听说，志在一邦的，应当关注一邦的毁誉，而志在天下的人不顾此。志在天下的人应当顾天下的轻重，而志在万世的人又不顾此。您的来信，尚在于一邦，这不是我所能知的。孟子的文章，雄于战国；韩愈的文章，妙于大唐。只有能不介意其小，故能成其大也。苏、黄之文，差不多等同了，但说起苏东坡的超尘脱俗，黄庭坚尚且瞠目结舌，难道是笔力之过吗？

苏东坡被贬谪到海南岛，似乎没办法再振作了，但其刚直正大之气常充塞天地之间。黄庭坚稍不得意，则作小偈以赞。王安石对苏东坡有时略有讥讽，但其气则为生死富贵所慑。所以难道有学黄庭坚的吗？我们都在学苏、黄，但其中泾渭分明，不敢独享此观点，所以写信告诉您。不要示以外人，使不知我者看到后气愤成疾。

我最近写有几篇文章，但身为贬谪之人不敢远寄。您若有新作不吝见示，虽不能相见，但一定要告诉我。望功成名就，多多保重。

答张居实①

某顿首再拜：

久别辱书，开缄如见君子，宠喻详备，非爱人以德者，不能也。

某何人？当宣和之末，见九州需索，东南一空，而花石之奉，鼎沸无已。学校诸生，仰瞻白云，但相顾泣下。且自度曰，圣天子未尝杀一谏臣，士大夫吞声端坐，愿固位耳。偶得数章，挝鼓以进，虽为齑粉②，不顾也。敢意包荒，未赐诛殛③。今得邸报，乃有召命。是将责我，以前日未死之躯，以为今日报也。

白日尚在，赤心敢渝？区区牛李④，岂所学哉？异时有违此语，公当出之，则仆有何面目更行天日之下耶？反复来书，盖知己者以报公，所以不得不尽也。春且老，传道佳胜未见，幸为吾道自寿，不宣。

注释

①此书信写于靖康元年(1126)三月。张居实,邓肃挚友。
②齑粉:意为粉身碎骨。
③诛殛:殛,音jí。诛杀。
④牛李:指以牛僧孺、李德裕为首的党争。

译文

我顿首再拜:

久未收到您的来信,开信如见君子,爱护与开导详备,非爱人以德者不能如此。

我是何人?宣和末年,朝廷在全国搜刮,东南一空,而献花石纲事,令人声鼎沸不已。学校诸生,仰望天空,只能相顾泪下。我想,圣上未曾杀一言官,士大夫却不发一言,只想保住位子。我便写了几首诗,擂鼓以进,即使粉身碎骨也在所不惜。幸得圣上宽宏大量,未被杀头。今得邸报,有诏命前来。这是责令我以前日未死之躯,以为今日报效。

白日尚在,丹心敢变?区区牛李,岂所学哉?若他日我有违此语,尽请您拿出此书信,那么我还有什么面目再行于天日之下呢?反复来信,都是以知己来报答您,所以不得不尽言。春天即将过去,传道佳胜却尚未出现。望自持吾道,多多保重。

卷之十五 序

瑞花堂①

政和间,有瑞花生于叶隆吉②超然家。状如牡丹,红莹不谢,而未尝有根。众虽异之,竟不知其为何物也。

超然一旦抱其所能,笑入成均且十余年。靖康间,以智谋中科,得官未试。建炎二年,再擢进士第,易紫衣蓝,归拜其亲,里闬③荣之。

友人邓肃志宏,为榜其所居曰"瑞花堂",且语之曰:"物亦有不根而生者乎?草木无有也。造化之英,不能自郁。其达而在上,则有轮囷之云、扶疏之桂行于天而现于月。若无俟乎根者,其降而在人也,则所谓'将相公侯,宁有种乎'是也。"今超然以寒儒家连取文武二科④,犹掇之也。异时将相,盖唾手可取。较之卿云、桂月,初不俟根,若无甚异者。然则瑞花之生,岂偶然哉?虽然,暗者须明,月乃烛之;旱者求苏,云乃泽之。彼苍苍者,岂徒为是无种之物以骇人哉?盖以种种而生者,政有赖于此耳。

超然其勉之!吾辈所谓将相云者,亦岂特为观美而已乎?今天下须明求苏者,盖不可以一二计。超然其勉之!

建炎三年七夕,邓肃序。

注释

①此序写于建炎三年(1129)七月初七日。
②叶隆吉:沙县人,字超然,生卒不详。邓肃挚友。建炎二年(1128),叶隆吉登进士,但志无载。
③里闬:闬,音 hàn,里巷门墙。里闬,意指故里、家乡。
④连取文武二科:推测叶隆吉在太学读书十几年,以智谋中科,是文;后来擢进士第,是武。因为是武进士,故方志未载其中进士第之事。

译文

政和年间,有瑞花生长于叶隆吉(超然)家中。花像牡丹,红色透亮不凋谢，但却没有根。大家都觉得很奇怪，也不知道它究竟是什么。

一日，叶超然带着自己的才能，高兴地进入国子监，达十余年。靖康年间，因足智多谋中科举，得官未试。建炎二年，再取进士，易紫衣蓝，归拜其亲，乡里的人都感到很荣幸。

友人邓肃（字志宏）为他的居所题名为"瑞花堂"，并且说："植物有无根而生的吗？没有。造化之英才，不会自郁其中。其显达而在上，有如巨大的云彩行于天，茂盛的桂树现于月。那些没有根的降到人间，也就是'将相公侯，宁有种乎'一类。"如今超然以穷困之家连取文武两科，如探囊取物。未来将相，唾手可得。跟云彩、桂月一样，起初没有根，好像没有奇异之处。但是，瑞花的出现难道是偶然的吗？虽然如此，黑暗时要光明，月光乃像烛光一样照着；天旱时求下雨，云朵就聚集在一起降雨。难道上天孕育无根之物只是用于吓人吗？大政正是有赖于以各种形式而生的人。

超然，你努力吧！所谓将相，难道仅仅是为了名声而已吗？现在天下需要光明和甘霖的人，不是一两个。超然，你努力吧！

建炎三年七月初七日，邓肃序。

丹霞赏音文集[①]

邵武军泰宁僧明贜走人四百里，以书抵予曰："吾师得士夫诗文，亡虑三百篇，雄文杰句，日传千纸，师不得以私之也。仆将镂于板，命之曰《丹霞赏音集》。夫子厚于吾师者，请为我序之。"

余告之曰：若师农家子，忽有所遇，遂传心印，坐断白云，法可参，又能出其糟粕，作诗诵三昧，如画沙印泥，不事雕镌。虽贯休[②]、齐己[③]等辈，旬锻月链，有不得其仿佛者，又何待士夫为之赏音乎？而况三百篇之中，有为社稷臣者，有为文章伯者，有为道山之秀者，有为柏台之英者，有宣埋轮之威者，有布恺悌之政者，有布衣韦带而尚友古人者。钩章棘句，光芒相薄，皆不在人下，而又何待潦倒不堪者，从而序之乎？

虽然世间游戏法门，类相假合。若以序为不必为，则诸公之文虽不必作可也；若以诸公之文为不必作，则丹霞之迹虽不显可也。是将颓堕委靡，荡然不可收拾，而与兔角龟毛同归于无用之域矣。岂中道哉？

盖闻七佛之出世、达摩之西来、与三藏四万八千卷之流布于六合内外者，譬犹烟云出岫④，本无定体，而风行水上，偶尔成文。故其建立之迹、阐扬之音，虽轰若雷声，而亦未尝不渊默也。然则丹霞示现之迹，士夫从而赏之，明赜从而刊之，仆又从而序之，是亦循斯须矣，又孰有不可者哉？

丹霞法名"宗本"，弃妻而庵居，得度五年，风号露泣之地化为金碧。太守请于朝，以名其院，所谓"丹霞"是也。世间人或得其诵者，即以吉凶寿夭决之，犹蓍龟也。此特其善者机耳，丹霞岂作意哉？明赜作字吟诗，亦超然不凡，而见解的的，不落一边，盖其师之嫡嗣云。

宣和七年中元，瑞芝轩⑤书。

注释

①此序写于宣和七年(1125)七月十五日中元节。北宋末，邵武军泰宁丹霞禅院的禅师明赜之师父"得士夫诗文"三百篇，便汇集成册，取名《丹霞赏音文集》，邓肃为之作序。可惜该文集今已失传。

②贯休：唐末五代时期前蜀画僧、诗僧。

③齐己：唐末著名诗僧。

④岫：音 xiù。峰峦。

⑤瑞芝轩：沙县城头（即沙县城西）邓肃宅。清道光十四年(1834)《永安县续志》载："瑞芝轩，按《通志》，在栟榈山下。"有误。

译文

邵武军泰宁僧明赜在四百里外写信给我说："我的师父得到士大夫诗文约三百篇，雄文杰句，日传千纸，师父不敢私自享有。我打算镂刻于版，命名为《丹霞赏音集》。您与我师父交情深厚，请帮助写个序吧。"

我告诉他说：你的老师是农家子弟，忽然有所遇，于是传心印，坐断白云，可参佛法，又能弃其糟粕，作诗诵三昧，如画沙印泥，不事雕镌。即使贯休、齐己等人旬锻月炼，也做不到如此，又何待士大夫为他赏音呢？何况三百篇作者中，有朝廷官员，有著名文人，有儒林之秀，有御史英才，有坚守道义的，有为平易近人之政的，有布衣韦带而尚友古人的。钩章棘句，光芒相薄，都不在人下，而又何待我这个潦倒不堪的人为之作序呢？

虽然如此，但世间游戏法门，类相假合。如果以序为不必作，那么诸公之文亦可不必作；如果以诸公之文为不必作，那么丹霞禅师的事迹不彰显也可以。那么这些将颓废萎靡，荡然不可收拾，而与兔角龟毛同归于无用的范围。这难道符合道义吗？

听说七佛出世，达摩由西而来，与唐三藏四万八千卷经流布于中国，好比烟云出岫本无定体，自然流畅之作是偶尔成文。所以他们建立之事迹，阐扬之佛音，虽轰若雷声，但亦未尝不沉默。然而，丹霞先生示观之迹，士大夫得以欣赏它，明赜得以刊刻它，我又得以为之作序，这也是遵循它的必然规律，又有何不可呢？

丹霞禅师的法名叫宗本，离开妻子而居于庵庙，度过五年，将风号露泣之地化为金碧辉煌之所。太守请于朝廷，以名其院，称之为丹霞禅院。世间人或得其所言，即决之以吉凶祸福，好像占卜一样。这只是善者机，丹霞禅师岂是刻意？明赜作字吟诗，也是超然不凡，而且见解颇多，不落一边，是其师的直系传人。

宣和七年七月十五日，书于瑞芝轩。

丹霞禅师行化

曾子固[①]尝言："世人视损一钱，可以易死，宁死无所损。"余始惜其言之过，既而久处里闬，乃信其言之不妄也。

今本禅师一瓶一钵，来自丹霞，以开田因缘，化于沙邑。未逾月而所获几百万[②]，是何其速也？岂吾乡居民，固不若子固之所言耶？不然，则师亦何自得此于人哉？怪而问焉，有对者曰："嘻，师异人也。其言人之祸福死生，辄以期至。故智者多其能，愚者冀其福，敢为不善者，又将隐其过。此所以摩肩接踵，各攎所藏，无敢为师啬者。以是集事，又安得而不速乎？"

余仰天而笑曰："有是哉？夫所谓丹霞者，岂晋佛图澄耶？岂唐僧一行耶？明数以先人之祸福，虽草而著，虫而龟类能及焉？吾又何为而心醉哉？"虽然，亦有可占者，乃往见之。兴居之余，遂即其所言祸福死生已著于人者，聊复讯之。师方且悠然而辞："若不以是而自多也。夫既不以是自多，则必有超乎是者。"余乃易色变容，不敢以世俗之所问者叩焉。

徐而听其软语，味其所咏之诗，超然不复尘中见解。禅不能枯，律不能缚，虽如我等，亦不能测其涯涘，殆不知其果何人也。其与人之颂，若所为文，初不经意，一瞬百纸，飒如风雨，岂以锥画沙乎？岂以印印泥乎？抑八窗玲珑，而人之善恶莫得以逃之乎？不然，则其姑示之以天壤，使人得以相之，故丹霞道场能就于今日邪？吾皆不得而知也。

因其将行，姑为之序。

注释

①曾子固：曾巩，字子固，北宋著名散文家、史学家、政治家。
②几百万：几：将近、几乎。指近百万。

译文

曾子固曾经说过："世上的人损失一个钱，可以以死交换，宁肯去死也不愿损失钱。"我开始时认为这话有些过了，长久住在乡下后，才相信他一点没有乱说。

如今禅师带着一瓶一钵，来自丹霞禅院。以开田因缘，化缘于沙县。不到一个月，所获近百万，那是多快呀！难道我家乡居民，不像曾子固所说的吗？不是这样的话，禅师是以何方法从乡人之中得此之数呢？我感到奇怪，去问别人。有人说："哎，法师是神人。他说人的祸福死生，无不灵验。所以聪明的人希望增加才能，愚蠢的人希望获得福气，为不善的人希望隐瞒过错。这就是为什么人们摩肩接踵，各拿出所有的以表诚意，不敢对禅师吝啬。以此筹集，怎么会不快呢？"

我仰天而笑，说："有此事吗？所谓丹霞禅师，难道是晋朝佛图澄吗？难道是唐僧一行吗？古人的祸福已明明白白，占卜之类能比得上吗？我又为何而心醉呢？"然而我也有问题可占卜，于是去见他。日常生活之余，又以其所言"祸福死生已著于人"去询问他。禅师悠然地告诉我说："正如不以此而自满一样。既然不以此自满，那么一定有超于其中者。"我于是端正神色，再不敢以世俗之事去问他。

后来，我慢慢地细听他的话，回味他的诗，超然不复凡人见解。禅不能枯，律不能缚，虽如我等，也不能窥测他的边际，几乎不知他是何人。他与人之颂，好比有的文章，开始时不经意，一瞬百纸，飒如风雨，难道是以锥子画沙，以印印泥吗？或者澄明透彻，而人的善恶没有可以逃出其眼睛的。不然，他只是展示天地间的生气，使人得以察看，丹霞道场能有今日吗？我们全然不知道。

因为他将要离开远行，暂且为之写下此序。

太平兴国堂头①璨公语录

佛菩萨语流布人间，凡五千四十八卷。而一祖②西来，直指心源，不立文字。若佛若祖，孰少孰多？曰教，曰禅，若此殊轨。殊不知佛菩萨语虽累亿万，亦未尝辄立文字。而达摩直指心源，虽默无一语，而五千四十八卷已在其中矣。

太平堂头璨公，顷从蒋山③，何尝得免？今④住太平，本自亡锥。据师子座，作师子吼，未尝为人说毫厘法。四方学者皆脑门点地，拾其残膏什袭藏之，且扣栟榈居士邓某志宏之门，请以序冠焉。居士曰："嘻！此特其土苴⑤耳，岂其真哉？"

虽然，土苴之外，何者为真？一视而空，头头皆是。有语亦可，无语亦可。雷声渊默，本自同时。孰为五千四十八卷，而孰为不立文字者乎？在佛为弟子，在祖为嫡孙，盖一道也。

门人弟子若因此以有悟，则謦咳⑥动息皆西来意，而况所扬之般若乎？若守此以求师，则拈花微笑已是剩法，而况所论之葛藤⑦乎？悟之者，天地一指；守之者，毫厘千里。反以问师，了无与焉。余姑为门人者，序之耳。

栟榈先生文集释义

师名"了璨",得法于蒋山。勤其祖,盖出于杨岐之下。作字吟诗,皆得游戏三昧,而未尝作意也。大丞相李公⑧尝访师于栖云,悦之,许为具眼人,遂结看经社。世士因以多师。呜呼!师岂止具眼看经而已耶?当有辨之者。

注 释

①太平兴国堂头:沙县兴国寺,始建于唐中和三年(883),原名中兴寺。宋太平兴国三年(978),宋太宗赵匡义赐"兴国"之额,遂改称兴国寺。堂头,指兴国寺住持璨公,法名"了璨"。

②一祖:指达摩祖师。

③蒋山:沙县僧人,具体情况待考证。

④今:旧版《栟榈先生文集》中此处空缺,本书注释者作"今"字。

⑤土苴:苴,音 jū。渣滓,糟粕。比喻微贱的东西。

⑥謦欬:謦,音 qǐng。咳嗽。

⑦葛藤:比喻纠缠不清的关系,不能直截了当。佛教用语"打葛藤",意为破除枝蔓。

⑧李公:指李纲。

译 文

佛菩萨的经书流传在人间,一共有五千零四十八卷。达摩祖师自西而来,直指心源,不立文字。至于佛祖和达摩,谁多谁少呢?佛教与禅宗,称呼不同而已。殊不知菩萨语虽累亿万,也未曾马上立文字。而达摩直指心源虽无一语,五千零四十八卷已经在其中了。

太平兴国寺住持璨公,曾跟随僧人蒋山一段时间,何尝又非如此?他本无立锥之地,如今已居太平兴国寺。据狮子座,作狮子吼,没有跟人说一点佛法。四方学者都匍匐叩拜,拾其残膏,珍重收藏,而且叩敲栟榈居士邓肃的家门,请以序冠之。我说:"哈哈,这只是微末小事,难道真有其事?"

虽然如此,但微末小事之外,什么是真?一视而空,头头皆是。有话也可,无话也可。轰然的雷声与安静的沉默,本自同时。谁写有五千零四十八卷,谁又不立文字呢?佛祖的弟子,祖师的嫡孙,都是一样的意思。

门人弟子若因此以有悟,则咳嗽动息都是达摩祖师西来之意,何况所宣扬的佛法呢?如果守此以求师,则拈花微笑已是剩法,而况所论之葛藤呢?顿悟的人,天地一指。守护的人,差之毫厘,谬以千里。反过来问法师,然而法师没有可说的。我姑且算作门人,仅为之作序吧。

法师名了璨,得法于僧人蒋山。考其渊源,是出于杨岐宗。作字吟诗,皆得游戏三昧,而未尝刻意。丞相李纲曾经拜访他于栖云寺,十分高兴,称他独具慧眼,于是相结看经社。世上士人因此以之为师。唉,大师岂止具有看经书的慧眼呢?当可细细分辨。

卷之十六 记

沙阳重修县学①

余尝怪道释之居,雄丽相胜,而州县之学,类不足以方之。顾岂无自而然哉?盖人心役役②,不有所贪,则必有所惧,未尝有须臾宁者。道家者流曰:"我能荐人于天,可以几福于式外。"故贪者慕之。释氏者流曰:"我能福人于九泉之下,虽造业深重者,鬼亦不得而诛之。"故凡有罪者惧焉。贪者利其如此,而惧者惟恐其不我利也。此道释之宫,所以轮奂奇胜,殆遍天下,非学宫比。

崇宁以来,蔡京为冢宰,萃天下学者,纳之黉舍③。校其文艺,等为三品,饮食之给,因而有差。旌别人才,止付于鱼肉铢两间。学者不以为羞,且逐逐然④贪之曰:"吾利在是,不可一日舍是而他也。"

县有师长,郡有教授,未必知有所谓学校之本者,但务为美观耳。部使者又从而督之,以学宫成坏为州县殿最。斥叱所及,官吏胆落,故士夫惧焉。此崇宁间学舍之盛,所以妙绝今古,可以亡愧于道释之宫也。

呜呼!学校之兴,虽自崇宁,而教授之废,政由崇宁。何以言之?盖设教之意,专以禄养为轻重,则率教之士岂复顾义哉?知有利心而已。一旦赫然复祖宗法,以科举取士,学者则曰:"朝廷不以学校官我矣,吾何贪焉?"州县则曰:"部使者不以学校督我矣,吾何惧焉?"是故,昔日青衿接迹弦歌之地,今则败椽老屋,号风泣露,使人过之凄凄然如墟墓间。若不可以复振者,是真可伤哉。

南剑有邑曰"沙县",溪山之胜、文物之盛,盖甲于一郡,其在闽中亦号为卓卓然者。舍法既罢,学校亦废。仰雨傍风,儒生扫迹。宣和七年,建安郭侯⑤得邑于此,恻然作念间:"此邦亦复如是耶?舍法可罢,学校不可罢。置而弗顾,非为政之本也。"于是,邦人之彦者率侯之语,各竭力以营之。朝夕勉勉,若切其身。曾未逾时,讲者有堂,居者有舍,奉先圣者有殿,斋宫、祭器无不备具。栋宇凌空,朱碧相照,又有非崇宁间所能及者。于是学者偕来,啾啾訚訚,有洙泗之风。

呜呼,盛哉!古无有也。殆不知邑大夫与邦人之彦者,惧使者之督而为之乎？抑贪夫所谓三舍之选而为之耶？内无所贪，外无所惧，上下相率，必于有成果。何谓哉？一言以蔽之曰："诚心而已矣。"然则郭侯之志与邦人之彦者，岂不既贤矣乎？

余于建炎之初，论事狂妄，谪自左掖⑥，冷居里闬。盖将束书负琴，日造庠序⑦，以洗前日之愆⑧。侯乃以记文见属，余曰："唯此仆所愿附姓名者，敢不书？"

虽然，学宫之敝，今已新之。寒暑相易，风雨摧剥，异时能保其不敝耶？侯文章事业，蔼闻于时，牛刀割鸡，岂久留此？敝而复新，其在邦人之诚心乎？且诚之为道大矣，天地可动也，金石可革也。惟出于至诚，则有确乎其不可易者。顾岂勤于今日，而怠于后日者乎？异时郭侯持节以过旧部，若见学宫不减今日，然后知至诚之道可亘千古，非贪与惧者之比也。故余并书之，以告来者。

注释

①宣和七年（1125）重修沙县儒学竣工时，邓肃应知县郭汝贤邀请作此文。沙阳县学：沙县儒学，已废，位于兴国寺西侧（今沙县实验小学校园内）。
②人心役役：劳苦不息貌；奔走钻营貌；狡黠貌。
③黉舍：黉，音 hóng。校舍，校门。
④逐逐然：奔忙、匆忙貌；急于得利貌。
⑤郭侯：郭汝贤，字舜卿，建安（今建瓯市）人。宣和年间，任兴化军通判兼摄沙县事，后授沙县知县。
⑥谪自左掖：意为由左正言被贬。左掖：宫城正门左边的小门。
⑦庠序：庠，音 xiáng。古代指地方学校。《孟子·滕文公上》："夏曰校，殷曰序，周曰庠。"
⑧愆：音 qiān。罪过，过失。

译文

我曾惊奇于道观寺庙的雄伟壮丽，而州县学堂，远远不能与之相比。难道这是自然而然的？人心役役，没有贪求，必有害怕，未曾有一刻平静。道教的人宣传说："我可以把人介绍给上天，上天可以赐福给你。"所以贪心的人推崇它。佛教的人宣传说:"我可以造福于人死之后,即使造孽深重,鬼也不会诛杀你。"于是有罪的人害怕它。贪心的人图利,害怕的人唯恐对自己不利,这就是道观寺庙为什么特别兴盛而美丽,几乎布满天下,不是学宫可以比得上的原因。

崇宁以来,蔡京任宰相,汇集天下学者,收集于学舍之内。根据他们的能力和水平,分为三等,给予不同待遇。以享受的鱼肉、分配的银两不同来区别人才。学者不以为羞耻,反而贪逐利益,说:"我们的事业在这里,不可一日舍此而求其他。"

县有教师,郡有教授,未必知所谓学校之本,仅仅认为美观就可以了。部员又从中监督,以学校的建成、损坏作为州县的考评标准。严厉的追责使官员吓破胆,所以士大夫害怕。这正是崇宁年间学校鼎盛,妙绝古今,可以无愧于道观寺院的缘由啊。

唉,学校的兴盛,虽然从崇宁年间开始;而教授的颓败,也是崇宁年间开始的。为什么这样说呢?设立学校,只以俸禄为轻重,那么教师怎么去传道呢?只知道利益而已。一日赫然恢复祖宗之法,以科举取士,学者就说:"朝廷不会因我在学校任教而给我官职,我又有什么可追求的?"州县官员说:"部使者不以学校好坏来监督我,我又怕什么呢?"因此,从前人来人往、弦歌飞扬的地方,现在梁歪柱倒、破破烂烂,行人经过,感觉像废墟、墓地一样凄凉。如不修缮,真让人伤心。

南剑州沙县,山清水秀,文物胜集,全郡最佳,在整个福建也是首屈一指。学舍之法既罢,学校荒废,漏雨通风,儒生没迹。宣和七年,建安郭汝贤在此任县令,伤心地说:"这么好的地方也会这样?学舍之法可罢,学校不能不办。丢在那里不顾,不是为政的根本。"于是,当地的贤士以他的话作准则,竭力营造学校。日复一日,坚持不懈。过了不久,授课的人有了讲堂,住宿的人有了房间,也有了殿堂侍奉先圣,斋宫、祭器等无不具备。栋宇凌空,红绿相间,又有崇宁之时都比不上之处。于是,学者纷至沓来,讨论研究热烈,有洙泗之风。

真是盛大呀,自古未有。难道是县令与当地贤士害怕部使者的监督而作为吗,或者是人们贪图所谓三舍之选而作为吗?对内无所贪,对外无所惧,上下一致,一定有成效。为什么?一言以蔽之,"诚心而已"。郭君与地方贤士,难道还不够贤良吗?

我在建炎之初，论事狂妄，谪自左掖，冷居乡里。于是束书负琴，日造学堂，以洗刷前日之罪。郭君交代我作个记，我说："这正是我所愿意做的，千古留名，怎敢不写？"

昔日学宫破敝，如今已焕然一新。冬去夏至，风吹雨蚀，时间长了，能保其不旧吗？郭君文章事业，好闻于时，大材小用，怎么会长久地待在这里呢？旧貌变新颜，不正是出于当地人的诚心吗？而且诚是大道，天地可动，金石可革。只有出于至诚，才有不可动摇的决心，怎么会勤于今日而怠于将来呢？今后，郭君带职再回到这里，看到学宫不亚于今日，然后知至诚之道亘古不变，不是贪心或害怕的动机可以比得上的。所以，我写下这篇记，以告诉后来的人。

具瞻堂①

大丞相李公，宣和初，以左史论时事之失，谪监沙邑管库，期年而罢。宣和末，以奉常还朝，与决大计，遂参左辖。虏骑迫城，公以身蔽之。虏退，迁元枢，未几而出。虏骑再至，则沛都不守矣。

今上即位之初，走使召公，再迁为左仆射。纪律稍正，群盗向息，而公又逐。不数月间，翠华有维扬之幸。故天下识与不识，皆谓公之出入系朝廷轻重，非近世名臣所可比也。东坡曰："儿童诵'君实走，卒知司马'。"吾今于公复见之矣。

新安吕子之望②，以智谋中科，得官九品。筮仕③之初，袭公管库之职。一日，居其堂而四顾曰："此非大丞相李公之所憩乎？"平日仰公如太山北斗，今以职事继公后尘。其瞻仰之诚，参前倚衡，如见公于上。虽食息謦欬之顷，不敢辄忘。请新其堂，而榜之曰"具瞻"，所以致仆拳拳之诚，且与后来有知者共之。堂成，予即造焉。

虽喜吕子趋向不凡，且为吕子危之。李公直气充塞天壤，不能一日安其身于朝廷之上。当时愿留之者，殆以万计，几坑于奸佞之手。有抗章以挽之者，皆斥窜流离，去朝廷数千里者，至于枭首通衢，以竦天下。

吕子何恃而敢如此？予窃为吕子危之,因以告之曰:"前日死谏之士,今此去国之臣,皆子从游之旧。当时议论,子无不与者。朝廷大臣盖已切齿,但未有以发之耳。故去年省试,子虽优擢,有司观望,吹毛求疵,竟不获廷对。今不省怼易虑,默默安职,复尔作为,是自贻咎耳。后悔其将追乎?"吕子曰:"诺。坐此获罪,芬芳多矣。"谨俟之。建炎三年二月二十一日记。

某不善作真字,记成而不能书,畏祸患者又不肯书。建安张博见而喜曰:"李公之德,卓卓如许,岂独吕子愿游其门哉？仆请书之。祸福之来,吾弗计也。"

噫！世间惟不计祸福者,方可与论出处。某今又何幸而得与二子同游乎？后五日,某题。

注 释

①此记作于建炎三年(1129)二月二十一日。具瞻堂:意为供众人瞻仰之堂。

②吕之望:生卒不详,新安(今河南新安县)人。继任李纲被贬沙县时的管库之职。

③筮仕:筮,音 shì。古人出外做官,先占卦问吉凶,称初次做官为"筮仕"。

译 文

宣和初年,大丞相李纲以左史论时事之失,被贬到沙县当管库,一年之后召回。宣和末年,以奉常职还朝,与皇上共议大事,于是任左丞。金军骑兵进犯城池时,他以身保卫。敌人退兵后,升任元枢,不久再被贬。敌军再犯,沛都失守。

高宗即位之初,派人召李纲,迁为左仆射。纪律稍稍严明,盗贼刚刚平息,李丞相又被驱逐。没几个月,皇上有扬州之幸。所以无论认识还是不认识他的,都称李纲的出入关系到朝廷的轻重,不是近世名臣可以相比的。苏东坡说:"儿童唱道,'君实下台,终知他就是司马光'。"现在于李纲而言,好像也是一样。

新安人吕之望，以智谋中科，得九品官。任职初始，接替李纲担任管库一职。一天，驻足大堂，四下张望说："这不是大丞相李纲住的地方吗？"平时瞻仰他好像瞻仰泰山、北斗一样，现在步其后尘在此履职。诚心瞻仰，参前倚衡，好像看见李纲坐在堂上一样，即使饮食休息、咳嗽动静之刻也不敢大声。派人重修之后，题其名为"具瞻"，以表示他向往的诚心，并与后来有知者共享。建成之后，我马上就造访了。

虽然喜欢吕之望的志向不凡，但又为他担心。李纲的正直与坦率充塞天地，不能一日安身于朝廷之上。当时想挽留他的人差不多以万人计，几乎全被奸佞陷害。反对主和，挽留李纲的人，全部被流放到远离朝廷千里之外，甚至被杀头，以儆效尤。

吕之望凭什么敢如此大胆？我为他担忧，所以告诉他："从前以死相谏，如今去国之臣都是你过去要好的朋友。当时谈论国是，你没有不参与的。朝廷大臣切齿痛恨，只是没有发作的由头而已。所以去年省试，你虽然成绩优秀，有关部门左右观望，吹毛求疵，竟然无法得到殿试机会。现在不反省思考，默默安职，再有如此作为，真是自找罪受，会后悔莫及的。"吕之望说："也好。因为这件事获罪，芳名远扬。"郑重等待吧。建炎三年二月二十一日记。

我不善写楷字，记成而不能书写，怕担责任的人又不敢写。建安张博知道后，高兴地说："李纲之德，卓卓如许，何止吕之望愿游其门？我愿意写。将来有什么灾祸，我不计较。"

唉，世上不计较灾祸的人，才可以跟他讲明事端。我现在又何幸而得与他们同游呢？后五日，邓肃题。

亦骥轩①

余谪自左掖，远归里闬，志中②出郭四十余里，迓余于高砂邮亭。再拜而起曰："兄以言事召，复以言事出职也。脱身虏营，驱驰万里，遂得以拜亲闱，幸也。谨以贺。"复再拜。

予喜其言似有所见者,岂二三年间学问自进耶?吁,可喜也!志中相别时,嗜酒喜游,浮沉里巷中,似未能自克者。至于好贤乐善之心,则不啻若饥渴。然,予固尝远期之。今日闻见,果非故吾,是不负余所期也。推是心以往,则亦何所不至哉?

志中乃归治其室,环列今古,闭户静坐。虽居陋巷而享箪瓢,泰如也。予过之而字其轩曰"亦骥轩",且语之曰:"睎骥之马亦骥之乘,睎颜之人亦颜之徒。此扬雄氏之言也。"回之道非常。常然者,雄以骥比之,岂称其德而不称其力欤?且夫气逸神骏,蔑视燕越,长鸣就道,箭激电飞,此骥之力也。至于俛首羁疆,以安服御,载上之勤,夷险不变,此非以其德欤?

回在洙泗之间,以言语则不如宰我、子贡,以政事则不如冉有、季路,以文学则不如子游、子夏。其所以卓然冠于三千之徒,而居四科之首者,盖在此而不在彼也。志中有志于若人乎?即此睎之,是知本矣。虽然睎骥可能也,而亦骥不可能也。睎骥云者,特有志焉而已。至于亦骥,则已行其所志,与之齐驱并驾,殆有不可得而优劣者。余所以命轩之名者,大矣。

予所以期志中者,高且远矣。志中其勉之。异日无愧于此轩之名,斯无愧于乃兄。若无愧于乃兄,则步骤驰驱,殆未可以今日量也。会有伯乐为子一顾,岂久困盐车[3]者哉?志中其勉之。志中名昼,于予为弟云。

注释

①建炎元年(1127)十月,邓肃被谪职。是年冬,邓肃归故里,其弟邓志中出城四十余里前去高砂邮亭迎接兄长。亦骥:意为也是一匹良马。

②志中:邓昼,字志中,生卒不详,邓肃之弟。

③久困盐车:典出骐骥困盐车。意指才华遭到抑制,处境困厄。

译文

我自左正言被贬职,远归老家,志中弟出城四十余里,到高砂邮亭接我。他跪拜而起,说:"哥哥以言事被召,又以言事解职。脱身敌营，驱驰万里，才得以见到亲人，真是大幸。我表示祝贺。"又拜。

我很高兴他说的似含有见识，难道二三年间，他的学问大有长进？哈哈，可喜可贺。志中与我离别时，好酒喜玩，沉浮里巷中，未能自我克制。至于好贤乐善，也不那么迫切。但是，我总是寄予期望。如今听到看到，果然不是原样，真不辜负我的期望。坚持此心，何所不至呢？

志中于是回到其室治学，置身于古今贤人之中，闭门静坐。虽住在简陋的地方，粗衣箪食，泰然自若。我路过时，题其屋为"亦骥轩"，而且告诉他说："爱良马的人是良马的好乘主，仰慕颜回的人是他的好学生。这是扬雄的话。"颜回的道理，不是常理。至于常理，扬雄以良马打比方，难道只称其德而不称其力吗？良马气逸神骏，蔑视燕越，长鸣就道，箭激电飞，这就是它的力量。至于俯首羁疆，安于服御，载上之勤，夷险不变，难道不是其德吗？

颜回在就学的时候，口才不如宰我和子贡，处理政事不如冉有和季路，文学方面不如子游和子夏。他之所以突出，冠于三千之徒而居四科之首，就在于德与力的结合，而非其他。志中有志于他吗？就此仰慕他，是抓住了根本。仰慕贤人可能做到，而成为贤人则做不到。仰慕的人，只是有志而已。至于成为贤人，则行其志向，与之并驾齐驱，不相上下。我之所以命名亦骥，即因其内涵广大。

我期待志中理想高远，希望他努力。将来无愧于此轩之名，于愧于你的哥哥我。如果无愧于你的哥哥我，你就扬蹄驰驱，不可以今日衡量。将来会有伯乐为你一顾，怎么会久困于盐车呢？志中努力吧。志中名邓昼，是我的弟弟。

仪郑堂

延陵吴方庆[①]，踵栟榈邓肃之门以告曰："余先君刑曹，与夫子先庭[②]，为短檠之旧，少年同荐于乡，晚得官九品，复同等。余于夫子，顷在庠序，为莫逆之交。今以姻属，弈棋赋诗，无顷刻相舍。予之贫又与夫子等,夫子其知我也,深且旧矣。余先君子顷视死生之变,不入其舍。尝穴土为坟,曰:'吾死即埋此。'今既不幸捐馆舍,空家所有,粗给襄事,作堂墓侧,以致岁时之思,卷曲散才,仅除风雨。丹臒③之饰,皆屏弃弗用,从治命也。或过之曰:'嘻,陋矣哉!'或曰:'嘻,其亦俭于其亲哉!'夫子视我果贫乎?果俭于其亲乎?先君子果安于此耶?其亦弗安耶?"

肃对曰:"余虽未获拜刑曹君于堂下,然尝闻吾先君子云,语曰:'礼,与其奢也,宁俭;丧,与其易也,宁戚。今人不务为孔子之所为,而送终之礼且欲过之,殊不知孔子之道,卒不可过也。以奢易俭,以易易戚,是终与孔子背驰矣。学孔子之道而与之背驰,岂知学者小子其志之。'今以先君子之言以卜其友之志,当无二道也。然则刑曹君,其安于此也审矣。君之戚、君之俭,当无愧于前辈矣。夫不俭于戚而俭于营奉之末,又其力无以为奢焉,以克成先君子之志,其过于流俗也,亦远矣。昔杜预④过邢山,见有冢焉,问耕父,云郑大夫祭仲或云子产之墓也,遂率从者祭而观焉。其隧道不窒其前,示无所藏,所用之石,不取美者,而取诸洧水,示不劳工巧,而石不可用于世也。预将相土而为容棺之室,仪制取法于郑大夫,欲以俭自全耳。杜预之贤,民至于今称之弗释也。刑曹君之志,其杜预乎?君当成之可也。"

吴子于是懅然而起曰:"余尝名其堂曰'仪郑堂',其言偶与子合,岂吾子之贫然后知余之贫乎?抑家世学问,初无殊论乎?夫子其为我记其语,可也。"

余曰:"唯。虽然,晋室未振,吴氏方强,当时群臣缩首,以顾妻孥,无一人为其主辟之。惟预与张华⑤等潜知主意,赫然振师,干戈南挥,卵破草折,坐令勋业,与日月争辉。余尝谓,预其营葬,虽以郑为则,其左右晋室则以周召为则也。先刑曹尝则其下葬矣,其所以则周召者,实付后人。吴子才学,卓卓为一时望,律身持志,坚于金石,又掇科名,以居仕版。时适今日,其有为也,当有大于晋室者夫!子其勉之。异日当为子大书勋业,立为二碑,以修邢山、洧水故事。盖不特作是记而已矣。夫子其勉之。"

注释

①吴方庆:吴少緋,邓肃的妹夫。
②夫子先庭:您的父亲。指邓肃之父邓谷。
③丹臒:臒,音 huò。可供涂饰的红色颜料,犹言藻饰。
④杜预:西晋时期著名政治家、军事家和学者。曾任镇南大将军,领兵灭吴。官至司隶校尉。
⑤张华:西晋时期政治家、文学家。官至司空,封壮武郡公。

译文

延陵人吴方庆亲自到我邓肃家,告诉我说:"我的父亲任过刑曹,跟您的父亲是好朋友,少年同荐于乡,晚年得官九品,又是同等。我跟您一起上学,是莫逆之交。现在是亲家,下棋赋诗,一刻也不分离。我的贫穷也跟您差不多,所以您对我的了解应既深且久。先父看轻死生之变,不要墓舍。曾经挖穴为坟,说:'我死后就埋在这里吧。'现在先父已不幸过世,我拿出家中所有,略可足用,在墓边作堂,以便每年祭祀,用些普通的材料,遮风挡雨而已。至于好的装饰,都弃而不用,听从先父遗言。有人路过说:'哟,够简陋的了。'还有人说:'哎,他比父亲更节俭吧!'您看我真是够贫穷的,还是真比父亲更节俭呢?先父会真的安心于此呢,还是不安心呢?"

我回答说:"我虽没有在堂下拜见过您父亲刑曹大人,然而曾听到先父讲的话,他说:'礼,与其奢华,宁愿俭朴;丧,与其礼乐和顺,不如哀而有余。今人不务孔子所为,而送终之礼且欲过之,殊不知孔子之道,终不可过之。以奢华换节俭,以礼乐和顺换哀而有余,最终与孔子背道而驰。学习孔子之道,行动却背道而驰,哪里是学者的志向呢?'今以先父之言推测您父亲的志向,应与此无二。刑曹大人会安心于此的。您的悲戚,您的节俭,应当无愧于前辈。不俭于悲戚而俭于供奉等末事,又因其力无以为奢,以实现先父之志,则是过于流俗,也与道过于远了。从前杜预路过邢山,看见有墓,便问农夫,农夫说那是郑国大夫祭仲或子产的墓,于是杜预率领众人祭祀并瞻仰它。此墓的墓道前没有封住,表示里面没有宝藏。所用的砌石,不取好的,而取之于洧水,表示没有精心装饰,使石头也不会被移作他用。之后杜预相土而为容棺之室,仪制取法于郑大夫,想以节俭自全。杜预的贤良,百姓至今称赞之。刑曹大人的志向,是跟杜预一样的,您应当继承才是。"

吴方庆于是懼然而起,说:"我曾称此屋为'仪郑堂',与您所讲的相符。难道您因自己的贫穷而理解我的贫穷吗?或者因为家世学问,我们并无不同吗?您为我写篇记,这些话可写入其中。"

我说:"好的。晋国未振,吴国方强,当时群臣缩首,只顾自家妻儿,无一人为其主解难。只有杜预与张华等了解皇上心事,赫然振师,干戈南挥,卵破草折,坐令勋业,与日月争辉。我曾说,杜预营葬虽然以郑大夫为标准,其辅佐西晋王朝,则以周公、召公为标准。您的父亲刑曹大人以杜预之标准下葬,而他以周公、召公为标准的地方,则是传给了后人。您的才学,卓然为一时之望,律身持志,坚于金石,又取得科名,居于仕版。时适今日,其有为也,当有大于杜预、张华等人。您努力吧。今后当为您大书功业,立为二碑,以写邢山、洧水的往事,不专作此记而已。您努力吧。"

卷之十七 记

新建三清殿①

　　闽水曲折,行乱石间。鼎烹雪喷,相应而起。独沙邑有溪,广千余尺,纡余舒缓,湛如青铜。其远至于二十余里,不闻湍激声。南有七峰,草木苍然,四时不改。北列万井,楼阁翚飞,不可以数计。

　　昔令尹自县治而南,方舟为梁②,径抵七峰之最西者。辟山为堂,瞰危为阁。下俯风雨,旁列星辰,似非尘寰中。盖沙邑据闽中之胜,而是堂与阁,又据沙邑之胜。此登赏之士,所以冠盖相望,而游宦于此者,尤切切焉。若以不得款于是者,为大可恨也。

　　今令尹郭侯,见而叹曰:"嘻,此胜景也!"是真可喜者。虽然,有家焉,必有仰事俯育之计;有职焉,必有民社之忧。今为家者,弃其家以嬉;为职者,舍其职以嬉。举邑之人若狂焉,无乃以胜景为累乎?于是呼道士张唐昀居之,凿山作殿,中设三清像,巍巍堂堂与阁相称。昔日妖歌曼舞之地,今化为敛笏垂绅之宫;昔日穷奢极欲之境,今化为悔罪忏非之地。昔者,邑官宴此,以虐天子之民;今也,邑官叩此,以请天子之寿。是非善恶,岂不相万乎?

　　郭侯此举,其可谓卓然矣。且叩予门,请以文记之。

　　予筮仕之初,尝待罪鸿胪寺。道释二教,盖所辖者,其记之为宜。且尝因贱职之简,得以考其教之所自来矣。其源出于黄帝,其道盛于老聃。其末流诡异,有真可骇者。其为家三十有七,其为书九百九十有三篇。凡有天下者,必崇其道。论其尤者,有三帝焉:秦曰"始皇",汉曰"武帝",唐曰"明皇"。是三帝者,才智绝人,蔑视一世,穷六合之大,不足以厌其欲。于是,浩然有御风骑气之志,炼丹飞符杂以左道,自谓其法可配天地。殊不知飞腾之术,卒不能济,反祸其国,真可痛哉!此学孔子者,所以不欲言老聃氏也。虽然,汉高祖之取天下,则以张良为最;其治天下也,则以曹参为最。良之道,盖慕赤松子,而参之居,则避正室以舍盖公③。是则道家之术,又若无负于天下者。盖汉高祖所以取参与良者,在道之本,不过于清净、恭俭、无为、与民息肩而已矣。而始皇、武帝、明皇之所尚者,区区竭力以事其末,故诞妄不经者得以行其志。此治乱贤否所以相绝,不可同日而语也。

今郭侯崇奉之志既在其本,此吾所以记之,不敢辄辞。夫末流滋蔓,变怪百出,可以惑人主而祸天下者,皆非黄帝、老聃氏之道也。予固尝斥之矣,奚独孟子能辟杨朱哉?当有辨之者。

注释

①此记写于建炎二年(1128)三月。三清殿:位于沙县七峰山。宋宣和年间沙县知县郭汝贤建。三清:道教的三位至高神,即玉清元始天尊、上清灵宝天尊、太清道德天尊。

②方舟为梁:指在沙县南门沙溪架设浮桥,以方船为梁,跨过沙溪,直达七峰山最西处。

③则避正室以舍盖公:曹参自己不敢居正室,而让给盖公住。盖公:西汉著名黄老学者,丞相曹参曾向他请教治民之道。

译文

闽水曲曲折折,行于乱石之间。沸腾汹涌,激起浪花。唯独沙县之溪,宽千余尺,舒缓流淌,清如青铜。其远达二十余里,没有急流之声。南面七座山峰,草木青翠,四时不衰。北边万井之市,楼阁层叠,不可胜数。

从前的令尹从县治而南架设浮桥,方舟为梁,直达七峰最西处。辟山为堂,瞰危为阁。下俯风雨,旁列星辰,好像已不在人间。沙县据有闽中之胜,此堂与阁又据沙县之胜。到这里登赏的人之中,官员往来不绝。游宦于这里的人,心情更加迫切。如果不在此留下英名,真是太遗憾了。

现任令尹郭君,看到后感叹地说:"嗨,这里真是胜景啊!"真是令人喜爱。虽然如此,有家的人,就要维持一家生活之计;有职务在身的,就有百姓、社稷之忧。如今作为当家人,离家来游玩;作为当官的,离开工作来游玩。全县的人好像发狂一样前往,不是以胜景为累吗?于是派道士张唐昀住在这里,凿山作殿,正中立三清塑像,巍巍堂堂,与阁相称。过去轻歌曼舞的地方,如今化为敛笏垂绅的宫殿;昔日穷奢极欲的境地,今日变成悔罪忏非的场所。从前,县里官员在此设宴，剥削天子之民；现在，他们在此跪拜，以请天子长寿。是非善恶，不是相差万里吗？

郭君此举，可谓卓越超群。他叩响我的家门，请以文记之。

我做官初始，曾于鸿胪寺任职。道教与佛教都属鸿胪寺管辖，所以我记载此事也算对口。曾因履职的方便，我得以考证它们的来历。道教出于黄帝，盛于老聃。其末流诡异，有真可怕的地方。其流派有三十七，其书有九百九十三篇。凡统治天下的人，一定尊崇其道。其中最突出的有三个帝王，即秦朝的秦始皇、汉朝的汉武帝、唐朝的唐明皇。这三个帝王才智绝人，蔑视一世，穷尽六合还不能满足愿望。于是，浩然有得道成仙之志，炼丹吞符，杂以左道，自称其法可配天地。殊不知飞天之术，终不能达到，反祸其国，真是令人痛心。这就是为什么学习孔子的人不谈论老子的原因。汉高祖获取天下，以张良为最重要；治天下，则以曹参为最重要。张良之道，学习于赤松子；曹参之居，则避正室以舍盖公。他们都是崇尚道家之术，又无违背于天下之人。汉高祖之所以重用曹参和张良，在于他们信奉的是道家之根本，即清净、恭俭、无为、与民休息而已。而秦始皇、汉武帝、唐明皇所崇尚的，竭力以事其末流，所以荒诞不经的人得以行其志。这就是治乱贤否差别甚大的原因，不可同日而语。

如今郭君崇奉之志既在其根本，我就记了下来，不敢推辞。末流蔓延，变相百出，可以迷惑圣上而祸害天下，都不是黄帝和老子的学说。我固然要驳斥他们，难道只有孟子能批判杨朱吗？应当还有其他可以分辨是非的人吧。

南剑天宁[①]塑像

昔者，释迦尝为其母说法于忉利天宫，久而不返，为之君父者不得以见之。目连[②]行空，往返者三，刻其像以归，以慰当时拳拳者。故后世之士欲见佛菩萨而不可得，则必效焉，此塑像所以兴也。

东汉之后，教入中原。有妙传此道而杰出于其徒者，如丹霞、德山，皆号第一流。然丹霞御寒，则烧木佛；德山说法，则撤塑像。其于目连之论，若相反焉。

余每疑之，而考其所自矣。盖由迦叶至师子二十三世而离，离而为达摩；由达摩至忍③五世而益离，离而为能⑤为秀⑤。能秀之辨⑥，姑置未论。禅教之判，其来已久。自达摩既离之后，不立文字，则无复以教，相为主者。此丹霞、德山所以不得不与目连殊也。虽然，达摩之道，其果离于佛耶？其亦未尝离耶？色空未融，则物无非妄；一视而空，则物无妄者。既谓之妄，则无物可存；既曰无妄，亦何所存而不可乎？是故累土于地，屹高寻丈，假以金碧丹艧之饰，望之俨然，固不离一聚块耳。然方为聚块，夫人皆得以践之。一旦建立于上，虽顽夫悍卒，亦必肃然，如临父母，是可以妄斥之耶？其功绩之妙，虽幻于作者之手，而瞻仰之诚，则生于见者之心。原其手之所以运用，推其心之所以孚感，天机忽然，不容拟议。教外不传之妙，已行乎其中矣。然则丹霞、德山之道，亦岂殊于目连者乎？此主禅悦者，其于佛氏塑像，所以未能释然，不以介念也。

南剑天宁者，大禅寺也。政和间，废为道宫。奥殿佛像，民不忍毁。竭一城之力，迁于东山，建大道场。靖康之初，赐还旧额。士庶纷来，无瞻拜之地。群议哄然，欲昔所迁者，或曰："东山道场，自不可废。"

有石佺者，縻金钱二百万，鼎作塑像。雄伟庄严，过于曩昔。而东山胜地，因得不毁。既事，且携住持僧净逞书，请记于予，曰："昔李迁修药师院，欧阳公为之记，故迁得不忘。佺其迁之流欤，愿夫子记之。"予曰："嘻！地瘠人贫，无如七闽者。居民脱损一钱，不益于用，怏怏然若切肌肤者累日。今石所损，动以万计，其于妻孥口腹之奉，了无与焉。问其所以，则曰：'天宁道场，祝君父万万寿，不可以一日废。'其区区之诚有足嘉者，岂止为李迁之徒哉？"故余为书之，且记其所以然者。

异时禅悦之士，来造天宁，一瞻塑像，释然而悟，不必扫灭教相。止了达摩之心，将归德于逞耶？将归德于佺耶？其亦将有取于文乎？

东坡尝有言曰:"譬如油蜡作灯烛,不以火点终不明。"当作如是观,可也。

注释

①南剑天宁:在南剑州(今延平),为大禅寺,已废。
②目连:目犍连,为佛陀十大弟子之一。
③忍:禅宗五祖弘忍。
④能:禅宗六祖惠能。
⑤秀:北宗神秀。
⑥能秀之辨:顿悟与渐悟之辨。

译文

从前,释迦牟尼曾在忉利天宫为母亲说法,很久都没有回家,他的君父见不到他。目连在空中往返三趟,刻下他的画像,以安慰当时想念他的人。所以后来的人想见佛菩萨而不得,就效仿目连,这就是塑像兴起的缘故。

东汉以后,佛教传入中原。有善于传道而且于其中佼佼者,比如丹霞、德山,都可以称为第一流。但是,丹霞为了御寒烧过木佛;德山说法时,撤出塑像。他们与目连的做法,似乎完全不同。

我对此常有疑惑,于是考察其来由。从迦叶开始到师子,二十三世而分离,分离而为达摩。从达摩到五祖弘忍更分离,分离而为惠能、神秀。能秀之辨,姑且不论。禅宗、佛教之区别,由来已久。自达摩分离之后,不立文字,便无法施教,相为主者。这就是丹霞、德山不得不与目连不同的原因。达摩之道真的与佛祖相离吗?还是未曾分离呢?色空未融,事物没有空妄;一视为空,则物无妄者。既然称之虚妄,则无物可存;既然称之无妄,又有何所存而不可?所以,累土于地,屹立数丈,再用金碧辉煌的色彩装饰,看上去很漂亮,但固然不离一块土罢了。然而只是一块土时,人人皆得以践踏。一旦建成塑像,即使蛮不讲理的人见之也一定肃然,如临父母,可以胡乱斥之吗?它的功绩很巧妙,虽然幻化于工匠之手,而瞻仰之诚则生于见者之心。由人之手之运用而来,推人之心则精诚感通,天机出人意料,岂是事先安排而成。教外不传之妙,已行乎其中矣。而丹霞、德山之道,难道与目连不一样吗?因此修习禅悦的人,对于佛教塑像,还是未能释然,不放在心上。

南剑州天宁寺是个大禅寺。政和年间,废为道观。大殿佛像,百姓不忍心捣毁。尽全城之力,迁于东山,建大道场。靖康年初,赐还旧匾额。士庶纷纷前来,但没有地方朝拜。大家议论纷纷,要求迁回原处,有人说:"东山道场,自然不能废弃。"

有个叫石佚的人,花了二百万钱,鼎作塑像。雄伟庄严,比原来的还好。因此,东山胜地也保留了下来。事情办完后,他携住持僧净暹的书信,请我作篇记,信中说:"从前李迁修药师院,欧阳修为他作了记,所以流传于世。石佚也是和李迁一样的人,希望您也作篇记吧。"我说:"好呀!土地瘦弱,人口贫困,没有像七闽这样的了。居民脱损一钱,于用无益,便会几天怏怏不乐,好像受了切肤之痛。如今石佚所损,动以万计,其于妻儿口腹之奉,全无考虑。问其原因,他说:'天宁道场,保佑圣上万寿无疆,一天也不能废弃。'他的诚心足以嘉奖,何止是李迁之流呢?"所以我为之书,并且记下他这样做的原因。

希望以后的禅悦之士造访天宁寺,一看塑像,就释然而悟,不必扫灭教相。止了达摩之心,将归德于净暹或归德于石佚吗?或者将有取于本文的吗?苏东坡曾说过:"譬如油蜡作灯烛,不以火点终不明。"如此看待,也是对的。

沙县福圣院重建塔[①]

塔寺之建,自罽宾国[②]始,举国之大,不过二所。佛氏且从而赞之,以为希有事。然则佛塔岂可多得耶?唐武后欲创祠于白马坡,张廷珪[③]力谏曰:"穷山之木以为塔,不足高也。"后乃止。

然则佛塔岂易建耶?然近年以来,井邑盛处必有浮屠。计天下之大,当以万数。难易多寡,何相绝如此?岂今日佛教之盛,非昔者比乎?抑天下富庶,而土木之功易于创造乎?余尝疑其说,以质诸长老,曰:"凡建造者,为殿以供佛,为堂以供僧,为桥、为路以通往来。是各有所为,而非偶然者。独浮屠之建,动切星汉,其功甚劳,其费不赀,而于僧徒未见其有益焉。然则古今所以难之而不欲多建者,岂非为是耶?"长老曰:"不然,此庄严之道也。今人未必非,而古人未必是也。今大假木石之功,而饰以丹青④之丽,光芒璀璨,卓然出井邑之上。凡有目者皆见而仰之,曰:'佛菩萨舍其下。'凡十人睹之而一人能作正念,则千而百、万而千,展转不穷,当有不可以数计者。是则庄严之胜,以五采说法,而观瞻之士得以目听之,其助教化固不小矣。而谓之无益可乎?此阿育王⑤之建塔所以至八万四千,而佛氏□⑥不以为多也。"

南剑之沙县,有寺曰"福圣"⑦,古道场也。三朝宸翰,实镇其中。古塔中立,盖累数百年,舞风沐雨。望之黯暗,不足以耸人。住持僧端一毅然撤去,曰:"吾将协众力以新之。"铢积寸累,殆十余岁,斫削之功,仅十二三。易主僧,事益因循。塔忽倒影在密室中,虽雨旸弗变也。众复骇之,益加重焉。大丞相李公为之浓墨大字,以题其额,又录宣和褒封之制,而继之以泗滨惊世之迹,刊于塔右,将以诲成。适公还朝,而主僧之志老矣。

建安郭侯来宰是邑,乃喟然而叹曰:"君父遗迹,既臣子所不敢易。而塔庙之设,乃遗迹之所托者也。于此不竭力焉,恐非人臣之道也。谚曰:'作浮屠者,必合其尖。'将以合之,舍我而谁哉?"于是,率邑人之彦者,告以故,且令主僧了机从而奔走之。故富者出财,能者竭力,曾曾相劝,殆有不能以自已者。阅明年而塔成,实靖康改元之春也。其级五,其广四十有八尺,而高三十丈。云烟缥缈之间,金碧相照。夜灯数枝,焕如星斗。

呜呼,盛哉!岂特使百里之内迁善于观瞻之际,而悔过于杳冥之间乎?三后之志,且不废于海滨;而云汉之章,人天共仰,盖将与日俱新矣。夫仰而事君,俯而化民,今一举而两得之,其可谓贤令尹哉!余适罪逐还乡,与观胜事,侯乃以记文见属。余曰:"嘻!昔韩愈氏必欲火佛氏之书,而庐其居,然后为快于心。至僧澄观能造浮屠于淮泗之上,栏柱雄丽,高三百尺。愈遂作诗以美之,且谓当时公才吏用,无如师者,遂令澄观之名同愈不朽。得非宝塔之建,于有为佛事,为甚难,顾虽倔强如韩子者,亦不得以却之乎?"今庄严是塔,而主其寺者,僧惠深也。具正大法眼,为达摩嫡嗣,若非澄观所能仿佛。余尝从之,论西来意,又非若退之以谈佛为讳者,固愿以笔墨赞之。而况邑大夫,切切外护之志,在君与民,又于予为诗酒之旧,见而属之,勤至于再三者乎。此皆余所乐书者,敢以不才辞?

注释

①此文写于靖康元年(1126)春。
②罽宾国:罽,音 jì。西域古国名称(今克什米尔地区一带)。
③张廷珪:唐朝大臣。累官至监察御史、太子詹事。
④丹青:指绘画艺术。
⑤阿育王:古代印度孔雀王朝第三代国王,佛教护法明王。
⑥旧版《栟榈先生文集》和《全宋文》中均缺。
⑦福圣:沙县福圣寺,位于沙县城,为古道场。宋宣和年间重建塔。今已废。明嘉靖重修《沙县志》之《县城图三》所示:福圣寺为塔形建筑,位于县治东、城隍庙北侧。今沙县民间仍称该地名为"塔寺"。

译文

塔的建造,从罽宾国开始,举国之大,不过两座。佛教随之且赞赏建塔,以为是稀有的事。但是,佛塔岂可多得呢?唐朝的武则天想创祠于白马坡,张廷珪竭力劝阻说:"穷尽山上的木头以为塔,还不够高呢。"于是便停建了。

佛塔难道就容易建成吗?近年来,城市好的位置必建有佛塔。天下之大,当以万计。难易的程度与多少的程度,古今为何相差如此大?难道今日佛教发达,不是过去可比的?或许天下富庶,易于土木兴建?我曾怀疑这种说法,以此询问各长老,说:"凡建造寺庙的人,造殿以供佛,造堂以供僧,造桥与修路以通往来。各有所为,并非偶然。只有造塔,动辄接星汉,工程劳烦,费用不计其数,而对于僧徒未见有什么用处。古今以之为难而不愿多建,难道不是这个原因吗?"长老说:

"不是的，建塔是很严肃的事。今人未必不对，古人未必对。今大借木石之功，而饰以丹青之丽，光芒耀灿，卓然出于城市之上。凡有眼之人，抬头便能望见，说：'佛菩萨就在那。'如果十人看到，其中一人能作正念，那么千人中就有百人，万人中就有千人，辗转不穷，不可计数。这是庄严胜地，以五采说法，而观瞻的人眼看耳闻，帮助教化的功效不小。怎可称之为无益呢？这就是阿育王建塔八万四千座，而佛家也不认为过多的原因。"

南剑州沙县有个寺庙叫福圣寺，是个古道场。三朝帝王敕建，圣旨置于其中。古塔立此已数百年，栉风沐雨。望之阴暗，不足以震撼人心。住持僧人端一毅然将其拆除重建，说："我要发动大家修缮一新。"于是一点点积累，差不多有十几年时间，但只装饰了十分之二三。换了个住持，依旧接着干。一天，塔影忽然倒映在密室之中，无论雨天、晴天都没有变化。大家很惊奇，于是更加重视这件事。大丞相李纲为之写浓墨大字，题定匾额，又记录宣和褒封之制，继之以感人惊世之迹，刊刻于塔右，以为教诲。后来他还朝，而住持的梦想还未实现。

建安郭君来此任县令，喟然而叹说："君王遗迹，就是大臣也不敢改变。而塔庙之设，是遗迹所在的地方。于此不尽力，恐非人臣之道。谚语说：'作浮屠者，必合其尖。'合尖之事，舍我其谁？"于是，将缘故告知县里贤士，且令住持了机继续为之奔走。于是，有钱的人出钱，有力的人出力，不断相互劝说，不能自已。第二年，塔建好了，正好是靖康元年春天。塔共五层，宽四十八尺，高三十丈。云烟缭绕之间，金碧辉煌。夜灯数盏，好像天上星星般闪耀。

真是盛大啊！难道只是让百里之内的人迁善于观瞻之际，悔过于杳冥之间吗？禹汤文王之志，不废于海滨；银河的章曲，人天共仰，将与日俱新。向上仰而事君，向下俯而化民，如今一举两得，郭君真称得上好县官。我正好负罪还乡，得观此事，郭君交代我作篇记。我说："好呀。从前韩愈当官时，一定要烧佛教的经书，把佛寺改为平民住宅，他才大快于心。后来僧人澄观在淮泗边造了佛塔，栏柱雄伟壮丽，高达三百尺。韩愈又写诗赞颂，他称若以澄观之才去做官，天下没有比得上的，于是使澄观之名跟韩愈一样不朽于世。莫不是宝塔之建，有为于佛事,建造甚难,即使像韩愈那样固执的人也不能推辞吗?"如今建成的佛塔十分庄严,住持是惠深。具正大法眼,为达摩后嫡嗣,非澄观所能比得上的。我曾跟惠深谈论达摩西来之意,不像韩愈以谈佛为忌,所以愿以笔墨来赞扬福圣院的这座塔。更何况县令郭君恳切之志在于君主与民众,和我又是诗酒之旧友,见而再三嘱托我作记。这都是我乐意作记的原因,敢以不才而推辞吗?

兴化重建院①

余尝谓人之才术智识,常生于不得已;而死于因循者,则亦偷安而已矣。此天下之通患,而祝发坏衣者尤甚也。何以言之?风雨寒暑不可以切身,鹿豕不可以杂处,饮食不具,居处不可以得众。倘未尝有寺,而欲阐扬祖道者,其于创立,岂可以已乎?若夫既有寺宇,粗可以居,而岁月相仍,摧风烁日,主之者虽恻然作念,欲一新之,彷徨四顾,曰:"陋者可补也,颓者可支也,汗漫者可饰也。因陋就简,吾亦可以安也。又何必尽毁旧庐,化出莲宫,然后为快于心哉?"因循偷安,是亦人常情耳。

南剑沙县有寺曰"兴化"②,屹立山间。虽云简古,然建于中和之初。梵宫所当有者,无或不备。光化间,尝敕翰林以题其额。政和末,又易律为禅。以其在闽中,亦卓然号为古道场。三百年间,未闻有恶其弊者。

政和丙申③,法湛主此,亦可以已矣。师乃愀然不能以自安,曰:"屋老如许,门宇萧然,亦何以为佛地哉?扶倾立仆,苟新耳目,琐琐然一二治之,非吾志也!"于是,即寺之左得地爽垲④,斩茅焚翳,乃迁故址。顾虽斋庑索然,殆不能烟,亦未尝过计。缩身节口,益坚念力。得匠者数十人,乃躬自执爂⑤,如事其师,虽风雨迷天,弗顾也。诚心旁达,乡井翕然⑥。由是,富者出财,壮者竭力,百日之间,挐土运材有至于三千指者。

故阅十年而寺成⑦。巍然中立,危栋翚飞,欲凌霄汉。堂堂塑像,亦妙绝一世。为堂于上者二:内而宴寝,外而演法。为堂于下者三:以供罗汉,以斋水陆,以饭缁素⑧。香积有厨,声钟有楼。翼之以廊,而重之以门。左右前后,绳绳翼翼。计寺内外,既无毫发不具,其雄丽庄严,又非前寺所能仿佛。而尺椽片瓦,俱出师力,未尝取用旧者。

呜呼,难矣哉!是可以因循而不因循者也。其勉勉自克,志力俱到,当于前辈求之。故余因其求记,乃详为书焉,且以为急惰委靡者之戒云。师初建法堂,石其基者再,凡再圮,师忧甚。忽省往时梦建是寺,有庞眉皓发者告之曰:"寺基更深二尺许,乃真道场。"尝试辟之,恍如梦中,又得石柱六,以建殿宇。有足痕者尺余,在右柱之阴。见者皆云此佛迹也,非雕镌所能至。此寺之兴,所以神速如此。

呜呼!梦中之境,变灭须臾;石中之迹,千古不变。其将以梦为虚,而以石为实乎?通乎昼夜,本无二理;石固非实,而梦亦非虚也。梦中占梦,师固未暇。然既赖此以兴寺,要了此,以为寺之新以兴。故余并为师论之。

注释

①此文写于靖康元年(1126)。

②兴化:兴化寺,据明嘉靖二十四年(1545)重修《沙县志》载:"兴化寺,在县西南二十一都,旧名万兴。唐中和二年建,明景泰间重建。"今已废。另据清康熙四十年(1701)《沙县志》之《二十一都图》所示:兴化寺位于沙县二十一都洋溪(今三明市三元区洋溪镇)。

③政和丙申:宋徽宗政和六年(1116)。

④爽垲:高爽干燥之地。

⑤执爨:爨,音cuàn,锅灶。执爨,指司炊事。

⑥翕然:翕,音xī。形容一致。

⑦故阅十年而寺成:兴化寺从政和六年(1116)重建,至靖康元年(1126)建成,历时十年。

⑧缁素:指僧俗。

译文

我曾经说，人的才术学识常产生于不得已；而困于因循守旧的人，则也是苟且偷安而已。这是天下人的通病，而光头和尚尤甚。为何这样说呢？风雨寒暑不可以迫身，鹿与豕不可以杂处；饮食不备，居处不可以得众。如果没有寺院，而想阐扬佛道，难道可以吗？如果有了寺院，大体可以居住，历经岁月，风吹雨淋，住持的人虽悲伤怀念，想要维修，彷徨四顾，说："简陋的可以添置，倒塌的可以扶正，汗漫的可以粉刷。因陋就简，我也可以安居了。何必毁掉旧房，化出莲宫，然后才快乐于心呢？"因循偷安，也是人之常情。

南剑州沙县有座寺庙叫兴化寺，屹立在山间。虽说古朴简陋，却是建于唐中和之初。寺庙所应当具备的东西，它一应俱全。光化年间，曾敕令翰林为其题写匾额。政和末年，又从律寺改为禅寺。所以它在闽中也可卓然号为古道场。三百年间，没有听说有嫌它破败的人。

政和丙申，法湛住持该寺，本也可以居住。但大师神色忧愁，不能自安，说："屋子这么老旧，门宇萧条，怎么可以作为佛地呢？扶正倾斜的，立起倒下的，若要耳目一新，只是琐碎地换掉一两处，这不是我的想法。"于是，在寺庙的左边找处较高的干燥平地，斩去茅草烧掉杂物，迁寺于此。虽然饮食无味，几乎无法生火，也不计较。缩衣节食，意志愈发坚定。找来几十个工匠，亲自煮饭给他们吃，好像侍奉师父一样，即使风雨漫天也顾不上休息。他的诚心感动了周围的人，乡民齐心协力，富者出钱，壮者出力，百日之间，拉土运材之人众多。

过了十年，新寺建成了。巍然屹立，危檐翚飞，欲凌霄汉。堂堂塑像，妙绝一世。上堂分两部分：里面吃饭睡觉，外面讲解经文。下堂分三部分：一是供罗汉，二是做道场，三是膳食堂。香积有厨，声钟有楼。边有走廊，四周有门。左右前后，井然有序。整个寺内外，无所不具，其雄伟庄严不是老庙能相比的。而新庙的一砖一瓦，全凭大师的努力，没有取用旧庙的材料。

唉，真是够艰难的。这件事可以守旧而不守旧，大师勉励，志力俱到，向前辈求索。我因此写了记，详细写明过程，并用于警诫偷懒、萎靡不振者。大师初建法堂时，砌地基的石头老是毁坏，非常担心。忽然想起过去梦见建造这座寺庙,梦中一个长眉毛白头发的老人告诉他:"地基再挖下去二尺,是真道场。"于是试着挖下去,果然跟梦中的一样,又找到了六根大石柱,以此建大殿。石柱的背面有个一尺多长的脚印。看到的人都说这是佛的足迹,不是石匠所能雕刻的。因此,庙的兴建才能如此神速。

啊,梦中的情景,变幻很快;石柱上的脚印,千古不变。其将以梦为虚,以石为实吗?贯通昼夜变化的道理本来都是一样的;石固非实,而梦也非虚。梦中占梦,大师没有时间顾及。但既然赖此以兴寺,便要了结此事,作为寺庙兴盛的缘由,所以我为大师作记议论之。

卷之十八 记

栖云日新轩①

　　自西晋以下，祝发坏衣之禁弛于中国。故四海内外，江山胜处皆释子居之。凡居寺以领众者，孰不欲峻治其宇，以阐扬此道哉？但临事之初，必踌躇四顾，曰："吾所有者如何？求于人者如何？事成若否？其利害劳逸又如何也？"故其决然欲为之志，已夺于衰惫不果之气矣，事岂复有济耶？幸而有气宇不凡、断然若将有为者，又其经营措置，颠倒错乱，或急其所宜缓，而后其所当先，顾虽疲精竭力，亦徒自纷纷耳。此败椽老屋所以颓圮②日甚，可以深嗟而屡叹也。

　　故余尝论天下事，曰："有欲为之志者，未必有敢为之气；有敢为之气者，未必有能为之才。三者备矣，虽天下可宰也，况一寺之小乎？或阙一焉，虽八口之家亦有不克者，况一寺之众乎？"

　　沙县栖云，古禅刹也。堂宇卑陋，仅庇风雨，盖不知几百年。真戒大师可臣，以百丈法居之。才三年，余往造焉，见其翚飞栋宇屹立寺东。所谓库院者，新矣！明年过之，则见其金碧相照，恍若莲宫。所谓如来宝殿者，新矣！越三年又过之，见其函轴星布，机械雷动，庄严之胜，如天造地设。所谓定藏者，新矣！

　　余固知若人之奇也，且度其力必穷矣，非息肩数十年，恐不敢议若事矣。近年过之，则又见其立殿于藏之右，以奉传经者；架堂于殿之下，以居阅经者；辟宇于殿之上，以娱游息者。又创云会堂于藏之左，覃覃③夏屋可居数百众。草芥泉石之间，丹雘焕然，又一新也。计寺内外，当不复可以措手矣。而良材山积，瓦甓鳞比，又若有为者。因诘④之，对曰："法堂斋厨，今虽亡恙，然数年新创，已杰立云霄间。此不得以独卑也，意必尽新之而后已。"余惊问其故曰："若岁所入几何？"曰："聊尔求于人者几何？"曰："未尝遣化士。然则斤斧之声，积数十年不绝，而土木之工，鼎来未艾。使游赏之客，每见而益新，是何自而然哉！"曰："缩身节口，铢积寸进，亦随缘耳。"

　　余盖知真戒之志、之气、之才，果有绝人者。乃与之坐于小轩之上，作终日款。师以轩榜为请，余故字之曰"日新"，盖记所见也。

有客难之曰："此寺之兴十八年矣。真戒之力,可以唾手而就。期以一二年间,无可新者,后日过之,无乃辜吾子命名之意乎?"余曰:"嘻!此特真戒之余事耳。渠得法于雪峰,见闻的的,出人数等。故步陈迹,一切扫去。盖尝与之语,亦无时而不新也,岂止创力之功哉?"客无以对。

余于是并书之。靖康改元清明记。

注释

①此记写于靖康元年(1126)清明节。
②颓圮:音 tuí pǐ。倒塌,堕落,败坏。
③罩罩:绵密广布貌。
④诘:音 jié。追问。

译文

自西晋以来,佛教在中国弛禁。所以四海内外,江山胜景之处都是佛教寺院。凡居寺领众的人,谁不想修葺庙宇,以阐扬佛教呢?但临事之初,一定踌躇四顾,说:"我所有的如何?求于人的如何?事成或不成?其利害劳逸又如何?"所以他决然欲为的志向,已为衰惫不果之气所夺,这对做事情难道还有帮助吗?幸而有气宇不凡,断然如将有为者,但其经营措置,颠倒错乱,或急其所宜缓,而后其所当先,虽筋疲力尽,也只是白白忙乱。这个破败老屋因而日益颓废,令人深嗟而叹。

所以我曾论天下事说:"有想为的志向,未必有敢为的气魄;有敢为的气魄,未必有能为的才干。三者具备,即使是天下也可以主宰,何况一个小小的寺院呢?若缺少其中一项,即使八口之家,也有不能管好的,何况一寺之众呢?"

沙县栖云寺是座古禅寺,堂宇卑小简陋,只能遮挡风雨,也不知有几百年了。真戒大师住持时,以百丈法进行管理。才三年时间,我前往造访,就看见它檐飞栋宇,屹立寺东。所谓库房,见新盖的。过了一年,又看到它金碧相照,好像莲宫。所谓如来宝殿,又是新盖的。再过了三年前往,看见那儿函轴星布,规模宏大,庄严之胜,如同天造地设。所谓定藏院,又是新盖的。

  我于是知道此人的神奇了,又想他的力量必有穷尽的一天,不停歇个几十年,恐不敢再提类似之事了。近年前往,又看见他在定藏院右边建殿堂了,提供给传经的人使用;架堂屋于殿堂之下,以便让读经的人居住;辟屋宇于殿堂之上,给游览和休息的人歇脚。又在定藏院左边创建云会堂,长长的夏屋可以容纳几百人。草丛泉石之间,装饰焕然一新。计寺内外,应当没有可以再下手的地方了。可是好木头堆积如山,砖瓦遍地,又像要建什么。于是问他,他回答说:"法堂斋厨,现在没什么问题,但这几年的新房子已经杰立云霄。因此不能只有它们太陈旧,一定要更新才行。"我吃惊地想问个明白:"寺庙每年的收入有多少呢?""求于人的姑且有多少呢?"他说:"没有派人去化缘。但是锤子斧头的声音,几十年间都没有停止,土木之工也没有停。来往客人每次都有见到新的建筑,这是自然而然的。"他还说:"节衣缩食,一点点积累,都是随缘。"

  我于是知道真戒的志向、气魄和才干果然有绝人之处。于是我与他坐在小轩里,终日长谈。他请我为小轩题榜,我为之题写"日新",用于记载我几次来看到的变化。

  有人提出疑问:"这个寺庙的兴建已十八年了。凭真戒大师之力,可以唾手而成。将来一二年间,若没有新盖的房子,以后再去造访,岂不是辜负了您这一命名之意吗?"我说:"哈哈,这只是真戒的余事。他得法于雪峰法师,见解鲜明,高人数等。故步陈迹,一切扫除。所以和他对谈,也是无时不新,他又何止是有创立之功呢?"他便无话可说了。

  我于是写下此记。靖康元年清明。

丹霞清泚轩[①]

  邵武丹霞僧明赜作轩于其院之西,中植菖蒲数种,郁然几案间。

不远数百里,来乞名于栟榈邓某。

某名曰"清泚轩",盖取东坡赞语所谓"清且泚"是也。因为之言曰:"洛阳之花、隋堤之柳②、箔筜之竹③、徂徕之松④,奇质老干,非不可喜。要之,必资粪壤,乃克有生。是以未能脱然仙去,不离尘土间物耳。独菖蒲之生不事此,粲粲怪石,涓涓清泉,泉石相映,凛生寒风,于此苍然得意。四时一色,顾岂与凡草木同列哉?其节如夷齐之高⑤,其韵如阮嵇之胜⑥,其清绝如子猷之泛雪⑦,其脱洒如列子之御风⑧,其谢宠辱如扁舟之范蠡⑨,其安淡薄如钓台之子陵⑩。"

呜呼,至哉!非胸中有是德者,乌能嗜此物哉?东坡仙人,首唱此风,且为叙赞,以问安否。彼能轻死生,傲爵禄,高视四海,若无介意者,独于此切切,何也?盖公所嗜之意,不在菖蒲,直寄焉耳。赜能为东坡之意乎?明窗净几,坐见古人。如其不然,则所嗜一草芥而已。

赜作字吟诗,有吾党风格,其种菖蒲而喜之意,决有在也。虽然,愿师进之法眼,有云倏然,纤芥在此,岸永淹留,师其无留焉,可也?

宣和辛丑中秋,瑞芝轩书。

注释

①此记写于宣和三年(1121)中秋。

②隋堤之柳:隋炀帝大兴土木开凿大运河,在堤岸遍种垂柳,并赐国姓"杨柳",奴役民众,挥霍财富,民不聊生,江山欲坠。白居易赋诗《隋堤柳》,追索隋堤之柳的亡国意象。

③箔筜之竹:箔筜,音 yún dāng。一种生长在水边的大竹。柳宗元在《柳州山水近治可游者记》中曾写有"多箔筜之竹"。

④徂徕之松:徂徕,音 cú lái,山名,后指生长栋梁之材的大山。《诗经·鲁颂·閟宫》曰:"徂徕之松,新甫之柏。是断是度,是寻是尺。"

⑤夷齐之高:指伯夷、叔齐兄弟俩互相让贤的高尚品德。殷商孤竹国君墨胎初因自己年迈体衰,便对三子伯夷、公望、叔齐明示,立诏传位于第三子叔齐。墨胎初驾崩后,臣民要按先君遗诏立叔齐为君。可叔齐却说:"伯兄在先,我怎能立为国君呢?"伯夷坚辞不受,认为尊父命应立叔齐为君。二人

互让不就,众臣左右为难。于是伯夷偷偷离去,叔齐跟随。众臣无奈,只得拥立第二子公望为君。

⑥阮嵇之胜:阮籍与嵇康,同是魏晋时期思想家、文学家,共倡玄学新风,主张"越名教而任自然""审贵贱而通物情",为竹林七贤的精神领袖,均擅长于音律。

⑦子猷之泛雪:子猷,东晋书圣王羲之第五子,性爱竹,曾说:"何可一日无此君!"子猷居会稽时,雪夜泛舟剡溪访戴逵,至其门不入而返。人问其故,则曰:"吾本乘兴而行,兴尽而返,何必见戴!"遂传为佳话。

⑧列子之御风:典出《庄子·逍遥游》。指列御寇学得仙术,能够乘风而行。

⑨扁舟之范蠡:春秋时期,群雄争霸,吴国大败越国,越王勾践被俘。越国大夫范蠡助越王忍辱负重,苦熬二十年,用西施美人计诱使吴王夫差放松警惕,赦勾践回家园。后来勾践重整旗鼓,终于打败吴国,一举称霸,功成名就。可是,范蠡却与西施一起,泛扁舟隐退江湖,逍遥于五里湖。

⑩钓台之子陵:严子陵(严光)是东汉高士,拒绝光武帝刘秀之召,拒封谏议大夫之官位,隐居于今桐庐县城南富春山麓江边垂钓。

译文

邵武丹霞寺僧人明赜在院子西侧建了座小轩,轩中种了几种菖蒲,郁郁葱葱,长于几案之间。他不远几百里到沙县,请我取名。

我命名为"清泚轩",取之于苏东坡的赞语,所谓"清且泚"(即清静而又鲜明)是也。并为之说明:"洛阳的花、隋堤的柳、笔笥的竹、徂徕的松,奇质老干,并非不讨人喜爱。但要种植,就一定要肥料,才能生长。因此未能脱然仙去,不能离尘世之物。唯独菖蒲的生长不需要如此,粲粲怪石,涓涓清泉,泉石相映,凛生寒风,于此苍然得意。它四时一色,怎么会跟一般的草木同列呢?它的气节像伯夷、叔齐之高尚,韵律像嵇康、阮籍之优美,清绝像王子猷之泛雪,洒脱像列子之御风,拒绝宠辱像扁舟之范蠡,安于淡薄像钓台之严子陵。"

啊,绝妙极了!非胸中有此德者,怎能喜欢菖蒲呢?苏东坡是神人,首倡此风,且他为菖蒲叙赞,还问其是否安然。他能轻视死生,傲视爵禄,高看四海,好像没有介意的东西,为何唯独对菖蒲如此恳切呢？苏东坡所爱，不在菖蒲本身，而是要寄托自己的志向。明赜能体现苏东坡之意吗？明窗净几，坐见古人。如果不是这样的话，则所好的不过一草芥而已。

明赜作字吟诗，有我们这些人的风格。他爱种菖蒲，肯定有苏东坡之意。虽然如此，也愿大师佛法精益，但微如纤芥，河岸都会为之淹留，而大师之行却没有记录，难道可以这样吗？

宣和辛丑中秋，书于瑞芝轩。

沙邑栖云寺法雨

沙邑有宝坊曰"栖云"，欲创宝藏，修撰罗公①为之唱，众翕然从之。阅五年而藏成，公又捐钱百万，易经五千四十八卷。期以春三月丙辰，率众为传经会，就私居出之，以实于藏中。至期，道俗震动，来者千计。而天忽大雨，势不可行，乃迟一日。越旦，众又集，而宿雨沛然，反如倒井。众乃异之曰："嘻，有是哉！昔戴封积薪②而雨降，鲁阳挥戈③而日返。雨旸之变，端在古人指顾中耳。今修撰公留心此举，非一日积，而每出辄雨，天若不协然，何也？"有能辩者曰："子不见今日传经之人乎？六根所栖，无在非尘。天其意者，一雨以洗之。"仆对曰："雨之所泽，特欲浴其体耳，焉能洗其心哉？"辩者又曰："梵书所寓，必有神物护焉。今此经留于公久矣，若不忍释知音而去也。"仆又对曰："公已坐传心印，视此经如糟粕。彼神物者，亦乌得以去留为念哉？"求是而不得焉，乃质于仆。

仆曰："夫何事于诡诡耶？九年之水，尧不得以胜之；孟津之雨，武王不得以止之。雨旸在天，人如彼何哉？然适逢其会，亦不能无说也。若闻此经所得之由乎？远在西域，去中夏者万余里，非若兔兴乌逝，忽然而至于前也。昔三藏法师登危涉险，幽入鬼方，扪腹不粒者，往往继日。如此驱驰，经数十寒暑，仅能得之，以觌④中国。彼其勤劳为何如哉？始得以谓之传经。今也，鸣钲伐鼓，幡幢蔽空，缓步齐驱，仅三五里耳。若四天春霁⑤，风和日暖，无苦雨以龃龉其行，顾虽

273

赏心拾翠之徒,亦得以盗传经名矣。是不亦滥哉?惟霖雨作矣,则泥淖深尺,抠衣以趋者,往往灭足没跗。故无恭钦之心者,将自怠;无勇猛精进之心者,将自息。其有确然不改,志在必传者,必能自度,曰:'三藏若彼之劳,且不回顾,我独何者,而变于风雨之偶然也?'是则因雨而去者,但以传经为名;虽雨必传者,是皆至诚而不息者矣。天使传之者,必至诚焉。则此会所得,不既多乎?呜呼!不有疾风,孰知劲草?不有岁寒,孰知松柏?不有霖雨,则传经之人诚与不诚,吾亦不得而知之也。而今而后,乃知是雨之作,所以为修撰惠者,深且巧矣。故人以为淫雨,而我以为法雨也。"

于是,众议寂然,无敢容其喙者,且勉某记之。某幸而知之矣,敢以不才辞?谨记。

注释

①修撰罗公:罗畸(1056—1124),字畴老,沙县城关人。宋熙宁九年(1076)进士。曾任福州司理参军、太常博士、兵部郎中、秘书少监等;以右文殿修撰出知庐州、福州、处州,因称罗右文、罗殿修。著有《讲义》5卷、《秘阁秘录》40卷、《蓬山志》5卷、《洞霄录》10卷、《文海》百余卷、《道山集》30卷,惜大多已散佚。

②戴封积薪:典故名。《后汉书·戴封传》载,东汉戴封任西华令时,遇久旱不雨,百般祈祷也不奏效。戴封"乃积薪坐其上以自焚,火起而大雨暴至,于是远近叹服"。比喻为民请命之精神。

③鲁阳挥戈:典故名。春秋时期,楚国鲁阳公率军与韩国交战,眼看太阳就要落山,鲁阳公举起长戈向日挥舞,吼声如雷,"日为之反三舍"。比喻力挽危局。

④覿:音dí。相见。

⑤春霁:春雨初晴。

译文

沙县有座寺庙叫栖云寺,想建藏经楼,修撰罗畸先生为之倡导,众人一致赞同。五年后,藏经楼建好了,罗公又捐钱百万,购经书五千四十八卷。计划春三月丙辰日，率众做传经大会，从私宅将书取出，以充实于藏经楼之中。到了那天，道俗震动，来者千计。然而忽降大雨，势不可行，于是推迟一天。第二天，众人再聚，下了一夜的雨还很大，好像把井水都倒出一样。众人奇怪地说："哎，有这回事？从前戴封积了许多柴火而大雨降，鲁阳挥舞长戈杀敌而太阳返。雨天、晴天的变化，端在古人的指点顾盼之中吗？今罗公留心于此事，非一日所积，而每出则雨，天不助我，这是为何呢？"有能言者说："您没有看到今日来传经的人吗？六根所栖，没有不在尘世的。上天的用意在于下雨洗去他们的尘念。"我回答说："雨的降临，只是洗身，怎么可以洗心呢？"其又说："经书所藏的地方，一定有神物护持。现在这些经书留在罗公家很久了，像是不忍离开知音而去。"我又回答说："他已坐传心印，视这些经书如同糟粕。那些神物，哪能以去留为念啊！"以此求原因而无果，于是问我。

我说："何必争论不休？九年之水，尧不能战胜它；孟津之雨，武王也不能让它停止。是雨是晴由上天决定，人对它有何办法？然而，他们聚会时恰恰下雨，也不能没个说法。您知道佛经是从何而来的吗？远在西域，离中原万余里，不是突然之间就得到的。从前唐三藏法师登危涉险，幽入鬼门，常常忍饥挨饿。这样驱驰十几个寒暑才得到，使经书见于中国。他辛勤如此，才得以称之传经。现在呢，敲锣打鼓，幡幢蔽空，缓步齐驱，只有三五里地。如果四天春晴，风和日暖，没有雨阻挡其行，那么即便是赏心游春的人，也可以盗取传经的名声。那不是太泛滥了吗？只有下起雨，泥浆尺深，撩衣以趋的人，双脚被雨水淹没。这样，没有恭敬钦佩之心的人将自息，没有勇猛精进之心的人将自停。只有确然不动摇，志在必传的人，才能自度，说：'唐三藏那样艰苦都不回头，我又是何人，而于偶然风雨中改变行动呢？'这样，因雨而不参加者，是仅仅以传经为名的人；即便下雨也参加者，才是至诚不息的人。上天使传经者一定要至诚。这样，聚会的收获不就更多了吗？唉，没有疾风，哪知劲草？没有寒冬，哪知松柏？没有大雨，哪知传经者诚与不诚？此后，才知此雨之作，是为了帮助罗公，真是深刻而巧妙啊。别人以为是淫雨，我以为是体现天意的法雨啊。"

于是，各种议论都停止了，没有人再敢置喙，并劝我记下这些话。

我幸运地悟到了这件事,怎么敢再推辞呢?谨此作记。

一枝庵①

余少年喜水,凿井穴池,泛溪钓月,终日潺湲之乐。盖将安焉,曰:"水止是矣。"或者曰:"是未尝见江河淮济也。"

比年奔走道路,偶皆见之汪洋万顷,茫无涯涘。若风作其上,则澎湃汗漫,浪高银屋。然后知余前日所喜者,止牛蹄泓耳。或者又曰:"此亦未足以言水也,是特四渎②之分耳。若大海,则会而纳之,六合内外,通为一流,岂啻万川而已哉?"余曰:"嘻!有是哉?余将游焉。"客曰:"是乌能遍耶?天地之大,各五亿五万五千五百里,而四海为之脉。今欲登穷发,游聂耳,以极无穷之观,非肉飞八极不可也。"

余乃茫然自失,仰而叹曰:"天下之景无穷,而玩景之情亦无尽也。任情逐景,不知归宿,其将为波流乎?"尝观涓涓之微,升于天,行于地,运乎千古,曾无损益。于此了之,则当体而足。满空之水,固无异乎一滴耳,亦何必沧海乎?脱或不然,而必欲赏之,又有大于此者,则将若之何哉?

呜呼!岂特观水为然耶?天下之事,类皆如此。夏屋广殿,金碧相照,鸣钟伐鼓,食指数万,此释氏之居也。领其寺者,指顾之间,方袍云集。作止寝食,无不可意。其视庵居老人,蒙头冷坐,饮水采薇,无日相万乎?虽然不满足于庵居,而必欲领寺,若以寺为未足,则如之何?世间轻暖肥甘,迷楼琼屋,不知几万等,吾又安能足其志耶?

呜呼!芬芬□烹,要在满腹;耽耽府居,要在驻足。一庵之大,固有余地矣,又何事他求哉?庄周曰:"鹪鹩③巢于深林,不过一枝。"善乎,庄周之能了此意也。且不了一滴之旨,虽倾四海之流不足以供其赏;不悟一枝之要,虽扩六合之大不足以厌其求。此世士所以终身汩汩荡荡忘返,可以深嗟而痛惜也。

妙智大师美公,少年学医,法造三昧,稍壮,则事潜庵,求西来意。

精进敏惠,便为一时名僧。若肯降志,以悦当路,则巨刹名寺当尽付之。师乃恬然,曾不介意,是故求医之人布施山积,师尽捐之,以作佛事。尝托迹太平寺,适遭回禄,尺椽不具。二十年间,栋宇轮奂,冠于一邑。师之力置,居其半。事母最孝,无愧古人。忽失所恃,则谢却医术,曰:"吾不复事此。"既毕襄奉,则作庵墓侧,为终焉计。其视同参子,丽服雄居,沛然得志,但知如涕唾耳。岂非了此一滴,遂能安此一枝乎?故余字其庵曰"一枝庵"。

客有问曰:"居庵之士,当以亿计,岂皆了此乎?"余曰:"不然。世人有才学、智术不足以动人者,退居茅舍,盖其分也。幸而有学问,语言粗可应对人,平居交游,无显人膴仕④,虽欲舍庵又将焉适?此特系马而止耳,岂皆悟此理耶?师性识超然,出人数等,士夫喜师,不可胜计。于此安之,不有觊觎,是真了此者也。虽然,列子行天,非风不可,古人讥之,盖非无待而然者。今师必赖一枝,犹未脱焉。百尺竿头,当进一步。师肯承当否?更俟他日,与师分付。"

师名仁美,南剑州沙县人也。庵在县之南,起于宣和之季,落成于靖康之初。云。

注释

①此记写于靖康元年(1126)春。一枝庵,在沙县城南,宋邑人仁美所建,邓肃为之命名。今已废。

②四渎:长江、黄河、淮河、济水的合称。《晋书·天文志》:"东井南垣之东四星曰四渎,江、河、淮、济之精也。"

③鹪鹩:音 jiāo liáo。一种小型鸟类,鸣禽。

④膴仕:膴,音 wǔ,膏腴,肥沃。喻显赫官职、高官厚禄。

译文

我少年时喜爱水,挖坑塘,游溪流,月下垂钓,终日乐在潺流之水。感到舒适满足,说:"水不过如此。"有人说:"这是没有见过江河淮济啊。"

后来连年奔走于道路,偶然看到汪洋万顷,无边无际。如果刮起大风,则汹涌澎湃,浪高数丈。然后才知道,我从前所喜欢的水,不过是牛蹄踏过的脚印中的水吧。有人又说:"这也未足以谈水,只是四渎的分流而已。如果是大海,就会将其全部容纳,六合内外,合为一流,何止万川而已。"我说:"咦,有这回事?我要去看看。"那人说:"你怎么能看完?天地之大,四周各五亿五万五千五百里,四海是它的脉络。如今想游遍它,以极无穷之观,非肉身飞到八极不可也。"

我乃茫然自失,仰天而叹,说:"天下之景无穷,而玩景之情也无尽。任情逐景,不知归宿,将要随波逐流吗?"曾经看涓涓细流,升于天、行于地,运行千年,曾无损益。如此来看,那么应当有所体验而满足了。满天之水,本来每一滴都一样,又何必非要看沧海呢?倘若不这样认为,而一定要去观赏,若又有大于沧海的,又将怎么办呢?

唉,难道只有观水是这样的吗?天下的事情,恐怕都跟它差不多。夏屋广殿,金碧相照,敲钟打鼓,信众数万,这是佛教寺庙。住持寺庙的人,指点顾盼之间,僧人云集。作止寝食,没有不可意的。看那庵居老人,蒙头冷坐,喝的是泉水,吃的是野菜,不是相差万里吗?不满足于庵居的,一定会想领寺,如果不满足于领寺,又会怎样呢?世间轻暖肥甜、迷楼琼屋不知几万,又怎能满足他呢?

芬芳的饮食重点在填饱肚子,庄严的住所重点在能够立足。一庵之大,固然已有余,又何求其他呢?庄周说:"小鸟筑巢于大林子,不过占有一根树枝而已。"说得真好,庄周深知这个意思。不了解一滴水的含意,即使倾注了四海之水,也不足以供他欣赏;不领悟一根树枝的要义,虽扩大至天下,也不足以满足他的要求。这就是世人之所以终身奔波,却深叹而痛惜的原因。

妙智大师仁美公,少年学医,法造三昧,稍长大后,则事潜庵,求佛教教义。精进敏惠,成为一时名僧。如果肯降低志向,以讨好掌权者,则巨刹名寺都将全部交给他管。大师十分淡然,毫不介意,所以前来求医的人很多,布施像山一样堆积,大师将它全部捐出,用于佛事。曾托迹太平寺,刚好遇到火灾,房子全烧光了。二十年间,栋宇美轮美奂,冠于一邑。大师的出力,占了一半。他侍奉母亲又最孝顺,无愧于古人。忽然失去母亲后,就不再施展医术,说:"我不再行医了。"丧事办完后,就在母亲墓边建庵,作为终生打算。其看同事一师的同门,穿着华丽，居所雄伟，沛然得志，但其知识令人轻视。这难道不是了此一滴，才能安此一枝吗？所以我题其庵为"一枝庵"。

有人问我："庵居的人，当以亿计，难道都了解此意吗？"我说："不是的。世人有才学、智术不足以动人者，退居茅舍，这是他的本分。有幸有一些学问者，语言大体可以应对人，平居交游无显赫大官，虽想舍弃小庵，又将去哪里呢？这只是系马而止，怎么可能都悟到这个道理呢？大师性识超然，出人头地，喜欢他的士大夫不可胜数。于此安然而居，没有觊觎之心，是真了解此意者。虽然列子行天，非风不可，古人讥笑他，正是因为其仍有所要依赖的。如今大师还需要依赖一枝，犹未摆脱。百尺竿头，当进一步。大师肯答应吗？更待他日，听大师吩咐。"

大师俗名仁美，南剑州沙县人。庵在县城南边，始建于宣和末年，落成于靖康初年。

卷之十九 题跋

栟榈先生文集释义

题了翁①墨迹

颜鲁公忠义之气,充塞宇宙,故散落毫楮间者,皆铜筋铁骨,使人望之凛然,不寒而栗。顾岂规规从事墨池笔冢,而至于斯乎?

观了翁作字,便与鲁公同科。盖其胸中所蕴有默契者,亦非可以间架求也。梦得宝此,岂偶然哉②?

建炎四年十二月初十日,邓某书于杉口。

注释

① 了翁:指陈瓘。
② 梦得宝此,岂偶然哉:梦得,即叶梦得,字少蕴,苏州长洲人,两宋之际著名词人。此句意为:叶梦得推崇陈了翁的字为墨宝,并非偶然。

译文

颜真卿忠义之气充塞宇宙,所以笔下散落的文字都是铜筋铁骨,使人望之正气凛然,不寒而栗。那些规规矩矩地从事书法的人,难道能达到这种地步吗?

看到了翁的字,就知道他跟颜真卿是同一类人。因为他们胸中蕴含的完全默契一致,这不是可以从文字结构和布局中勉强求取的。叶梦得以陈了翁的字为墨宝,并非偶然。

建炎四年十二月初十日。邓肃书于杉口。

书乐天①事

王涯②谮乐天,出为江州司马。及甘露之祸,朝士殆无遗者。而乐天方在洛中游香山寺。然则涯果能陷乐天否乎?小人无知,欲以人胜天。类皆如此,但可怜耳。

注释

①乐天:白居易,字乐天,号香山居士。
②王涯:字广津,太原人。博学,工属文。唐贞元年间擢进士,翰林学士。官至吏部尚书、代郡公。

译文

王涯诬陷白居易,使其谪为江州司马。遇到甘露之变,朝士几乎没有留下的,而白居易还在洛中游览香山寺。然而,王涯真的能陷害到白居易吗?小人无知,想以人胜天。物类都是如此,只剩下可怜罢了。

书扬雄①事

屈原、伍子胥、晁错②,皆死国之士,不当更訾之。盖事君以忠为主,才智不足论也。

扬雄一切讥之,谓非智者之事,是知扬雄胸中所蕴,欲作美新之书③久矣,岂迫于不得已而后为乎?迨莽以符命捕刘棻、甄丰等,雄自投阁。班固便谓棻尝从雄学,故雄不得不惧。殊不知美新、符命一体也,莽既怒符命,则于美新何有乎?雄身为叛臣,无所容天地之间,故愤然捐躯,期速死耳。此扬雄之徒,所谓智也。

注释

①扬雄:西汉著名哲学家、思想家、文学家、历史学家、语言文字学家。后来屈身于篡权的王莽,做了王莽的文官。据《汉书》记载,王莽当政时,扬雄的门人刘棻因符命获罪,被流放。当时扬雄正在天禄阁校书,怕被株连,就从阁上跳下,几乎摔死。时人说他"惟寂寞,自投阁"。
②晁错:西汉时期政治家、文学家。汉文帝时,任太常掌故,后历任太子舍人、博士、太子家令;景帝即位后,任为内史,后迁至御史大夫。

③美新之书：指扬雄仿效司马相如《封禅书》而献给王莽的奏书《剧秦美新》。该奏书批判暴秦，赞美王莽，以追求不朽之言，后人评其"典而不实"。

译文

屈原、伍子胥、晁错，都是死于国家的大臣，不应当诋毁他们。事君以忠为大，才智不足论也。

世人讥讽扬雄，说他所为不是聪明人做的事，是知道扬雄心中早就想作《剧秦美新》之书了，哪里是迫不得已而为之呢？等到王莽以符命捕杀刘棻、甄丰时，扬雄自投阁。班固称刘棻曾从学于扬雄，所以扬雄不得不怕。殊不知《剧秦美新》与符命是一样的，王莽既恨符命，对《剧秦美新》又会怎样呢？扬雄身为叛臣，无容于天地之间，所以才愤然捐躯，只求速死便是。这就是扬雄之流所谓的智。

书字学

庄周以短后之衣①，为赵王说剑；孟轲与齐王语，乃论好色、好货。二公之论，虽主于正，然其始也，别之以所好；及其终也，乃极之以所不可为，无乃类于苏秦、张仪之掉舌乎？曰："战国以纵横之说为胜，其来久矣。卒然以大中至正之道陈于前，彼且惊骇而不能安。吾说亦何自而入乎？"借苏秦、张仪之辩，以论周公、孔子之道，此君子之术也。

熙丰以来，专用王安石字学，士夫师之，不敢谁何。盖宁以孔圣为误耳，端不敢以郑服②为非也。苏东坡犹切齿，时于文字中以儿戏玩之。今观其论八佾③，则考《说文》曰"从人从肎"。了斋先生极论新法不便，且著《尊尧集》，鄙视安石不啻奴隶等，及作书与曾子宣，乃论"悔"字"从心从每"。

观二公之论，又若未能忘字学者。或者疑之，子曰："庄周、孟轲之意也。"或者曰："然。"

注释

①短后之衣：后身短便于起坐的衣服。
②郑服：指郑玄和服虔。两人都是东汉末年儒家学者、经学大师。
③八佾：佾，音 yì，古代乐舞的行列。八佾，指古代天子享用的一种乐舞，舞列纵横都是八人，共六十四人。

译文

庄周以短后之衣，为赵王说剑；孟轲与齐王谈话，乃论美色与好货。庄周、孟轲的议论，虽主于正，然而刚开始时的话头，是从赵王、齐王的爱好说起，到最后却归结到此爱好之不可为，与苏秦、张仪卖弄三寸不烂之舌不是一样吗？正所谓："战国以纵横之说为胜，由来已久。突然以大中至正之道陈述于前，他们惊骇而不能安。又该从哪里引入呢？"借苏秦、张仪之辩，以论周公、孔子之道，这是君子的方式。

熙宁、元丰年间以来，专用王安石的字学，士大夫学习他，不敢反对。宁以孔圣人为错，也不敢以郑玄、服虔为非。苏东坡尤其切齿痛恨，时常在文字中以儿戏玩弄他。现在看他论八佾，考证《说文解字》，称"从人从育"。陈了斋极论新法的不对，写了《尊尧集》，鄙视王安石如同奴才一般，写信给曾子宣，讨论悔字是"从心从每"。

看苏东坡、陈了斋的论述，又好像不能忘记字学。有人感到疑惑，我说："这是学庄周和孟轲之意。"他们说："确实如此。"

题凤池寺①

漕使陈汝作，邀西清黄尧翁、议郎张泰定、延平外史邓志宏，同游凤池寺。禅房花木，幽香袭人，泉石琮琤，凤②鸣环珮。方兵戈初定之际，享此胜景，以侑一尊，岂易得哉！

绍兴二年三月丙午。

注释

①绍兴二年(1132)三月十五日,陈汝作邀请黄尧翁、张泰定、邓志宏(邓肃)等人,同游于侯官县凤池寺后,邓肃作此题跋。

②凤:旧版《栟榈先生文集》中此处空缺,《全宋文》作"凤"字。

译文

漕运使陈汝作,邀请西清黄尧翁、议郎张泰定、延平外史邓肃一同游凤池寺。禅居花木,幽香袭人,泉石琮琤,凤鸣环珮。正当兵戈初停之时,享此胜景,畅饮一尊,十分不易啊。

绍兴二年三月丙午日。

题贤沙寺①

莆田陈汝作,邀三山黄尧翁、毗陵张泰定、延平邓志宏晚集贤沙寺。宿雨初霁,景物一新。遂获纵观飞山之胜,岂衡山之云特为退之一开乎?佥曰:"当志之。"

绍兴二年三月丙午。

注释

①此题跋写于绍兴二年(1132)三月。贤沙寺:位于兴化(今福建莆田市)。

译文

莆田人陈汝作,邀三山黄尧翁、毗陵张泰定、延平邓肃,晚集于贤沙寺。昨日下雨,天方大开,景物一新。于是得纵观山景之胜,难道南岳衡山的云彩只为韩愈一开吗?大家说:"应当记下此事。"

绍兴二年三月丙午日。

题开平院①

栟榈邓某志宏游此,胜境超然,固非尘俗比②。而住持材成之新诗健笔,气欲凌云。清谈终日,了不及世事也。

白莲结社,当在异日。牵俗而行,惘然作恶。

宣和癸卯八月五日,志之。

注释

①此题跋写于宣和五年(1123)八月初五日。开平院:位于南剑州剑浦县之南(今南平市延平区西芹镇),始建于五代后梁开平四年(910),故名。原为禅院,元代改为寺。历代屡圮屡修。

②比:旧版《栟榈先生文集》中作"鄙"字,《全宋文》作"比"字。

译文

栟榈邓肃游此,胜境超然,固非尘俗可比。而住持材成之新诗雄健,气欲凌云。我们清谈终日,不及世事。

愿他日能于此白莲结社。如今为世俗所绊,惘然不快。

宣和癸卯八月初五日题记。

题瀼溪阁

七峰邓驾道、陈若蒙、邓志宏,伏自尘寰中,纵步得此。茂林危阁,泉石相激,凛然寒风。箕踞露顶,论出世法,积后二日而归。

天上广寒宫未可知,人间决无此景也。

译文

七峰邓驾道、陈若蒙、邓肃,来自尘寰,徒步至此。茂林危阁,泉石相激,凛然寒风。在此箕踞而坐,脱去帽子,论出世法,过了两天才回家。

天上广寒宫如何未可知,人间再没有比这更美的景观了。

书法帖

羲之书,妙绝今古。横斜颠倒,各有奇态,如云烟变化,自出天然,非人力可至也。

苏东坡谓鲁公书,奄有晋宋以来风流。吾恐鲁公政得羲之绪余耳,且力学而至者,非其天也。自生民以来,一羲之而已。

李太白以虞、褚①为书奴,余初过之。后因临虞书者数日,绳绳然如在樊槛中。忽见王笔俊逸如此,便觉纸上有骑气驭风之兴。然后知太白之言,端不妄也。

注释

①虞、褚:指唐代书法家虞世南、褚遂良。

译文

王羲之的字,妙绝古今。横斜颠倒,各有奇态,好比云烟变化,出自天然,不是人力可以达到的。

苏东坡称颜真卿的字,少有晋宋以来的风流。我认为颜真卿正得王羲之的余绪,且是努力学习而达到的,不是天生的。自生民以来,只有一个王羲之而已。

李白以虞世南、褚遂良为书奴,我开始以为太过了。后来因为临摹了几日虞世南的字,感觉其字小心谨慎,好像在牢房里一样。忽然看到王羲之的字俊逸如此,便觉得纸上有骑气驭风之兴。然后才知道李白的话,确实没错。

跋李舍人放鲎文

夏四月己卯,侍舍人李公①游于隐圃。公以放鲎②之事语某,闻而异之,乃请曰:"幸先生书焉,以为众生福田。"公不可,曰:"梦寐之事,未暇也。"

明日造门复请,曰:"南海之民,恃鱼为命。残鲎而食者,岁以万计,未闻有以梦告者。今独于先生而祈焉,不书之,何以耸见闻而助教化?"

公乃恻焉,为之挥毫,叙其残杀之害为甚酷,考其口腹之适为甚微。使之见者皆若亲感其梦,而视血气之类皆为鲎也。则凡有恻隐之心者,其谁忍杀之?爱物之仁,固不可量数,又岂止二鲎而已耶?昔人常谓螺蚌蚬蛤之类,赋性不全,杀之无害。苏子有言:"此乃懦陋顽固众生,不能自诉报怨者。若杀之,正是欺善怕恶。"夫鲎之为物,介重□迟,潜逃深渺,岂亦赋性不足者之类乎?今且能感梦如此,则又乌知其不能自诉耶?是亦可畏哉。此某所以请公之书,而愿为刊之,且道其所念,以告观者。

后五日,门人邓某。

注释

①舍人李公:指李纲。
②鲎:音 hòu,节肢动物。有壳,尾部呈剑状,生活在浅海,俗称鲎鱼。

译文

夏四月己卯日,陪李纲先生游于隐圃。他告诉我梦中放生鲎鱼的事情,我听到之后很惊奇,于是请求他说:"希望您写下此事,作为众生福田。"他不同意,说:"梦中的事,不用理会。"

第二天,我再次登门请求,说:"南海渔民靠打鱼为生。吃鲎鱼的人,每年上万,没有听说有人受鲨鱼托梦的。如今鲨鱼只向先生祈求,不写下来,怎样才能震撼他人,有利教化呢?"

他于是发恻隐之心,为之挥毫,叙述杀鲨之害为最残酷,考证这种口腹之适为最微。使看到文章的人都好像亲临其梦,而看到有血气的东西都以为是鲨鱼。那么凡有恻隐之心的人,谁忍心杀鲨鱼呢?爱护生灵的仁德,固然不可计数,又何止于几只鲨鱼而已。过去人们常称螺蚌蚬蛤之类,赋性不全,杀之无害。苏东坡有言:"这些都是怯懦顽固的众生,不能自己申诉怨忿。如果杀了它们,正是欺善怕恶。"鲨鱼作为水生动物,行动迟缓,潜于深水之中,也算是赋性不足的一类吧?如今有人能感梦如此,则又怎知其不能自己申诉呢?这也值得敬畏啊。这就是我之所以请李纲先生写下,且愿意为其刊刻,并道其所念给看到此文的人的原因。

后五天,门人邓肃跋。

跋陈了翁谏议书邵尧夫[①]诫子文

此邵尧夫先生之文,了斋先生陈公书之。无甚高不可企及之事,皆中庸之道也。但智者忽之,若不足为;愚者弃之,而不能学。此邵、陈二公所以不能默默,且有望于贤子孙也。

昔韩愈氏示符古风,用玉带、金鱼之说以激之。爱子之情则至矣,而导子之志则陋也。方以邵、陈过庭之训,无乃相万乎?惟识者察之。

注释

①邵尧夫:邵雍,字尧夫,北宋哲学家、易学家。

译文

这是邵尧夫先生写的诫子文,陈了斋先生书写。没有高不可攀的理论,全是中庸之道。但是,聪明的人忽视它,认为没有什么值得做的;愚蠢的人抛弃它,不能认真地学习和遵循。这正是邵尧夫、陈了斋先生不能保持沉默,且寄希望于后代贤子孙的原因。

当年韩愈示儿诗,用玉带、金鱼袋等利禄之事激励后代。爱子之情到了极点,但在引导孩子的志向上就浅薄了。现在见邵尧夫、陈了斋二先生的诫子文,不是相差万里吗?希望有识之士明察。

跋朱乔年所跋王安石字①

自王荆舒②相桑弘羊③以竭山海之利,故世无饱食之农;师商鞅以推不可行之法,故祖宗无可留之典;尊扬雄以赞美新之书,故学者甘为异姓之臣。予读其书,不能终篇,况学其字乎?

朱乔年学道于西洛④,学文于元祐⑤,而能喜荆舒之文欤?其书如此,殆所谓"恶而知其善"者欤?

建炎三年闰月庚辰,栟榈老农⑥。

注 释

①此题跋作于建炎三年(1129)闰八月。
②王荆舒:指王安石,字介甫,号半山。宋神宗元丰年间封为荆国公,后改封舒国公,故称王荆舒、荆舒老人。
③桑弘羊:河南洛阳人,西汉时期政治家、理财专家、汉武帝的顾命大臣之一,官至御史大夫。
④学道于西洛:朱乔年学道,受以程颢、程颐、杨时为代表的西洛理学思想的影响。
⑤学文于元祐:朱乔年学文,受以欧阳修、曾巩为代表的元祐文学"文道并重"的影响。
⑥栟榈老农:邓肃笔名之一。

栟榈先生文集释义

> **译文**

自王安石学习桑弘羊以竭尽山海之利,世上就没有能吃饱的农民了;师从商鞅推行不可行之法,祖宗就没有留下的法则了;尊崇扬雄而赞扬《剧秦美新》之书,学者就甘为他姓之臣了。我看他们的文章,都没办法读完,更何况学他们的字呢?

朱乔年学道于西洛,学文于元祐,而能喜爱王安石的文字吗?其文章如此写,差不多是所谓"恶而知其善"吧?

建炎三年闰月庚辰日,邓肃题。

卷之二十 题跋

跋了翁真迹①

龚公陟升叟②，以忠义敦遣于郡，携其妻舅了翁真迹以过余，曰："幸子跋之。"

开卷凛然，铜筋铁骨，洗空千古侧媚之态，盖鲁公之后一人而已。

升叟勉之！学其书者，岂在点画之间乎？无充宇宙之气者，必不能斥蔡京于崇宁间；不能斥蔡京者，决不能作是书也。升叟勉之！

注释

①了翁真迹：指陈了斋（陈瓘）的书法真迹。
②龚公陟升叟：龚陟，字升叟，生卒不详，系陈瓘的外甥女婿。

译文

龚陟，字升叟，以忠义敦厚扬名于乡郡。他带着妻舅了斋的真迹到我家，说："请您写个跋吧。"

我打开一看，卷面正气凛然，铜筋铁骨，洗净千古侧媚之态，真是颜真卿之后一人而已。

升叟，努力吧！学习他的书法，哪里是在点画之间模仿呢？没有充满宇宙正气的人，绝对不可能在崇宁年间斥责太师蔡京；不能斥责蔡京的人，绝对不可能写出这等字来。升叟，努力吧！

跋蔡君谟书①

观蔡襄②之书，如读欧阳修之文，端严而不刻，温厚而不犯。太平之气，郁然见于毫楮间。当时朝廷之盛，盖可想而知也。

自崇宁以来，以文章字画为天下主盟者，校之仁庙之时⑤，贤否如何、人才盛衰，信乎其可卜治乱也。事至今日，但可恸哭耳。

建炎三年己酉。

注释

①此跋写于建炎三年(1129),观蔡襄文章后而作。
②蔡襄:字君谟,仙游人,宋天圣八年(1030)进士,著名书法家。曾任翰林学士、福建路转运使、泉州知府等职。
③仁庙之时:宋仁宗之时。

译文

看蔡襄的字,如同读欧阳修的文章一样,端严而不刻板,温厚而不冒犯。太平之气,郁然见于纸笔之间。当时朝廷之盛,可想而知。

自崇宁年间以来,以文章字画为天下主盟的人,比之仁宗时贤否如何,人才是盛是衰如何。可见,字也可以预卜治乱呢。时至今日,只能恸哭而已。

建炎三年己酉。

跋李丞相赠邓成材判官诗

建炎三年冬十一月,金寇破洪,传檄下建昌,当时无敢谁何者。判官邓祚①独不可,曰:"宁死耳,忍负吾君父乎?"拂袖而去,誓不降辱。南奔闽山,斥还仆御,脱身万死,而臣子之节立矣。

大丞相李公闻而壮之,因邓有诗,遂次其韵。既赞其所已至,又勉其所当为。锵金戛玉②,铿然廊庙之音。盖道德之妙,形于言咏,非止以句法高天下耳。

邓子之学,其光矣乎。宣和间,邓子尝以诸生从公游于沙阳,得其议论之余,遂能所立如此。今公相期益厚,又非前日比。他时施设,当如何哉?

因读公诗,谨题其后。盖非特勉子耳,亦自警云。

时绍兴元年四月晦⑤。

注释

①判官邓祚：因邓祚（字成材）曾任江西建昌军签判、广西转运判官，故称邓祚为判官。

②锵金戛玉：敲打金器和玉器的声音，形容人的气节凛然。

③晦：晦日，指阴历每月的最后一天。

译文

建炎三年冬十一月，金兵攻破洪州，传檄文至建昌，当时没有人敢作声。唯有判官邓祚反抗，说："宁肯去死，也不忍心背叛君父。"接着拂袖而去，誓不投降。南奔福建，斥还仆役，脱身万死，而守住了为臣的忠义气节。

大丞相李纲听到后大力支持，由于邓祚写了诗，于是步其韵和之。既赞其已经做到的，又勉其应当做的。锵金戛玉，铿然廊庙之音。道德之妙，形于言咏，不仅仅以句法高于天下。

邓祚的学识，多么光大啊。宣和年间，邓祚曾以学生身份，随从李纲游于沙阳，得其教诲，于是节义能够如此。如今李纲对其的期望更高，又非前日可比。他日施展，又当如何呢？

因读李纲诗，谨题其后，并不是光勉励大家，也是自我警醒。

绍兴元年四月晦日。

跋罗右文李左史题栖云真戒大师营治①

沙县佛宫，殆以百计，独无轮藏以耸观者。栖云禅院，真戒大师可臣首造之。金碧相照，恍若天宫，盖闽中所未有也。又以谓傅公之建藏，三藏之传经，皆唱吾道者，因架殿以报之。又立堂于殿下，以招具眼人，同观藏教。白石清泉之间，明窗净几，如在世外。

右文罗公②见曰："此老当为吾邦之杰然者。"叹赏久之，乃纪以诗。而左史李公亦曰："岂特此邦耶？虽求之天下，指不多屈。"遂次其韵，亦以赠焉。且二公平日为吾道主盟，近年以来，义不辱于金张贾马之门。宁居冷宦，聊以卒岁耳，决非假人以言者。

孟子曰："观远臣，以其所主；观近臣，以其所为主。"不知真戒者，但观其所主，则其人可知矣。

注释

①此题跋写于宣和二年（1120）。
②右文罗公：指罗畸。

译文

沙县佛寺，差不多有近百所，但都没有藏经楼以震撼观者。栖云禅寺，真戒大师住持，首次建造藏经楼。金碧相照，恍若天宫，为闽中所未有。又称如傅公之建藏，唐三藏之传播佛经，都是倡导吾道的人，因而架设殿堂以报答他们。又在殿下立堂屋，以招具眼人，同观藏经。白石清泉之间，明窗净几，如在尘世外。

罗右文看后说："真戒大师当为此地杰出之人。"一直赞叹，乃记之以诗。李纲也说："何止此地？即使求之于天下，也是屈指可数的。"于是次其韵，写诗相赠。这二位平日是吾道盟主，近年以来，义不辱于权贵、佞臣之门，宁居冷宦，聊终岁月，绝不是说假话的人。

孟子说："观察外来的臣子，要看他主管的地方；观察身边的臣子，要看他所效劳的对象。"不了解真戒大师的人，仅仅看他主管的地方，就会对他有所了解了。

跋虞郎中画

韩退之作《画记》，于句法中自有丹青，至今开卷熟读，如见画焉。

盖文字奇伟,至此又一变也。

竹溪先生虞仲子①,今记有晋司空卤簿②,于丹青外,更考一代制度。至于论君父锡予之盛,以报人臣勋业之隆,上下泰然,不相疑贰。

吾知仲子笔力,不为画师作耳。茂先德望,晋室第一流,尝鹪鹩自喻,若无志于九万里者,顾岂眷此车马赫奕、胥徒繁盛?区区使愚夫愚妇惊咤咨嗟于瞬息间,遂忘其身,至不得终于牖下③,且祸及其三族乎?盖以身许国者,不顾其私,死生存亡,一切任之耳。傥不如是,则海凫既至,台星中折,茂先已翻然为竹林游矣,宁至如是耶?

仲子职在道山,而以洞霄自隐。其视世间荣辱得丧,为何等物?一见茂先卤簿乃爱之笃、考之详、赞之美如此,盖所美于茂先者,在此而不在彼也。惟有识者辨之。

注 释

①虞仲子:应为宋代民间画师,隐士,号竹溪先生,史料未记载。
②晋司空卤簿:卤簿,仪仗队。此处晋司空指西晋司空张华,字茂先。永康元年(300),赵王司马伦发动政变,张华惨遭杀害。
③终于牖下:牖下,窗下。终于牖下,指寿终正寝。

译 文

韩愈作《画记》,于句法中自有丹青,至今开卷熟读,好像看到画一样。文字奇伟,到这里又是一变。

竹溪先生虞仲子,今画有晋司空茂先的仪仗队,于丹青外,更考证一代制度。论及君王赐予之盛以报人臣勋业之隆,上下泰然,不疑有贰。

我深知虞仲子的笔力,不为一介画师所能有的。茂先德望,晋室一流,曾以小鸟自喻,好像无志于天下,岂会眷恋车马显赫、仆役众多呢?难道只是使普通百姓于瞬间惊叹,以至于忘却本身,而不得寿终正寝,并祸患累及三族吗?以身许国的人,不顾个人利益,生死存亡,一切任其自然。如果不是这样,那么天下乱,重臣死,若茂先之前已幡然醒悟,归隐山林,怎么会到如此地步呢?

虞仲子信奉道教，而以山洞自隐。他看待世间荣辱得失，为何等物？一见茂先仪仗乃爱之深、考之详、赞之美如此，是因为仰慕的是茂先为人，而非仪仗之盛。这只有那些有识之士才能分辨。

跋邓右文①天池②记

天池有二：其一在天上，乘风而去九万里；其一在庐阜③，飞锡而西凡十有七舍④。

余每恨其远，若不可数数者。今又得一焉，即沙县所谓"洞天岩"⑤者是也。岩在梅岑百尺之上，居者以阙水为患。吾兄右文葬其母氏于岩隈，欲作大佛事。忽一念间，得一泉，甘冷可给数百人，故等慈显老以天池目之。余族叔德称又考古援今，为作记文。

吾出吾庐西望，纵步可至，一日虽五七返不见衰惫。是太虚间有三天池，吾乃占其一。时供胜赏，岂不谓闲居之幸乎？或曰："正恐大小、高卑，不可同日而语。"余曰："噫！曹溪一滴与四海同体，大小、高卑何足论耶？乘风而行天上者，羽人也；飞锡而走庐阜者，释子也。羽人、释子，安知其不钦吾右文之孝，慕显老之禅，而喜德称⑥之文章，一日偕来乎？"姑俟之。

注释

①邓右文：沙县人，邓肃族兄，生卒不详，闽学十贤之一。
②天池：洞天岩弯曲处一泉眼，今已废。明代在此建观音阁。
③庐阜：庐山。
④舍：古时一舍，指三十里。
⑤洞天岩：位于沙县城西约两公里处。山势险峻，石壁峭绝，依险架阁，祀定光佛。洞天岩有瀑布，飞流数十丈。李纲命名"洞天瀑布"，为沙阳八景之一。
⑥德称：邓骥，字德称，沙县人，宋宣和六年（1124）甲辰沈晦榜进士，任莆田县尉，闽学十贤之一。

译文

  天池有两处:一处在天上,乘风而去九万里;一处在庐山,飞锡而西十七舍。

  我常常遗憾其远,好像遥不可及。现在又找到一处,即沙县洞天岩。岩在梅岭百尺之上,居者以缺水为忧。我的兄长邓右文在岩的弯曲处葬母,欲作大佛事。忽然在短时间内,冒出了一口泉,甘冽可供数百人,所以等慈寺显老将它看作天池。我的族叔德称考古援今,为之作记。

  走出我的房子往西,徒步便可到达此地,一天走五六趟也不累。这样,天下就有三个天池了,沙县占其一。有时间去欣赏美景,难道不是闲居者的幸运吗?有人说:"恐怕天池的大小高低,不可同日而语。"我说:"哎,曹溪的一滴水与四海的一样,大小、高低何足论也?乘风而行于天上的是仙,飞锡而走庐山的是佛。仙与佛,怎知其不会因钦佩邓右文之孝,仰慕显老之禅,喜爱德称的文章,哪一天相偕而来呢?"姑且等待着。

跋乐氏偕来堂记

  韩愈氏倔强豪迈,疑若空视世间轩冕,若无足介意者。至玉带、金鱼,或叩其门,则形于诗笔,以夸示儿辈。盖贵贵尊贤,其义一也。君子其可忽诸?

  唐辅、粹夫为乐氏二难,卜居深杳,盖将追友逸民,若不数数[①]于趋走者。前达君子举叩其门,或作一再款。乐氏喜之,作堂以名"偕来",所以志之也。

  然则,好贤乐善之心端,不愧退之矣。乡人之彦者,作诗以赠焉,是可以赋也。余罪逐远归,闻乐氏之风,恨未能至。舍弟昼携其诗轴,乞余跋语,于是乎书。

注释

①不数数：不汲汲，指不急切于功名。

译文

韩愈倔强豪迈，好像空视世间车马，无所介意一样。但自从有了官位利禄后，则形于诗笔，以向儿辈夸耀。可见以贵为贵，以贤为尊，其义理是一样的，君子岂可忽视？

唐辅、粹人与乐氏为贤主嘉宾，卜居深山，效仿逸民，不求功名富贵。有声望的前辈君子举叩其门，或一再款留。乐氏十分高兴，作堂名"偕来"，以记此事。

如此，乐氏好贤乐善的心端不输于韩愈。乡人中的贤士作诗以赠，这是可以歌颂的。我因罪而远归，听到乐氏的风尚，遗憾未能赶去。弟弟邓昼带来乐氏的诗集，请我写跋，我于是写此记。

跋文恭公墓志①

安定文恭公②执政日，力修盟好，重兴兵革。当时贪功生事者，往往未必以为然。至宣和间，边隙一开，海内鼎沸。二圣播迁，远在沙漠。而天下横尸，当以亿万计。然后知前辈爱主忧民之心，为天下后世之虑，非世间薄夫浅子所能窥测也。

九原已矣，不可复作。而天下之患，有不可胜言者。伏读志文，谨恸哭以书之。

绍兴二年春正月庚申。

注释

①此题跋写于绍兴二年（1132）正月。
②文恭公：王珪，字禹玉，华阳人。宋庆历二年（1042）进士，历官翰林学士、开封知府等。熙宁三年（1070），拜参知政事，官至三公。哲宗即位，封岐

国公,卒于任上,谥文恭。

译文

安定文恭公王珪执政时,力修盟好,重兴兵革。当时贪功生事的人,往往未必认可。到了宣和年间,边疆战事一开,海内鼎沸。徽宗、钦宗二圣播迁,远在沙漠。天下横尸,以亿万计。然后才知前辈爱主忧民之心,是为天下后世打算,不是世间缺乏远见的人所能知道的。

九原被侵占了,不可再夺回。而天下的灾难,不可胜言。伏读墓志,一边恸哭一边写下此跋。

绍兴二年春正月庚申日。

跋胡公①墓志

蔡京当国二十余年,天下士人举游其门。间有不为京所污者,非才术智识不足以悦京,则其所疏远,不能与京接也。夫初以不才为京所弃,今乃洋洋谓非京党,不亦欺天乎?

了翁志胡公墓,有曰:"帅在政府者,盖斥京也。"公为京所知如此,卒不为京用,岂非人杰哉?诸子于政和间,敢犯时怒②,力求翁文,以志先德,亦下视京辈如草芥耳。今也节义、文章,皆卓然出人数等,盖渊源停蓄,有自来也。呜呼,盛哉!

注释

①胡公:指胡楷,北宋时期倡导"为官一任,造福一方"的著名清官胡则的长子。曾任睦州知州等职,奉旨转任杭州通判,以便侍奉老父。

②敢犯时怒:不怕触犯当朝权臣蔡京的怒气。

译文

蔡京当政二十余年,天下士人纷纷求官在他的门下。也有不为蔡京所污染的，不是才智不足以让他满意，而是因疏远不跟他接触。有的人当初不才，蔡京看不上，如今却扬扬得意，声称自己不是蔡京同党，这不是欺骗上天吗？

了斋为胡公墓撰写墓志，称胡公"在朝廷能驳斥蔡京恶举"。他如此为蔡京所知，始终不被重用，难道不是人杰吗？其诸子在政和年间敢于冒犯时怒，力求了斋作文，以志先父德行，就是视蔡京一伙如草芥。如今节义与文章显著，都高人数等，自是有渊源的。啊，多么兴盛啊！

题称老开堂疏①

称老挂锡②延平，广教禅悦之余，闭户读书，时出好语。使君太博庄公，闻而喜之，令居天王③。为制疏文，有"神珠法雨"之语，可谓知称者。

称今领众肃然，日传此道，清誉四播，如走风雷，亦可谓不负使君所知矣。德公之赐④，欲刊其疏，且求某跋之。余以谓欲报其德者，不必布其文；然非托于文，则无以志吾之知遇也。于是乎书。

靖康改元四月己未，栟榈某书。

注释

①此题跋写于靖康元年（1126）四月二十三日。

②挂锡：悬挂锡杖之意。昔云水僧行脚时必携带锡杖，若入丛林，得允许安居时，则挂锡杖于壁上之钩，以表示止住寺内。任寺庙住持，亦称挂锡。

③天王：指沙县天王寺，在城西福会巷后面，始建于唐中和四年（884），现已不存，但遗址尚可寻。李纲曾说韩偓"尝道沙阳，寓居天王院者岁余，与老僧蕴明相善，以诗赠之"。

④德公之赐：德，感激。感激太博庄公赐予疏文。

译文

　　称老在延平挂锡,广教禅悦之余,闭门读书,时出好语。使君太博庄公听闻后很喜欢,令称老居于天王寺。为之制疏文,有"神珠法雨"之赞,可见他是了解称老的。

　　称老如今领众肃然,每日传颂佛教,清誉四播,如雷贯耳,也算不负使君相知一场。他感激太博庄公赐予疏文,欲刊登此疏,并请我写跋。我说称老想报德,不必刊布文章,但是称老说,若不作文,就无法记载他的知遇之恩。于是我还是写下此事。

　　靖康改元四月己未日,栟榈邓肃书。

卷之二十一 启简

上李右丞相^①启

伏审光被殊恩,擢参大政,士民交庆,社稷增辉,恭惟右丞相公先生:

道贯天人,气充寰宇。尽忠社稷,遑恤妻孥。初擢柏台,尝斥脱靴之力士;继亲香案,遂同折槛之朱云。扁舟既落于穷山,尺纸不干于要路。惟居穷固,略无希进之心;故位崇高,不为患失之虑。敢陈大计,默契宸衷。洗空天上之旄头,拥出云端之北极。措九州于磐石,脱万姓于虎牙。拨乱殊勋,既出子房之帷幄;守成有道,更资傅说之盐梅。谷腹丝身,要观实效;泥金检玉^②,何取虚文?

某顷以青衿,久从绛帐。兀居闽岭,但足一泓之牛蹄;坐想沙堤,上抟万里之羊角。虽乏攀鳞之业,幸为击壤之民。其为欣愉,实倍伦等。

注释

①李右丞相:李纲。
②泥金检玉:指古代天子封禅时所用的告天书函。

译文

呈送给荣获皇恩、参与国是、万众拥护、为国增光的尊敬的右丞相李纲先生:

您德高望重,气充寰宇;忠于国家,舍弃小家。初任御史时,便不畏权贵;再到朝中,遂同朱云折槛一样抗争。一叶扁舟,在穷山间沉浮;一尺薄纸,不挡于他人要道。只是甘于穷困,一点私心也没有;后居高位,也绝不患得患失。勇于献策,契合皇上心意。洗去战争乌云,迎来明净的蓝天。让九州坚如磐石屹立,使百姓从虎口中脱身。拨乱立功,像张良一样运筹帷幄;守成有道,与傅说一般施政得当。穿衣吃饭,要看实效,您的文章就像泥金检玉一样,没有虚文。

我从前以平民之身,作为您的部下。如今身处闽北山区,仅仅是一牛脚印之水;坐在沙溪河边,只见盘旋而上万里旋风之一角。缺少成就大业的理想,有幸作为耕耘大地的平民。十分高兴地写信给您,无与伦比地激动。

上李右丞相简

某顿首拜复:

比观邸报,窃闻入参大政。欣跃之余,连夕不寐。盖谓大厦已成,预为燕雀计。实幸斯道有传,而海内均福也。国势委靡,无如今日。然纪律已定,夫何患哉？百姓足,君孰与不足？太平可以指日矣,天下幸甚。

再启:太平日久,不闻钲鼓之音。一旦羽檄星驰,天下骚动。穷鳞不能致死,但挥涕耳。伏闻先生定大计、建大议,毅然以身当之,笑谈之际,脱万姓于累卵之危。顾岂近世学者,敢望其后尘哉？所幸者,朴樕①散才得先天下之愿,识者款陪杖屦,于山水之间吟诗饮酒,作终年计。其为欣幸,可胜言哉！

顷在闽中,不知世事如许。每得謦欬,及之,但见蹙额,若不自胜者。及来京师于所闻,归拜北堂②,无复西意。敢意今日,得观人杰,起佐圣君,复祖宗故事。与天下息肩,遂尔安然为太平民。欣幸,欣幸！

尝观崇宁以来,火元祐之文,以涂天下之目。凡官于其时者,皆斥而不用,未尝不失笑也。天下公器,自有舆论。故人之贤不肖,亦何与于年号耶？甚矣,小人之恶君子也,不知大体,但极其私心耳。然君子之恶小人,亦犹是也。傥极其情,则亦无所不至矣。于此照之,不落一边,政赖中庸之道。

昔窃观先生有包荒之德,不为卓绝苟异之行,盖于行止疾徐之间而得尧舜之道。不为已甚,而见仲尼之心者也。今也甄陶天下,亦何事于刍荛之言耶？然事师之道,犹事君也,苟有所闻,敢自隐乎？僭易,僭易。

注释

①朴蔌:形容朴素、鄙陋。
②北堂:指母亲。

译文

邓肃顿首拜复:

看到邸报,知道您入参大政,高兴得整夜不能入睡。大厦已成,预为燕雀之计,实在荣幸。此道有传,海内均有福也。国势萎靡不振,没有比现在还糟糕的了。但是纲纪规章已立,还有什么可忧患的呢?百姓富足了,国君怎会不富足呢?太平世界指日可待,这是天下的幸运。

再启:太平日久,不闻交战的声音。一旦战报星夜传来,天下骚动。处于困厄之中的人,只能挥泪而已。听说先生定大计、建大议,毅然以身当之,笑谈之际,脱万姓于累卵之危。难道近世学者敢望您的后尘吗?所幸的是,鄙陋散才得以先天下之愿,拄着手杖,穿着草鞋,在山水之间吟诗喝酒,做终生打算。多么欣幸,不可胜言!

我被贬职归闽中后,不知世事如此。每次伤风咳嗽,只见蹙着眉头,好像不能自控。到京城后的所见所闻,使我回到家中侍奉母亲,没有重返官场的想法。哪敢想今日得观人杰,起佐圣君,恢复祖宗往事。让天下休养生息,于是百姓安然做一个太平世界的平民。真是欣喜,真是幸运!

崇宁年间以来,烧毁元祐之文,遮住天下人的眼睛。凡是当时任职的官员,全部排斥不用,未尝不令人失笑。天下的公器,自有舆论评说。人之贤与不肖,如何跟年号有关呢?小人十分厌恶君子,不识大局,只是为了无限满足自己的私心而已。但君子厌恶小人,也是一样的。如果放纵情感,同样无所不至。与此对照,不偏一边,大政需要赖以中庸之道。

过去观察先生有宽容之德,不为标新立异之行,于行止疾徐之间而得尧舜之道。不做过分的事,而可见仲尼之心。如今您化育天下,我的意见则十分浅陋。但侍奉老师的道理跟事君一样,若有所闻,敢隐瞒吗?再三冒昧。

寄朱乔年①

某顿首再拜：

数千里之远才抵舍，便见君子。遂作许款，慰怪之怀，殆非毫楮所能既也。平津送别，还复黯然。比辰起居如何，临政当有神相。

某前此狂妄，幸脱虎口，今当疏泉种竹，作安焉计。但远去吾乔年，而令德诸友又复他适，兀坐深井，日觉茅塞耳。傥不我弃，幸时惠书并近日新作。切恳，切恳。

余惟为吾道百千自寿，不宣。

某顿首再拜：

天王大风一首，聊叙别后眷眷之私。二兄略不见和，岂简欢耶？但吾党中人，洞见肺腑，不敢以此奉疑耳，便风幸首见及也。

徽城楮煤、泉南二香及韩黄墨刻，皆胜物也。非吾子不能有，非老弟不可分。幸早专人以慰此鹤立。至望，至望。

余人杰秀才，盖名家之子也。顷在泮宫，尝与同舍，云于左右，曾有一日之雅②。今在治下，他无所求，惟觅一安下处，想不难应副也。

干聒不罪，堂上太大人、尊嫂宜人万福，令子安乐否？老兄贵恙，今想平复，要当奈烦，去之有渐可也。药物有效者，点记一二时服之。其他杂方，幸一切置之为妙。灸疮作否？俎豆之间，戒之良易；衽席之上，非斩钉截铁者，不能慎也。然所望吾乔年，与乔年所以自期者，当自知之。其可以顷刻之适，坏此无穷之计乎？越俎代庖，虽为可厌，要臂已有三折，则能明医，故不可不尽也。

许簿伯仲、余思晦、黄彦武诸兄，近方作书，更不及缕布也。某再拜。

注 释

①此简写于宣和二年（1120）春，邓肃被逐出太学返乡之后。

②一日之雅:指短暂的交往。

译 文

邓肃顿首再拜:

　　跋涉数千里之远才刚回到家,便想见到您。于是写点东西,稍慰心怀,并非笔端能表达尽的。大道送别,还复黯然。近日起居如何?处理政务当有神相。

　　我此前狂妄,幸脱虎口,现在疏泉种竹,做休闲打算。只是远离您,而各位道德高尚的朋友又去往他处,我只能兀坐深井,消息闭塞。如果不嫌弃我,希望时常给我寄信与新作。切记,切记。

　　为了吾道,多多保重。

邓肃顿首再拜:

　　天王大风那首诗,聊叙别后依依不舍的心情。二兄若没有唱和之作,快乐岂不是少了许多?我们同道中人,洞见肺腑,不敢以此猜疑,只是庆幸首次见到如此大风而已。

　　徽城楮煤、泉南二香以及韩愈、黄庭坚墨刻,都是好东西。非我们不能享有,除了老弟不可分给别人。幸好早派专人去取,以抚慰我的期盼。至望,至望。

　　我也算是人杰秀才,名家之子。从前读书时,曾与您同舍,说于左右,有一日之雅。现在在您管辖之下,我只求一个安身之处,想必不难实现吧。

　　请不要怪罪我的啰唆,令堂、夫人万福,令郎安乐否?老兄的病情,今想平复,一定要耐烦,能逐渐祛除疾病就可以了。药物能见效的,记住一两个小时就服用。其他杂方,最好都不要用。灸疮还发作吗?饮食之间,戒之很容易;床铺之上,非斩钉截铁者不能做到。我对您的期望,与您对自己的期望,您应该明白。难道可以因一时的舒适坏此无穷之计吗?我越俎代庖,虽惹人讨厌,但手臂三次骨折后便晓医学,所以不可不再三交代。

　　许簿兄弟、余思晦、黄彦武诸位,最近方有来信,更不及详告。邓肃再拜。

答吴时中

某顿首再拜时中秘校吾友座下：

作别益久，驰仰殆不胜言，专人损教①，感服友谊。仍审即日，尊侯万福。某托庇粗遣，未有承晤之幸，敢祈百千自寿？前膺殊选，谨上状不宣。

某顿首再拜启：

罪逐孤踪，日复一日，便当叩角，作归农计。但时势未宁，恐不可以安枕耳。时中养闲里闬，事业当益进也。一邱一壑，自有高韵，世间荣辱，不足介念。此间朋友，虽不乏人，议论才学，类有可取。但进取之志，时津津然见于颜面间。出处殊途②，终不能满意。时中有暇，能惠然肯顾否？木牛石马，当有以为公献也。

谢丈闲居，为众人作佛事，使鼠窃狗偷无敢窥其境者。乃知此公志在爱人，非自为也。世间小人，虽闺门之内，尚与兄弟分彼此，孰能克己如谢丈乎？想左右亦有以助之，此皆朋旧间美事，良为助喜也。欲言无穷，但不能多幅耳。某顿首再拜。

注释

①损教：犹损书，称对方贬抑身份而写的信。敬辞。
②出处殊途：出仕与隐居的态度各不相同。

译文

邓肃顿首再拜时中秘校吾友座下：

作别越久，仰慕之心更不胜言，专人赐教，感服友谊。仍审即日，尊候问好。我受您庇护，得以派遣，未有承晤之幸，望您多多保重。前日受破格选拔，谨上状不宣。

邓肃顿首再拜启：

　　我因罪受贬谪，日复一日，于是叩敲牛角，做归农打算。但战乱未平，恐不能安睡。您养闲乡间，事业当益进。一丘一壑，自有高韵，世间荣辱，不足介意。此间朋友虽不缺乏，议论才学各有可取。但进取之志，时常洋溢在脸上。出处殊途，终不能令人满意。您若有空，能否来我这呢？木牛石马，当有用来招待您的东西。

　　谢丈闲居，为众人作佛事，使全境没有鼠窃狗偷之辈敢进犯。乃知此公，志在爱人，不是只顾自己。世间小人，虽在闺门之内，尚与兄弟分彼此，怎能克己如谢丈呢？想左右也有助他的，这都是朋友之间的好事，是助喜也。想说的无穷无尽，但篇幅有限。邓肃顿首再拜。

答陈梦兆①

某顿首再拜，上启知县朝奉丈座前：

　　夏热，伏惟宰宇多暇，神明赞祉，尊候动止万福。某托庇西来，已造建安，行遂参见。但切忻愉，谨先奉状起居，不宣。

某顿首再拜：

　　前日承书叠幅，尤荷意勤。来辛径之沙阳，更不具状上谢，想蒙照亮。某误蒙召对，实出奖提。幸见君父，以摅所欲论者，非特教诲，何以副九重之望哉？即干提耳，得毋金玉其音②也。某顿首再拜。

某再拜：

　　搬家之喻，极荷见教。前日被受圣旨③，令日下就道。再有火急，起离指挥。前后凡十有一次催促，自顾何人敢迟延？既对之后，即归迎侍，使老人不冒畏暑以登途，盖两便也。如何如何。

注释

①陈梦兆:陈麟,旧居剑浦(今南平)。后娶沙县妻,遂居沙县城关。大观三年(1109)进士,任闽县令。绍兴元年(1131),升任韶州知州。后因剿寇有功,擢为湖南转运判官。此简应写于绍兴元年(1131)夏,陈梦兆任闽县令,尚未升任韶州知州之前。

②金玉其音:像金玉一样的声音。称赞别人说的话价值很高。

③受圣旨:据《建炎以来系年要录》记载,绍兴元年(1131)十一月十七日庚戌,朝廷下旨"承务郎邓肃主管江州太平观,从所管也"。

译文

邓肃顿首再拜,上启知县朝奉丈座前:

夏日炎热,望您多有闲暇,神明赞祉,动止多福。我蒙庇护西来,已到达建安,遂行参见。但切忉愉,谨先奉状起居,不宣。

邓肃顿首再拜:

前日承书多幅,您太用心了。我直接回到沙县,更不具状上谢,想蒙照亮。我误蒙召对时,实出自您的奖掖提携。幸见君王,以表达所欲议论者,若非有您的教诲,何以满足君王的期望?请您赐教,让我听到金玉一样的良言。我顿首再拜。

邓肃再拜:

搬家的比喻,我十分受教。前日接到圣旨,令即日启程。十分紧急,于是指挥着动身。朝廷前后十一次催促,何人敢延迟?既对之后,归家迎候侍奉,使家中老人不用在大热天于路上奔波,这是两相方便的事。奈何奈何。

卷之二十二 祭文

奉安陈谏议祭文①

维建炎三年，岁次戊申，二月乙卯朔，二十日甲戌，某谨以清酌庶馐②之奠，昭告故谏议大夫了斋先生陈公之灵曰：

靖康之难，胎于崇宁。相彼元恶，治乱已分。人皆见于已著，公独察乎未形。正色立朝，上婴逆鳞③。虽菽粟之奉，不给于朝暮，而正直之气，盖充塞乎乾坤。若上皇能用公于三黜④之后，则必无宣和之末；若渊圣能作公于九泉之下，则必无沙漠之征。

呜呼，已矣乎！公道兴衰，系国休戚。故公之死生存亡，不系于公，而系乎造物。昔公南迁，义不枉尺，斯民企踵，犹冀万一。一旦梦奠于两楹之间，四海为之失色。善类无师，吾道将绝；小人无畏，争臣新室。此有志之士，所以为天下恸，而不独为邦人惜也。

圣人念公，恩锡日隆。平生事业，已勒鼎钟。

乡曲儒生，慕公高风。参前倚衡，若接音容。

貌公之像，血食学宫。先圣之道，与公无穷。

尚享！

注 释

①此祭文写于建炎三年（1129）二月二十日。陈谏议：指陈瓘。

②清酌庶馐：恭敬地准备了清醇美酒、多样佳肴等祭奠物品。

③上婴逆鳞：语出《韩非子》，龙之喉下有逆鳞径尺，人若触之，则必动其怒，而为其所杀。比喻古代谏臣触怒君王。

④三黜：三次被罢官。

译 文

建炎三年，岁在戊申，二月乙卯朔，二十日甲戌，我等谨以清酌庶馐之奠，昭告故谏议大夫了斋先生陈公之灵：

靖康之难，源于崇宁。相彼首恶，治乱已分。人皆见于已显之时，您独察乎未形。正色立朝，上婴逆鳞。即使菽粟之奉，不给于朝暮；然而正直之气,充塞于乾坤。若上皇能用您于三次罢免之后,就绝无宣和末年之事;如果钦宗能起用于九泉之下的您,就必定没有流浪沙漠之行。

唉,这些事都已经过去了。您之道的兴衰,与国家休戚相关。所以您的生死,不仅关系个人,而且关系到全天下。过去您南迁,义不枉尺,此民企望,犹异万一。一旦梦奠于两联之间,四海为之失色。善人不得师,吾道将绝迹;小人无所畏,争做新室臣。这就是有志之士,之所以为天下悲恸,而不独为国人可惜的原因。

圣人念公,恩锡日隆。平生事业,已勒鼎钟。

乡曲儒生,慕公高风。参前倚衡,若接音容。

貌公之像,血食学宫。先圣之道,与公无穷。

尚飨!

沙县灵卫邓公祝文①

维公昔因唐季,尝挫贼锋②,脱万姓于虎牙,措一同于化国③。顷兴浙寇,共怀巢幕之危④;阴赉我邦,独享覆盂之固⑤。使华协奏,天宠载临,尸祝⑥之来,纷如蚁聚。庙祠之建,粲若翚飞,更须左右其民,以克终始之德。英风冠世,洗空天上之旄头;义气横空,拥出云端之北极。四夷电灭,六合春回。岂惟一邑之雄,要作万邦之杰。仰希聪听,俯察舆情。

宣和八年春二月庚寅⑦,闻金人不恭,敢拒大邦,羽檄星驰,郡邑惊扰。切得兵符而读之,往往泣下。

靖康改元癸卯,夜梦有老人东向而坐,呼所统之兵,纷来无穷,皆屏息受命,无敢谁何者。老人语之曰:"若等善护此,勿挠之。"群卒皆云:"某属于公,敢他为哉?"觉而异之曰:"是何神乎?而独佑我也。"忽,郑中踵门而请曰:"灵卫被旨创庙,冠绝吾邦。出师者争祷焉,但未有祝文,幸夫子制之。"然后,知灵卫公果佑吾邑者。

丙午谨撰此⑧,录未果而捷音到矣。天兵所指,摧朽拉枯。因其请降,舍之使去。

呜呼,快哉!叩角击壤,将复为太平民矣。遂并书之,以彰灵卫之迹云。

注 释

①沙县灵卫邓公祝文:此篇祭文写于靖康元年(1126)春。邓肃系邓光布第十四世裔孙。灵卫邓公:邓光布,河南光州固始人,唐末入闽,初任侯官县令,继授崇安镇将,后封为剑州将军。邓光布鉴于沙邑古县地形易攻难守,首倡迁县治。后与汀州府司录参军兼摄沙县事曹朋于唐中和四年(884)完成迁县治工作。邓光布的夫人曹氏,系曹朋之妹。曹朋后裔曹振懋(清光绪丁酉科拔进士,后任南京民国政府陆海空军总司令部参谋本部秘书),曾在清光绪二十七年(1901)沙县湖源西洋邓氏族谱序中写道:"吾家与邓氏世为姻好,自唐僖宗时,吾祖朋公由河南固始来,官于沙。而邓氏之祖曰光布公者,亦其时由固始入闽,为崇安镇将,后授剑州路将军。朋公之妹为将军夫人。二公生同里、官同地,重以姻娅之亲,不可谓非奇缘也。"另据清流县罗口、连城县朱坊《南阳邓氏族谱》记载:"时唐年不靖,草窃四起,革挠于乡城,戎毒于遐迩。"唐文德元年(888),浙寇复扰沙邑,邓光布率部御寇,在洛溪桥头(今洋坊村溪口)中流箭而殁,葬于今沙县南阳乡大基口村虹仔窠,称将军墓。1984年,沙县人民政府把将军墓列为县级文物保护单位。

②尝挫贼锋:曾抵抗贼寇进犯我地,挫其前锋锐气。

③脱万姓于虎牙,措一同于化国:使百姓脱离虎牙伤人之危险,共同维护国家安危,以德教育感化国家。

④顷兴浙寇,共怀巢幕之危:意为浙江的贼寇袭来,使百姓有燕巢卫幕之险。

⑤阴赉我邦,独享覆盂之固:星月赐给我们国土家园,让我们独享稳固的社会生活。

⑥尸祝:主祭人。

⑦宣和八年春二月庚寅:宣和八年,即靖康元年。宋徽宗赵佶在宣和七年(1125)十二月二十三日已把皇位禅让给太子赵桓,过了八天即为次年正月初一日,改元靖康,即靖康元年(1126)。只是改元靖康的圣旨发布到全国

各地也要有一段时日,百姓才能得知。二月庚寅,二月庚寅日。

⑧丙午谨撰此:二月丙午日撰写此文。

译文

您在唐朝末年,曾挫败贼锋,脱万姓于虎牙,措一同于化国。浙寇侵扰,共怀巢幕之危;阴赐我地,独享覆盂之固。使华协奏,天宠载临,尸祝之来,纷如蚁聚。庙祠之建,粲灿若翚飞,更须左右其民,以克尽始终之德。英风冠世,洗空天上旄头;义气横空,拥出云端北极。四夷电灭,六合春回。何止是一县之雄,而是要做万邦之杰。抬头倾听圣训,低头体察民情。

祝文如下:

宣和八年春二月庚寅日,听到金人不恭,敢抗拒大国,羽檄星驰,郡县惊扰。切得兵符而读之,往往泪下。

靖康改元癸卯日,我夜梦有老人向东而坐,招集所统之兵,纷来无穷。士兵全部静静地接受命令,不敢违抗。老人说:"你们好好地保护此地,不要侵扰黎民。"他们都说:"我们都由您管辖,岂敢乱来?"我一觉醒来,奇怪地说:"是何方神仙呀?单为保护我们。"忽然,郑中亲自登门,说:"灵卫公之庙是受圣旨而建,冠绝吾邦。出师作战的人争着祈祷,仅是没有祝文,希望您为他写篇祝文。"如此,我才知道灵卫公果然是保佑我县平安的人。

靖康元年丙午日撰写此祝文,抄写未完便传来捷报。天兵所指,摧枯拉朽。因为敌人请降,便舍之使去。

啊,真是高兴极了。叩角击壤,将复为太平民了。于是我写下此文,以彰显灵卫公的圣迹。

灵卫庙①赛愿祝文

楛矢南飞,漫天如雪。左蔽江南,右暗吴越。
嗟嗟七闽,江浙之间。凛如累卵,上压太山。

我邑在闽，浪名富庶。兵大鼎来，金日可虑。
爰率儒士，列拜庙庭。冀公之庇，以窃康宁。
天书夜报，贼兵稍北。奠枕旧居，实公之德。
公德如山，我不敢忘。既陈牲币，又奠椒浆。
君恩如天，公其可忽。既福此邦，当佐上国。
黄屋蒙尘，今犹海乡。公其相之，万国来王。

注释

①灵卫庙：此祝文写于靖康元年（1126）初春。灵卫庙，又称灵卫侯祠，为祭祀邓光布而建。邓光布将军率部御寇身亡后，"初，邑人感将军绩，设神牌于县衙内祭祀"。由于祠原在县衙后面，官衙不便于民事，后迁建于水南凤凰山麓。因邓将军功绩显著，被奉为神灵，民间凡疾苦、灾难都入祠祷告乞求庇佑。后多次受到朝廷的封赐。宣和五年（1123），宋徽宗追封邓光布为"灵卫侯"，敕建灵卫侯祠，御赐"灵卫"匾额。靖康二年（1127），宋钦宗又御赐"武显八闽"匾额，以昭彰邓光布将军的显赫功绩。绍兴十五年（1145），宋高宗进封"显应"，特赐春秋两祭。元统元年（1333），元惠宗又御赐"威镇闽邦"匾额。明朝永乐年间，僧人性海会同邓氏族人发动募捐，重修灵卫侯祠。后人改称为将军祠。1996年因国道205线改造拆迁，重建将军祠。1998年，沙县人民政府把将军祠列为县级文物保护单位。

卷之二十三 疏语

祈 雨

畏日炎炎，固将烁石。斯民切切，誓欲焚巫。不有一滴之禅，孰均四方之惠。

恭惟定应大师①：

法转乾坤，道周夷夏。凤从众愿，每慰群生。今此哀祈，更希慈念。笑驱雷电，去挽天上之银河；泽遍根茎，坐失人间之火瓮。当使斩鹅之忍，化为鼓腹之游。实望慈航②，速济苦海。某等瞻天望圣，哀祈之至！

注释

①定应大师：五代后梁时期的布袋和尚，肚子奇大，笑口常开，又称大肚佛、笑佛，传为弥勒菩萨的化身。圆寂于浙江奉化岳林寺东廊，后人建庵祭祀。

②慈航：佛教用语。谓菩萨以慈悲之心度人，如航船之济众生，使其脱离生死苦海。

译文

畏日炎炎，固将烁石。斯民切切，誓欲焚巫。没有一滴之禅，哪有四方之惠？

恭惟定应大师：

法转乾坤，道周夷夏。凤从众愿，每慰群生。今此哀祈，更望慈念。笑驱雷电，去挽天上银河；泽遍根茎，坐失人间火瓮。当使斩鹅之忍，化为鼓腹之游。实望慈航，速济苦海。我等瞻天望圣，哀求之至！

谢 雨

佛法如天，肯责根茎之报；人心似子，难忘父母之恩。肆启净筵，式陈愚悃。

切以时丁流火之候,月无离毕之躔①。涓涓已绝于牛蹄,种种皆赪于鲂尾②。仰赖佛驾,俯降尘寰。一念回天,驱酷暑于过时之盛;连宵倒井,起群生于既困之余。坐令瘁瘁之秋容,忽变熙熙之春色。然本缘汤旱,少憩人间;已作商霖,当归岩窦。仰瞻回驭,同倾不替之诚;更冀余波,以卒无边之患。某等不胜瞻天望圣,激切屏营之至!

注释

①躔:音 chán。天体的运行。
②赪于鲂尾:赪,音 chēng。鲂尾本白而赤,形容困苦劳累,负担过重。又称鲂鱼赪尾。

译文

佛法如天,肯责根茎之报;人心似子,难望父母之恩。肆启净筵,表达我们诚恳的心情。

切以时丁流火时候,月无离华足迹。涓涓细流已绝于牛蹄,世间万物已疲惫不堪。仰望佛驾,俯降尘寰。一念回天,驱酷暑于过时之盛;连宵倒井,起群生于既困之余。坐令瘁瘁秋容,忽变熙熙春色。然而本缘汤旱,少憩人间;以作商霖,当归岩洞。仰瞻回驭,同倾不替之诚;更望余波,以终无边之患。我等不胜瞻天望圣,激切屏营之至!

天王称老开堂

当年主席,曾烦独脚之夔①;今日传衣,可无三角之虎?政赖作家之手段,来继本色之钳锤②。再起祥光,唤回胜景。

称公禅老,凤亲文墨。每观鼻孔之撩天,壮了宗乘;已觉脚根之点地,挂眼金屑③,业已扫之。贴肉汗衫,予今剥矣。用勒三条之篾,来覆一把之茅。法窟嚬呻④,万籁俱息;禅林蹴踏⑤,六合皆惊。妙传六祖之心,永祝一人之寿。请升猊座⑥,须振雷音。

注释

①夔:音 kuí。古代传说中的一种龙形异兽。
②钳锤:剃落头发,锤打身体。比喻禅家的接受点化。
③挂眼金屑:金屑虽贵重,入眼亦为病。比喻贵重之物处置不当,扞格不入;亦昭示学人在悟道后,须破除法机,方得彻悟。
④嚬呻:嚬,音 pín。蹙眉呻吟。
⑤蹴踏:蹴,音 cù。比喻蹂躏,摧残。
⑥猊座:狮子座,指佛、菩萨所坐之处,亦指高僧之座。

译文

当年主持,曾烦独脚夔龙;今日传衣,可无三角之虎?政赖作家手段,来继本色钳锤。再起祥光,唤回胜景。

称公禅老,凤亲文墨。每观鼻孔朝天,壮了宗乘;已觉脚跟点地,金屑挂眼,业已扫之。贴肉汗衫,今日脱下。用勒三条的竹篾,来扎一把茅草。法窟嚬呻,万籁俱息;禅林蹴踏,天下皆惊。妙传六祖心,永祝一人寿。请升猊座,须振雷音。

高飞新老开堂

藕丝孔内,既可追军;牛蹄泓中,何妨说法。况此三家村里,亦是百尺竿头。倘若当仁,自堪选佛。今起南宗之规矩,政资本色之钳锤。

惟新公禅老,出自梵严之丛林,来佐天王之法席。但知跛跛挈挈①,何曾暖暖姝姝②?忽有悟于吹毛,遂难藏于硾③米。今兹拈出分明,对箭当胸,但看令行不是。呼鸡作凤,唤回痴种子,接取明眼人,坐令蚁穴蜂房,俱为佛地。何用龙宫玉食,徒美人观?好振雷音,仰祝尧算。

注释

①跛跛挈挈:挈,音 qiè。指艰难地行走。
②暖暖姝姝:自满,沾沾自喜的样子。
③硙:音 wéi。洁白光亮。

译文

藕丝孔内,既可追军;牛蹄水中,何妨说法。况此三家村里,也是百尺竿头。傥若当仁,自能选佛。今起南宗规矩,政资本色钳锤。

新公禅老,出自梵严中的丛林,来佐天王法席。但知跛跛挈挈,何曾暖暖姝姝?忽有悟于吹毛,遂难藏于白米。如今拈出分明,对箭当胸,只看令行不是。唤鸡为凤,唤回痴种子,接取明眼人,坐令蚁穴蜂房,俱为佛地。何必用龙宫玉食,徒劳显示美观?好振雷音,仰祝尧算。

代人请长老升座①

幻体反空,已失倚门之望;潮音振地,宁须建鼓之求。盖禅悦之门,不殊今古;故游戏之际,可度人天。

惟亡男瓯宁令尹,绍业箕裘,律身冰雪。虽苦学志于附凤,而没世终于割鸡。陶令②径归,雅有林泉之趣;子文无愠,何妨蒌菲之诼③?气方凛于长虹,身忽先于朝露。欲追九泉之福,可无一滴之禅?而等慈有大比邱。土面灰头,初不落于兔角;拈花竖拂,亦何与于卵毛?尽吸西江,均为法雨;生吞栗棘,高视丛林。愿假妙音,唤回英魄。已脱南阁④之苦,便跻兜率之游⑤。

注释

①从内容看,此文不是请长老升座文,倒像是请长老代人为亡故的瓯宁令尹超度文。
②陶令:指陶渊明。
③萋菲之谗:比喻谗言。
④南阎:泛指人间世界。
⑤便跻兜率之游:兜率,梵文音译,佛教称天上的第四层天,其内院是弥勒菩萨净土,外院是天上众生居处,这里人人都知足快乐。此句意为:亡故的瓯宁令尹已升到极乐世界去了。

译文

幻体反空,已失倚门之望;潮音振地,宁须建鼓之求。禅悦之门,不殊今古;游戏之际,可度人天。

亡男瓯宁令尹,继承家业,律身冰雪。虽苦学志于附凤,而没世终于县尹。陶令径归,雅有林泉之趣;子文无怒,何妨萋菲之谗?气方凛于长虹,身忽先于朝露。欲追九泉之福,可无一滴之禅?而等慈有大比邱。土面灰头,初不落于兔角;拈花竖拂,亦何与于卵毛?尽吸西江,均有法雨;生吞栗棘,高视丛林。愿假妙音,唤回英魂。已脱人间之苦,便做极乐之游。

卷之二十四 志铭

何长善承事墓志铭①

君讳抗,字彦高。晋永嘉中,有八姓入闽②者,何其一也。君实其裔,故世为邵武桃溪人。曾父讳福,大父讳景,皇考讳绍谟,皆隐德不仕。自大父以下,皆博通经史,尤深《左氏春秋》。然止用以行己耳,未尝为进取计。

君继其业,家益贫,遂习进士举。自元丰历绍圣,经义词赋,盖尝再变,君各臻其妙。抠衣膝行,愿为门弟子者,盖不特为闽中士人耳。自江以西,往往皆来。凡辱君奖提者,类登巍科、作朊仕,曳青紫③、拜绛帷④,以谢恩德者,岁不乏人。故君虽栖迟⑤蹭蹬⑥,未有所遇,然声誉益砰轰,众皆意君旦夕为云霄人矣。

会崇宁间行舍法,月考岁计,铢积寸累,必历数寒暑,然后得以射策王庭。君曰:"嘻!吾二亲垂白,家无担石,岂可辍吾温清⑦不可阙之恩,以易区区无用之虚名乎!"故安居陋巷以教四方学者,鹑衣蔬茹,泰然自处,力事二亲,孝行蔼⑧闻。

晚年尤喜佛书,于生死之变,盖了了然。宣和七年冬,得疾逾月,未尝伏枕,但挥肉食耳。十一月三日晨兴,正冠西首,奄然而逝,得岁六十有七。娶冯氏,男二人,曰元、曰方,皆应进士举。方尝游边,得承信郎,今陷燕山不能归。孙三人,曰镈、曰铸、曰铎。

元才学卓然,于某为友,旧以君门下士、通直郎谢。寻状君之行,不远数百里过余曰:"先君子老死场屋,不有碣铭,将泯没矣。愿夫子志之。"余曰:"嘻!君终身不遇,岂才之罪乎?"君少年未闻道,尝侍母疾,至于刲股⑨。此在君为不足书,然孝诚所迫,非以声音笑貌为也。

尝同仲兄游学江西,兄不幸,即负其骨以归。时方炎蒸,瘴疟日甚,死于道路者往往相枕。或戒君以徐行,君曰:"嘻!死生不足顾也。吾知负吾兄,以慰倚门之望耳。"考其所履如此,真可谓之孝子矣。

古人求忠臣,必于孝子之门。若使君得志在朝廷上,决不顾妻孥服食之私,卖国以自媒其所立,当有绝人者。君今不忍舍其亲以居学

校,遂使天下失此忠臣,盖崇宁创法者沮之耳。此余所以伤一时政事之失,而不伤君之不偶也。请铭之,铭曰:

胸中万卷,笔下云烟。百不一死,归此九泉。

子孙绳绳,既艺且贤。其后必大,吾卜之天。

注释

①此文写于宣和七年(1125)冬。

②晋永嘉中,有八姓入闽:西晋永嘉年间,因五胡乱华,北方社会动荡不安,迫使中原门阀士族和百姓大规模南迁,史称"永嘉衣冠南渡"。据《三山志》载:"永嘉之乱,衣冠南渡,始者八族。"当时中原大族有八姓入闽,即林、黄、陈、郑、詹、邱、何、胡。入闽八姓族人先后在闽北建安(今建瓯)及闽东晋安(今福州)定居,而后渐向闽中和闽南沿海扩散。这是中原地区人民第一次大规模南迁,也是北方汉人与闽人的第一次大融合。

③曳青紫:古时公卿牵引着青紫绶带,喻显达官爵。

④拜绛帷:古时在红色帷帐前尊拜师长。

⑤栖迟:漂泊失意。

⑥蹭蹬:险阻难行,失势貌。

⑦温凊:凊,音 qìng。冬温夏凊,意指侍奉父母之礼。

⑧蔼:旧版《栟榈先生文集》中作"霭"字,《全宋文》作"蔼"字。

⑨刲股:典出割股疗亲,古以为孝行。意指崇敬之至。

译文

何长善又名何抗,字彦高。晋代永嘉年间,有八姓入闽,何姓是其中一姓。何长善实为其后裔,所以世代为邵武桃溪人。他的曾祖父叫何福,祖父叫何景,父亲叫何绍谟,全部隐德不做官。祖父以下,都博通经史,尤深通《左氏春秋》。然而,只用于自己立身行事,不用于考取功名。

何长善继承父业,家里更加贫困,于是学习举子业。从元丰到绍圣年间,经义辞赋,曾经多变,他都能各达其妙。抠衣膝行,愿作他门下弟子的人,不只是闽中一带士人,从闽西一带而来者也很多。凡受君奖掖提携者,像登巍科、做高官,曳青紫、拜绛帷,以谢恩德的人,年

329

年不断。所以他虽然漂泊失意,未有所遇,然而声誉更加惊天动地,大家都认为他有朝一日成为高高在上的人。

到崇宁年间,朝廷行舍法,月考岁计,一点点积累,历经寒暑,然后得以射策王庭。他说:"哈,我父母年老,家里没有一担粮,怎可不侍奉父母,而换取区区无用的虚名?"所以安居陋巷,以教四方学者,破衣粗食,泰然自处。力事父母,孝行蔼闻。

他晚年尤喜佛书,于生死变化了如指掌。宣和七年冬,得病一个多月,未曾卧病在床,只到处施舍肉食。十一月初三日晨,戴正帽子,面西而坐,突然而逝,享年六十七岁。娶冯氏,生二子,名何元、何方,都参加了进士考试。何方曾在边疆任承信郎,如今身陷燕山,不能回家。孙子三人,名何镡、何铸、何铎。

何元才学显著,跟我是朋友,曾以君门下士、通直郎辞官。他寻找为父作传之人,不远数百里到我家说:"父亲老死场屋,没有碑文,将要埋没人间。希望您给写个志吧。"我说:"好呀。他终身不遇,难道是才能的罪过吗?"他少年时未闻道,曾侍奉生病的母亲,至于刲股。此在他看来不足以书,然而孝诚所至,不是单以声音笑貌就可以做到的。

他曾同仲兄游学江西,兄不幸去世,即负其骨以归。当时天气炎热,瘟疫日甚,死于路上的尸骨往往相枕。有人告诉他迟些日子走,他说:"唉,死生不足顾虑。我只知道带着兄长回家,以抚慰家人的倚门之望。"看他这段经历,真可称之为孝子啊。

古代人寻求忠臣,一定从孝子里找。如果他在朝廷得以重用,决不顾妻儿吃穿等私事,绝不卖国以自谋其立,当有绝人之处。他不忍舍弃双亲以居学校,遂使天下失此忠臣,这可谓是崇宁创法者阻挠他啊。这就是我之所以伤心一时政事之失,而不伤心君子不遇的缘故啊!请铭之。铭文如下:

胸中万卷,笔下云烟。百不一死,归此九泉。

子孙绳绳,既艺且贤。其后必大,吾卜之天。

卷之二十五 评论

诗 评

或人问诗于邓子①,邓子曰:"诗有四忌:学白居易者,忌平易;学李长吉者,忌奇僻;学李太白者,忌怪诞;若学作举子诗者,尤忌说功名。"平易之过,如钞录账目,了无精采;奇僻之过,如作隐语,专以周人;怪诞之过,有类乞丐道人作飞仙无根语;论功名之过,如诣谀卦影,诗不说青紫,则必论旌麾,此尤可羞也。若能不作此数格,然后可以论诗。

东坡曰:"要知西掖承平事,记取刘郎种竹初。"此虽平易,自有精采。又曰:"阳虫陨羿丧厥啄,羽渊之化帝祝尾。"此虽奇僻,自非隐语。又曰:"岁寒冰冷天地闭,为我起蛰鞭鱼龙。"此虽怪诞,要非乞丐道人所能近似也。至论功名,则曰:"正与群帝骖龙翔,独留杞梓②扶明堂。"是岂复有卦影气味乎?此四者,不可以笔墨求之,要运于笔墨之外者,自有所谓"浩然之气,充塞乎天地之间"。学者不可不知也。

注释
①邓子:邓肃自称。
②杞梓:原指杞、梓两种木材,后比喻优秀的人才。

译文
有人问诗于我,我说:"写诗有四忌:学白居易作诗忌平易,学李贺作诗忌奇僻,学李白作诗忌怪诞,学作举子诗的尤忌说功名。"平易的过失,如抄写账目,缺乏精彩;奇僻的过失,如作谜语,专门欺哄别人;怪诞的过失,如乞丐道士作飞天无根之语;论功名的过失,如谄媚卦影,诗不是说做文官,就是说做武官,此尤为可羞。如能不作这些套路,然后才可以论诗。

苏东坡诗曰:"要知西掖承平事,记取刘郎种竹初。"这诗虽然平易,却自有精彩。又曰:"阳虫陨羿丧厥啄,羽渊之化帝祝尾。"这句虽然奇僻,但不是谜语。还曰:"岁寒冰冷天地闭,为我起蛰鞭鱼龙。"这句虽然怪诞,也不是乞丐道人所能近似的。至于论功名,则曰:"正与群帝骖龙翔,独留杞梓扶明堂。"这难道有卦影的气味吗?这四方面,不能以笔墨求之,而要运于笔墨之外,自有所谓"浩然之气,充塞乎天地之间"。学者不可不明了。

论　书①

持笔如驭将,柔顺从指者皆非良材,而狰狞纵逸者亦不可制。要当兴伏抑按,每从人欲,而纸上戛戛,自有生意,然后为妙笔也。近世人多作无骨字,盱睢②侧媚,有乞怜之态,故其所用者皆无心冗毫也。此笔才入手,则诸葛所制,当为生硬矣。不能用诸葛笔③而欲作字,如项羽弃范增④而欲取中原也。其可乎?

墨以黑为体,以光为神。神采轻浮,不能深黑,譬如纨绮子弟;浓字大画,黑而无光,亦一田舍翁耳。眉山老仙谓陈瞻⑤墨:"潘生⑥不逮,瞻何为者,敢冀潘耶?"此论未⑦公,吾不凭也。

砚不必甚佳者,比尝见士人相矜曰:"此端也,其色莹。彼歙也,其文致。"不知文与色,亦何与于墨乎?皆好奇之过也。大抵石在山者,燥;在水者,脆。脆者不能以制墨,而燥者又不行笔,二者皆失也。去是二病,虽凤咮⑧足矣,亦何必近舍皇甫湜哉⑨!

张长史⑩脱帽露顶⑪,抵掌于八仙之中,今物化数百年矣。每观其字,则恍然逸韵犹在。目前颜鲁公作字,端严可畏,张之屋壁,奸人胆落。与长史无毫发相类,而史氏谓鲁公独传其法。何也?盖字法三昧,当以神悟之。既悟矣,如嗣宗老宿,或以棒,或以喝,或作老婆态,种种不等,要之,皆西来意也。

本朝评书以君谟⑫为第一,信嘉祐之间,可以魁也。苏、黄⑬继出,文妙天下,而书又能张其军于君谟,若无甚愧者。然君谟如杜甫诗,无一字无来处,纵横上下,皆藏古意,学之力也。苏、黄资质过人,

333

笔力天出，其太白诗乎，深得其趣者自当见其优劣矣。

米芾⑭，楚狂者也，作字清远，有晋宋气。所恨者，但能行书耳。真如立、行如行、草如走，三者不可阙一也。若用春秋之法责备于贤者，则米芾狂所惜也。

丹霞赜师学余书，未半年，亦有可观者。今来求益，吾术穷矣。姑使之择笔墨之精者，以利其器。然后品藻⑮古今能字者，以俾其自取耳。赜勉之！风韵不凡，他日所学当有不止于书者，吾将并得而告也。

政和戊戌春，栟榈邓肃朝阳堂书。

注 释

①此文写于政和八年（1118）春。

②盱睢：张目仰视貌。

③诸葛笔：宣州诸葛氏所制之笔，为有名的毛笔。

④范增：项羽之贤相。项羽因不听范增之言，以至于兵败垓下，自刎乌江。

⑤陈瞻：北宋时期汴京开封的制墨名家。

⑥潘生：指潘谷，北宋歙县人，一生制墨，所制"松梵""狻猊"等，被誉为"墨中神品"。

⑦未：旧版《栟榈先生文集》中作"本"字，《全宋文》作"未"字。

⑧凤咮：指凤咮砚。古砚名。

⑨亦何必近舍皇甫湜哉：意为歙砚就很好，不必舍近求远去求端砚。此借"近舍湜而远取居易"故事而论砚。皇甫湜，唐代散文家，浙江淳安人。擢进士第，为陆浑尉，仕至工部郎中。因酒后失言，数忤同列，求分司东都，至洛阳。因未升迁，官俸微薄，十分窘迫。东都留守裴度卑辞厚礼，召湜为留守府从事。次年，裴度重修福先寺，欲请蜀人白居易作碑文。湜闻讯大怒曰："近舍湜而远取居易，请从此辞！"裴度谢请之。湜即请斗酒，饮酣，援笔立就，计3254个字。裴度赠以车马缯彩甚厚，湜大怒曰："自吾为《顾况集序》，未常许人。今碑字三千，字三缣，何遇我薄邪？"度笑曰："不羁之才也。"从而厚酬之。皇甫湜有《皇甫先生文集》传世。

⑩张长史：张旭，字伯高，吴郡（今苏州）人，唐代书法家。初仕为常熟

尉，后官至金吾长史，人称张长史。唐文宗曾下诏，以李白诗歌、裴旻剑舞、张旭草书为"三绝"。

⑪脱帽露顶：指不受礼仪约束。

⑫君谟：指蔡襄。

⑬苏、黄：指苏轼、黄庭坚。

⑭米芾：芾，音 fú。米芾，字元章，号襄阳漫士，北宋书法家、画家、书画理论家。擅篆、隶、楷、行、草等书体，善于临摹古人书法。

⑮品藻：品评，鉴定。

译文

拿笔写字好像指挥作战，服服帖帖听从指挥的人都不是良材，狰狞纵逸、我行我素的人也无法制约。要当提伏抑按，听从指挥，而纸上戛然，自有生意，这样才是妙笔。近代的人多作没有骨气的字，睁眼侧媚，有乞怜之态，所以他们所用的都是无心之笔。这种人写字，就算用的是诸葛氏所制的笔，也变得生硬了。不能用诸葛氏制的笔写出好字，就像项羽不听范增之言而欲取中原一样。这样可以吗？

墨以黑为体，以光为神。神采轻浮，不能深黑，好像纨绔子弟一样；浓字大画，黑而无光，也只是个乡巴佬。眉山老仙称陈瞻的墨："比不上潘谷之墨，陈瞻为何人，敢与潘谷相比？"这个评议有欠公允，我不将它作为依据。

砚不必特别好，曾见士人相自夸说："这是端砚，色彩明亮。那是歙砚，纹路很细。"不知纹路细与色彩亮，跟用墨有何干系？都是猎奇导致的。大抵采石于山上的砚石就干燥，采石于水中的就易脆。脆的不易出墨，燥的不易行笔，二者皆有所失。去此二病，虽凤嘴砚足矣，何必近舍皇甫湜呢？

张旭脱帽露顶，与八仙抵掌而谈，今逝世数百年了。每看他的字，恍惚逸韵犹在。颜真卿作字，端严可畏，挂在墙上，奸贼落胆。与张旭看似没有一点相似，而史氏称颜真卿独传其法。为什么呢？字法三昧，当以神似来看它。既然看清本质，如嗣宗老宿，或以棒，或以喝，或作老太婆姿态，种种不等，简要来说，都是西来之意。

本朝评论书法以蔡襄为第一，根据在嘉祐年间，他可以夺魁。苏东坡和黄庭坚相继而出，文妙天下，而书法列于蔡襄书法之侧，并没有太惭愧之处。然而，蔡襄书法就像杜甫的诗一样，没有一字没来头，纵横上下，皆藏古意，可见学力深厚。苏黄资质过人，笔力天生，像李白的诗，深得其趣的人自然看得出其优劣。

　　米芾是楚地狂者，写的字清远，有晋宋之气。可惜的是，他只写行书。真书如站立，行书如行走，草书如跑步，三者缺一不可。如果用春秋之法责备于贤者，则米芾是可惜了。

　　丹霞寺明赜法师学我的字，不到半年，进步很大。如今又来求教，我的本事已经穷尽。姑且使之选择笔墨之精者，以利其器。然后品味古今能写字的人，以使其自行选择。明赜努力吧！风韵不一般，他日所学当有不止于书法者，我将一并告之于世人。

　　政和戊戌春，栟榈邓肃书于朝阳堂。

跋

明正德十四年旧刻版跋

罗　珊*

　　栟榈邓先生,有宋之大儒,为名谏官,诚一代之人豪也。

　　予尝观《宋史》,至先生事高宗为左正言时,忠邪并列于朝。先生独奋然累疏,以摈①奸佞,天下赖之以安。则其忠义之激切,有以得其大略矣。

　　第未获睹其全文,每以为恨。幸而叨禄永邑②,乡进士林思舜会间道及先生文集,旧梓昔已厄于烬,今幸犹有笔之者,因得而观之、玩之。见其文醇义正,自为机轴,实于世教深所裨益。而谓先生在乡贤中当与杨、罗、李、朱③并称,而文章固无忝④焉,盖均为后世师范,亦均之与天地相为悠久焉耳。

　　道学之传,自有公论,奚可以其注述之显晦,而遂少贬之哉?遂刊之以永其传。若其履历之表表见于平素者,则胡侍御、林思舜二先生已备述之矣,兹不复赘。

　　时正德己卯孟秋朔日,后学南海罗珊谨跋。

注释

①摈:除,黜。

②幸而叨禄永邑:叨禄,古代官吏承受奉俸。永邑,即永安县。此句意为:幸而我出任永安知县。

③杨、罗、李、朱:指宋代"闽学四贤"杨时、罗从彦、李侗、朱熹。

④无忝:不玷辱,不羞愧。《尚书·周书·君牙》:"今命尔予翼,作股肱心膂,缵乃旧服,无忝祖考。"

＊ 罗珊,即罗廷佩,广东南海人,生卒不详,明正德年间曾任永安知县。

跋

译文

栟榈先生邓肃,宋朝大儒,著名谏官,实为一代人杰。

我曾读《宋史》,先生事高宗为左正言时,忠邪并列于朝。他独自奋然累疏,摈斥奸佞,天下靠他才得以安定。其忠义之激切,从中可以了解大概。

但是我没有看到他写的全部文章,每每感到遗憾。幸而我出任永安知县,乡进士林思舜与我会面之中谈到先生文集,旧版过去几乎被烧光了,如今幸存有此抄本,因而得以观赏。见其文醇义正,自为机轴,实于世教深有裨益。先生在乡贤之中,当与闽学四贤杨、罗、李、朱并称,因而文章固然也丝毫无愧,都可为后世师范,也可与天地共存,相为悠久。

道学之传,自有公论,怎可以其注述的显晦,而稍有贬损呢?于是刊刻本书以便永远流传。至于他平素履历之突出者,胡琼、林思舜二先生已详细记述了,此不赘言。

时正德己卯孟秋朔日,后学南海罗珊谨跋。

清道光三年旧刻版跋

邓廷桢

　　右《栟榈集》二十五卷，廷桢二十一世祖栟榈先生作也。先生于宋高宗朝扈从南渡。当李忠定之出，力争，罢职。始自南剑，隐居洞庭。

　　夫其西山委照，晞阳①者恤其晖；东溟②泛波，汩泥者忧其逻③。成连④之致三叹，何意临琴；伯鸾之歌《五噫》⑤，非惟登岳。刊乐石，捃残竹，肇绣巢风，粉缋羲埃，存什一于千百，非作者志之也。况乃黄祊之恋既私，红阳之沫久掩。移君王之花石，于焉弃国；筹宰相之金缯⑥，终焉饵寇。

　　向使因先生之言，止忠定之去，则西浙之湖何慕，南阳之跸可移。一姓九主，启成旅于半壁⑦；两河百郡，归版籍于中叶⑧。岂其天水空碧，江山不完？甘纳二郎之土，忍忘半臂之书哉！人之云亡，嗟何及矣。

　　先生既解簪绂⑨，遂老林溆。泯兹葵藿⑩之节，托诸萝薜⑪之伍。发为文词，抒其抱负。四维之策，时集于户域；万言之记，每辍其餐寝。涉林水之幽蒨，则晤言山鬼；眷宫室之黍离⑫，则寄怨狡童⑬。亦有小言，托之短调。河梁归客，幽思结于晨风；江汉美人，离忧吟其小草。

　　至于网罗放失，推阐时务，系颈贾生之疏⑭，裂眥臧洪之传⑮，则又与龟溪、东溪之著，补阙前史；文山⑯、叠山⑰之节，垂光本朝者已。所惜家失旧藏，世鲜完本。仲言所称，《宋史》所志，当时卷数业已不同。

　　国朝吴时举，辑宋诗集，名具录，诗则阙。如乾隆间求遗书,福建巡抚某公始得之,以进于朝,裁十六卷。较仲言所记,阙十四卷。

阴何觅于夕振,藻耀启其秋实。通矩甫得,即植学林。滔绳久湮,始归文苑。且夫导派者思原,庇⑱生者仰荫。廷桢远惭秀世,迩切伏采。潜溪振美,既迷于家录;包山遗编,益资于扇发。幸就观于柱史,得稍检夫楹书。盖廷桢官编修时,与修全唐文,请观《永乐大典》,尝得先生词一卷。又尝于嘉善曹氏《宋百家诗存》中,得诗一卷。后改官浙水,出守宁波,始于萧山汪氏觅得此本,为正德十四年刻。视采进本多八卷,与曹记合,而于王氏所纪,仍阙五卷。

熊熊之光,弗沈于埋照;罤罤⑲之思,默感于元觌。端牍竦心,披简破涕。爰加绌⑳校,以存先型;亟付剞劂㉑,待示来轸㉒。若其钩提元要,则旧本既备;出处节概,则《宋史》未沬。是故部别之例,无易逝者;扬言之体,罔借来兹,以视陈功述祖之册,综词辑采之刊。是有间矣,请质知言。

道光三年岁在癸未秋七月,二十一世孙廷桢谨跋。

注释

①晞阳:沐浴于阳光。比喻沐受恩德。

②东溟:东海。

③遘:遇。

④成连:春秋时期著名的琴师。

⑤伯鸾之歌《五噫》:东汉人梁鸿,字伯鸾,扶风平陵人。少孤,受业太学,家贫而尚节介。学毕,牧豕上林苑,误遗火延及他舍。鸿悉以豕偿舍主,不足,复为佣以偿。归乡里,势家慕其高节,多欲妻以女,鸿尽谢绝。娶同县孟女光,貌丑而贤,共入霸陵山中,荆钗布裙,以耕织为业,咏诗书弹琴以自娱。因东出关,过京师,作《五噫》。章帝求之不得。乃易复姓运期,名耀,字侯光,与妻居齐鲁间。

⑥金缯:缯,音 zēng。黄金和丝织品,泛指金银财物。

⑦一姓九主,启成旅于半壁:意为南宋赵氏王朝共传九位皇帝,启

于东南半壁江山。

⑧两河百郡,归版籍于中叶:意为假如当时听从邓肃奏议,不罢李纲相,仍留在朝廷,那就会使两河上百州郡回归大宋版图。

⑨既解簪绂:簪绂,冠簪和缨带,指古代官员服饰。此句意为已被免去官职。

⑩泯兹葵藿:葵藿,音 kuí huò,指葵与藿,均为菜名。此句意为失去俸禄,食农家饭菜。

⑪托诸萝薜:萝薜,指女萝和薜荔,植物名;亦借指隐士的服装。此句意为隐居乡村,过着清贫生活。

⑫眷宫室之黍离:典故"黍离之悲",出自《诗经·王风·黍离》,意为眷念亡国之悲。这里借指北宋靖康之耻带来的心痛。

⑬寄怨狡童:典故"狡童",出自《诗经·郑风·狡童》,指令人喜爱的美男子,亦可指男伎。这里借指寄怨于北宋末年朝廷中那些阿谀奉承、祸国殃民的奸臣。

⑭系颈贾生之疏:意为寄希望于贾谊的《治安策》,能给国家带来长治久安。

⑮裂眥臧洪之传:这里借用东汉英雄臧洪怒目圆睁、慷慨赴死的故事。臧洪是东汉末群雄之一,为人雄气壮节,曾为关东联军设坛盟誓,共伐董卓。袁绍非常看重臧洪,先后让他治理青州和担任东郡太守,他政绩卓越,深得百姓拥护。后臧洪因袁绍不肯出兵救张超,开始与其为敌,袁绍兴兵围之,经过几番恶战,臧洪为袁绍所擒。他怒目圆睁,慷慨赴死。

⑯文山:文天祥,号文山,吉州庐陵人。南宋末年政治家、文学家,抗元英雄。

⑰叠山:谢枋得,号叠山,信州弋阳人。南宋末年诗人,带领义军在江东抗元,被俘不屈,在北京殉国,作品收录在《叠山集》。

⑱庀:音 pǐ。治理,统治。

⑲䀪䀪:音 mù mù。思念貌。《汉书·鲍宣传》:"愿赐数刻之间,极竭䀪䀪之思,退入三泉,死亡所恨。"

⑳纠:音 chōu。编辑。

㉑剞劂:音 jī jué。雕版,刻印。

㉒来轸：后继之车。喻相续而来的人或事。

译文

　　以上《梣桐集》二十五集，是我二十一世祖邓肃所作。他生活在宋高宗朝，跟从南渡。当李纲被贬离开朝廷时，邓肃上书力争，终被罢职。他原籍南剑州，后隐居于洞庭。

　　西山委照，晞阳恤其晖；东海泛波，汨泥忧其遇。成连之致三叹，何意临琴；伯鸾之歌《五噫》，非唯登岳。刊乐石、拾残竹、盘绣凤、绘羲埃，存什一于千百，不是邓肃的志向。何况黄袆之恋既私，红阳之沫久掩。君主大兴花石纲，是弃国于不顾；赠宰相之金缯，最终是给了敌寇。

　　假使因先生之言，阻止李纲前去，那么浙江西湖何慕，南阳御驾可移。一姓九帝，启成旅于半壁；两河百郡，归版籍于中叶。岂其天水空碧，江山不完？甘纳二郎之土，忍忘半臂之书？贤人已逝，悲叹也无用了。

　　先生既除去官职，流连林中水边。食农家饭菜，隐居乡村。发为文词，抒其抱负。四维之策，时集于户域；万言之记，每废寝忘食。涉林水幽蒨，晤言山鬼；眷宫室黍离，寄怨狡童。亦有小言，托之短调。河梁归客，幽思结于晨风；江汉美人，离忧吟其小草。

　　至于网罗放失，推阐时务，系颈贾谊之书，裂眦臧洪之传，则又与沈龟溪、高东溪的著作，补缺前史；文山、叠山的节义，垂光本朝。所惜家失旧藏，世上少有完本。仲言所称和《宋史》的记载，卷数已有不同。

　　在本朝吴时举编辑的《宋诗集》中，题目全部在，内容则没有。逢乾隆年间寻求遗书，福建巡抚某公始得之，以进献于朝，共十六卷。跟仲言记载的对此，还差十四卷。

　　于是日夜寻找，终于有了结果。一旦有得，即植于学林。滔绳久失，始归文苑。可供导引者探究，治理者倚仗。延桢远近寻访，竭力搜集。潜溪振美，既迷于家录；包山遗编，益资于宣扬。我有幸就观于史料，得稍检于遗书。我任编修时，参与修《全唐文》，查看《永乐大典》，曾看到先生的一卷词。又曾于嘉善曹氏《宋百家诗存》中得到先生的一卷诗。后改官浙水，出守宁波，始于萧山汪氏处找到这个正德十四年的刻本。比采进本多八卷，与曹记吻合，而与王氏所记对比，又缺五卷。

熊熊之火光，不为匿迹而埋没；罢罢之思，有默感于拜读。用心拜读先生之作后，触目惊心，感动得痛哭流涕。爰加编校，以存先型；急付出版，待示后人。若其钩提元要，则旧本既备；出处节概，则《宋史》有载。所以，分部体例没有改动；文字之体不用后来的，以便看到陈功述祖的册子、综合采辑的刊本。若有遗漏，敬请建言。

道光三年癸未秋七月，二十一世孙邓廷桢谨跋。

后　　记

　　2000年,福建沙县邓光布将军祠文物保护小组的邓仰清老师赴福建师范大学图书馆,查找到清道光三年(1823)江宁(今南京)旧刻版《栟榈先生文集》,并将全册复印回来。2001年2月,邓光布将军祠文物保护小组将《栟榈先生文集》印刷300册,供邓氏后裔内部传阅。

　　为了传承中华优秀传统文化,福建沙县邓光布将军祠文物保护小组聘请部分乡贤和大学教授,启动邓肃文化研究,深入挖掘和研究邓肃生平事迹和诗文内涵。2012年,委托清流县邓新华老师对《栟榈先生文集》进行点校。2013年初,在沙县成立了邓肃文化研究会,邓俊森、邓赐友、邓景华先后担任会长,广泛收集资料进行研究,并派员深入沙县琅口镇曹元村邓墩遗址、高砂镇玉山寺遗址、永安市贡川镇栟榈山等地进行实地考察。2014年秋,邓肃文化研究会决定收回邓肃出生地邓墩遗址(系面积6亩多的荒地)。接着,进行青苗补偿、土地平整和绿化管理,还立下刻有"宋左正言邓肃故居遗址"的石碑予以保护,待后进行开发建设。

　　2015年,邓景华撰写形成《邓肃故里及其生活轨迹考》研究论文初稿。2018年秋,邓光布将军祠文物保护小组决定成立《栟榈先生文集释义》编委会,并分工由邓新华负责点校,邓景华负责注释,陈嘉星负责译文。

　　同时,聘请三明学院金文凯教授进行审核把关。最后,又承蒙福建师范大学谢重光教授对《栟榈先生文集释义》原文及编者的断句、标点与注释做了审订。

　　开展邓肃文化研究和编辑出版《栟榈先生文集释义》的费用,由邓光布将军祠文物保护小组负责筹集。近10年来,邓光布将军祠文物保护小组已支付费用10万多元(其中收集编印审核资料前期费用3万多元,收回并管理邓墩遗址等费用7万多元);龙岩市漳平邓氏千三公后裔宗亲会会长邓代红个人捐资5万元;三明市垂裕祠文物保护小组捐资1.3万元,三明市沙县区老年大学捐资1万元;政协福建省三明市沙县区文史资料研究委员会捐资0.7万元。

经过大家十年来的艰辛努力,《栟榈先生文集释义》一书得以付梓,可喜、可贺!借此机会,向关心、支持本书编辑和出版工作的各位领导、学者、乡贤,表示崇高的敬意和衷心的感谢!《栟榈先生文集释义》的出版,将有助于我们加深对邓肃那短暂而辉煌人生的了解,传承邓肃爱国忧民、刚正不阿、为政清廉的崇高气节;有助于我们深刻理解《栟榈先生文集》诗文内容及其文化精髓,使中华优秀传统文化得以继承和发扬,为实现中华民族的伟大复兴做出贡献。

《栟榈先生文集释义》的版权,归福建沙县邓光布将军祠文物保护小组所有。本书如有不妥之处,敬请方家匡正。

福建沙县邓光布将军祠文物保护小组
2024年岁次甲辰春